UM CASO DE

TOMMY & TUPPENCE

Publicado originalmente em 1968

AGATHA CHRISTIE
UM PRESSENTIMENTO FUNESTO

· TRADUÇÃO DE ·
Isabela Sampaio

Rio de Janeiro, 2024

Copyright © 1968. Todos os direitos reservados.
Todos os direitos reservados. Copyright da tradução © 2024 por Casa dos Livros Editora LTDA.

Título original: *By the Pricking of My Thumbs*

AGATHA CHRISTIE, TOMMY AND TUPPENCE and the AC Monogram Logo are registered trademarks of Agatha Christie Limited in the UK and elsewhere. All rights reserved. Descubra mais em www.agathachristie.com.

Todos os direitos desta publicação são reservados à Casa dos Livros Editora LTDA. Nenhuma parte desta obra pode ser apropriada e estocada em sistema de banco de dados ou processo similar, em qualquer forma ou meio, seja eletrônico, de fotocópia, gravação etc., sem a permissão dos detentores do copyright.

COPIDESQUE	Thaís Carvas
REVISÃO	Rachel Rimas e Suelen Lopes
DESIGN GRÁFICO DE CAPA E MIOLO	Túlio Cerquize
TRATAMENTO DE IMAGEM	Lucas Blat
IMAGEM DE CAPA	Turbosquid	Victor Tero Vescan
DIAGRAMAÇÃO	Abreu's System

Dados Internacionais de Catalogação na Publicação (CIP)
(Câmara Brasileira do Livro, SP, Brasil)

Christie, Agatha, 1890-1976
  Um pressentimento funesto / Agatha Christie ; tradução Isabela Sampaio. – Rio de Janeiro : Harper Collins Brasil, 2024.

  Título original: By the Pricking of My Thumbs.
  ISBN 978-65-5511-629-8

  1. Ficção policial e de mistério (Literatura inglesa)
I. Título.

24-226253   CDD-823.0872

Índice para catálogo sistemático:
1. Ficção policial e de mistério : Literatura inglesa   823.0872
Bibliotecária responsável: Aline Graziele Benitez – CRB-1/3129

HarperCollins Brasil é uma marca licenciada à Casa dos Livros Editora Ltda. Todos os direitos reservados à Casa dos Livros Editora LTDA.

Rua da Quitanda, 86, sala 601A - Centro,
Rio de Janeiro/RJ - CEP 20091-005
Tel.: (21) 3175-1030
www.harpercollins.com.br

Este livro é dedicado aos diversos leitores ingleses e estrangeiros que me escrevem perguntando: "Que fim tiveram Tommy e Tuppence? O que andam fazendo?". Desejo tudo de bom a vocês e espero que gostem de reencontrá-los, mais velhos, mas ainda com o mesmo espírito vibrante!

Agatha Christie

Pelo comichar do meu polegar,
Sei que deste lado vem vindo um malvado.

Macbeth

Livro 1

Sunny Ridge

Capítulo 1

Tia Ada

Mr. e Mrs. Beresford estavam sentados à mesa do café da manhã. Os dois formavam um casal comum, um dos tantos que, naquele exato momento, faziam o mesmo por toda a Inglaterra. E era um dia como outro qualquer, daqueles que aconteciam cinco vezes por semana. Parecia que ia chover, mas não dava para ter certeza.

Mr. Beresford um dia já fora ruivo. Ainda havia resquícios da cor original, mas boa parte dos fios já tinha adquirido aquele tom entre o grisalho e o loiro-escuro que os ruivos normalmente ostentavam na meia-idade. Mrs. Beresford, por sua vez, já tivera uma cabeleira preta e cacheada. Agora, porém, ao preto misturavam-se mechas grisalhas aqui e ali, o que criava um efeito agradável. Já chegara até a cogitar pintar o cabelo, mas, no fim das contas, decidira que gostava mais de si mesma ao natural e, para se animar, tivera a ideia de experimentar uma nova cor de batom.

Simplesmente um casal formado por duas pessoas maduras tomando café da manhã. Um par agradável, mas indiferente, diria um observador casual. Se fosse jovem, ainda acrescentaria: "Ah, sim, bem simpáticos, mas dois chatos, é claro, como todos os velhos".

Mas Mr. e Mrs. Beresford ainda não haviam chegado ao ponto de se considerarem velhos. E não faziam ideia de que, assim como tantos outros, eram automaticamente tachados de chatos só por causa da idade. Na opinião dos jovens e de mais ninguém, é lógico. No entanto, os Beresford sabiam que os mais novos não entendiam nada da vida e, por isso, os perdoavam. Os pobrezinhos viviam se descabelando por conta de provas, vida sexual, roupas extravagantes e penteados incomuns para chamarem mais atenção.

Do ponto de vista do casal, os dois mal tinham passado da flor da idade. Gostavam de si mesmos e um do outro e, assim, viviam uma existência tranquila e agradável.

Havia, porém, alguns momentos excepcionais, como acontece com todo mundo. Mr. Beresford abriu uma carta, fez uma leitura dinâmica do conteúdo e a deixou de lado, depositando-a em cima da pequena pilha à esquerda. Em seguida, pegou a próxima carta, mas não a abriu. Em vez disso, ficou segurando o envelope enquanto olhava para o prato de torradas. Após observá-lo por alguns segundos, a esposa questionou:

— Qual é o problema, Tommy?

— Problema? — disse Tommy vagamente. — Problema?

— Sim, foi o que perguntei — retrucou Mrs. Beresford.

— Problema nenhum — respondeu Mr. Beresford. — Por que haveria?

— Você pensou em alguma coisa — acusou Tuppence.

— Acho que eu não estava pensando em nada.

— Ah, se estava. Aconteceu algo?

— Não, mas é claro que não. O que poderia ter acontecido? — Por fim, acrescentou: — Recebi a conta do encanador.

— Ah — disse Tuppence, com ar de quem havia entendido tudo. — Mais do que o esperado, imagino.

— Claro — retrucou Tommy —, como sempre.

— Não entra na minha cabeça por que não fizemos curso de encanador — comentou Tuppence. — Se você tivesse feito, eu seria sua ajudante e, a essa altura, estaríamos nadando em dinheiro.

— Bobeamos.

— Era a conta do encanador que você estava vendo ainda agora?

— Ah, não, era só um pedido de doação.

— Jovens infratores? Integração racial?

— Não. Só mais uma casa de repouso para idosos que vão inaugurar.

— Bem, isso é mais sensato, de qualquer maneira — comentou Tuppence. — Mas não entendi a cara de preocupação.

— Ah, não era nisso que eu estava pensando.

— Estava pensando *no quê*, então?

— Acho que a correspondência acabou me fazendo lembrar — disse Mr. Beresford.

— Lembrar o quê? Você sabe que, no fim das contas, sempre acaba me falando.

— Não era nada de importante. Só achei que, talvez... bem, pensei em tia Ada.

— Ah, entendi — respondeu Tuppence, compreendendo na mesma hora. — Sim — acrescentou, pensativa, em tom suave. — Tia Ada.

Os dois se entreolharam. Infelizmente, nos dias de hoje, quase todas as famílias enfrentam um problema que poderíamos chamar de "tia Ada". Os nomes variam: tia Amelia, tia Susan, tia Cathy, tia Joan. E nem sempre se trata de tias; podem ser avós, primas idosas e até tias-avós. Fato é que elas existem e é preciso pensar nesse problema. Tomar providências. Procurar e analisar estabelecimentos adequados que cuidem bem dos idosos. Pedir dicas aos médicos e amigos cujas próprias tias Adas viveram "felicíssimas até o último suspiro" em lugares como "Os Loureiros, em Bexhill" ou "Campos Alegres, em Scarborough".

Os tempos mudaram. Antigamente, tia Elisabeth, tia Ada e tantas outras tias viviam felizes na casa em que moravam havia anos, servidas por velhos criados dedicados — por mais que às vezes pudessem ser um tanto tirânicos. Esse tipo de arranjo muito agradava ambas as partes. Havia também um monte de parentes pobres, sobrinhos indigentes, primas solteironas e meio desmioladas, todos interessados em ter um bom lar, com três boas refeições diárias e um quarto confortável. A oferta e a procura se complementavam e tudo dava certo. Atualmente, não é mais assim.

Para as tias Adas de hoje, é necessário adotar medidas adequadas. Isso envolve mais do que simplesmente lidar com uma idosa que, por conta da artrite ou de outros problemas reumáticos, corre o risco de cair da escada se ficar sozinha em casa, ou que sofra de bronquite crônica, ou que arrume confusão com os vizinhos e ofenda os comerciantes.

Infelizmente, as tias Adas dão muito mais trabalho do que o oposto na escala etária. As crianças podem ser levadas para lares adotivos, empurradas aos cuidados de parentes ou entregues a escolas apropriadas, onde podem passar as férias, ou então há a possibilidade de organizar passeios de pônei ou colônias de férias. De modo geral, elas quase não reclamam do destino que lhes é dado. No caso das tias Adas, a história é outra. A de Tuppence Beresford — tia-avó Primrose —, por exemplo, foi uma notória encrenqueira. Era impossível satisfazê-la. Pouco depois de dar entrada em uma instituição com ótimas instalações e conforto garantidos para senhoras de idade e de escrever algumas cartas altamente elogiosas à sobrinha, Tuppence foi avisada de que sua tia-avó havia ido embora do lugar indignada, sem aviso prévio.

"Sem condições. Eu não podia ficar lá nem mais um minuto!"

Em um ano, tia Primrose entrou e saiu de onze instituições parecidas e, no fim das contas, escreveu para avisar que havia conhecido um rapaz encantador. "É um jovem bem dedicado. Perdeu a mãe muito novo e precisa muito de cuidados. Aluguei um apartamento, e ele vem morar comigo. Esse arranjo é perfeito tanto para ele quanto para mim. Temos muita afinidade. Não precisa mais se preocupar, querida Prudence. Meu futuro está resolvido. Vou procurar meu advogado amanhã, já que é necessário tomar algumas providências em relação a Mervyn, caso eu me vá antes dele, o que, é claro, nada mais seria que a ordem natural das coisas. Mas posso garantir que tenho saúde para dar e vender."

Tuppence correra em direção ao norte (o incidente havia acontecido em Aberdeen). Porém, no final, a polícia havia chegado primeiro e prendido o elegante Mervyn, procurado havia já algum tempo sob a acusação de obter dinheiro de maneira fraudulenta. Tia Primrose ficara bastante indignada e os acusara de perseguição. Mas, após assistir às audiências no tribunal (onde outros vinte e cinco casos foram levados em consideração), vira-se forçada a mudar de opinião a respeito do protegido.

— Acho que devo visitar tia Ada, sabe, Tuppence? — comentou Tommy. — Já faz um tempo que não a vejo.

— Tem razão — disse Tuppence, sem muito entusiasmo.

— Quanto tempo faz?

Tommy refletiu.

— Deve fazer quase um ano — respondeu.

— Já faz mais tempo — corrigiu Tuppence. — Acho que tem mais de um ano.

— Caramba — exclamou ele —, o tempo voa mesmo, né? Não acredito que já tem isso tudo. Mas acho que você está certa, Tuppence. — Ele fez as contas. — É horrível como a gente acaba se esquecendo. Agora estou me sentindo culpado.

— Não é para tanto — comentou Tuppence. — Afinal, a gente vive mandando presentes e escrevendo para ela.

— Ah, sim, sei disso. Você é excelente nesse tipo de coisa, Tuppence. Mas, mesmo assim, às vezes a gente lê umas coisas bem inquietantes.

— Você está pensando naquele livro pavoroso que pegamos na biblioteca — disse Tuppence — e como foi horrível para os pobres velhinhos. Como eles sofreram.

— Acho que era tudo verdade... baseado em fatos reais.

— Certamente deve haver lugares assim — concordou Tuppence. — E há pessoas terrivelmente infelizes, que não conseguem deixar de ser assim. Mas o que se pode fazer, Tommy?

— O que qualquer um pode fazer, além de ser o mais cuidadoso possível? Escolher com atenção, descobrir todas as informações do local e garantir que um bom médico cuide dela.

— Não poderia existir ninguém melhor que o Dr. Murray, há que se admitir.

— Sim — respondeu Tommy, suavizando o semblante. — Murray é um sujeito de primeira. Gentil, paciente. Se houvesse algum problema, ele nos avisaria.

— Então acho que não há por que se preocupar — reforçou Tuppence. — Quantos anos ela tem?

— Oitenta e dois. Não... não. Acho que ela está com oitenta e três. Deve ser terrível viver mais que todo mundo.

— Isso é o que *nós* achamos — retrucou Tuppence. — *Eles* não se sentem assim.

— Não dá pra saber.

— Bem, sua tia Ada não se sente assim. Será que você não se lembra da alegria com que ela nos contou da quantidade de amigos que morreram antes dela? E ainda terminou comentando: "Ouvi dizer que Amy Morgan não vai durar mais que seis meses. Ela vivia falando que eu era frágil, e agora é praticamente certo que vai morrer antes de mim. Muitos anos antes". Estava triunfante com a possibilidade.

— Mesmo assim... — insistiu Tommy.

— Eu sei — falou Tuppence —, eu sei. Mesmo assim, você sente que é seu dever e, portanto, tem que ir.

— Não acha que estou certo?

— Infelizmente, acho que está. Coberto de razão. E eu vou também — acrescentou, com um leve toque de heroísmo na voz.

— Não — rebateu Tommy. — Por que fazer isso? Ela não é sua tia. Não, deixa que eu vou.

— De jeito nenhum — disse Mrs. Beresford. — Também gosto de sofrer. Vamos sofrer juntos. Você não vai gostar, eu não vou gostar, e tenho certeza absoluta de que tia Ada também não vai gostar. Mas entendo que é uma daquelas coisas que precisam ser feitas.

— Não, não quero que você vá. Afinal de contas, lembra como ela foi absurdamente grosseira com você da última vez?

— Ah, eu nem liguei para aquilo — disse Tuppence. — Provavelmente foi o único momento da visita que a pobrezinha gostou. Não guardo rancor, nem por um segundo.

— Você sempre foi gentil com tia Ada — comentou Tommy —, mesmo não gostando muito dela.

— Não tem como gostar da tia Ada. Se quer saber, acho que ninguém nunca gostou.

— Não consigo deixar de sentir pena de quem envelhece — lamentou Tommy.

— Eu não sinto — declarou Tuppence. — Não sou tão boa quanto você.

— Por ser mulher, você é mais impiedosa.

— Talvez seja isso. Afinal, as mulheres são realistas, não têm tempo a perder. Quer dizer, eu sinto muito por pessoas mais velhas, doentes ou algo do tipo, contanto que sejam gentis. Quando não são, bem, aí a coisa é diferente, há que se admitir. Se a pessoa é desagradável aos vinte, continua desagradável aos quarenta, piora aos sessenta e, chegando aos oitenta, é o próprio demônio encarnado, eu realmente não vejo por que deveria ser digna de pena só por estar velha. O ser humano não muda. Conheço algumas pessoas de setenta e oitenta anos que são uns amores. A velha Mrs. Beauchamp, Mary Carr e a querida Mrs. Poplett, avó do padeiro, que fazia nossa faxina. Todas são maravilhosas, e eu faria qualquer coisa por elas.

— Tudo bem, tudo bem — rebateu Tommy —, seja realista. Mas, se quiser ser nobre e vir comigo…

— Eu quero ir. Afinal, aceitei me casar com você na alegria e na tristeza, e tia Ada definitivamente faz parte do segundo grupo. Portanto, vamos de mãos dadas. Vamos levar um buquê de flores e uma caixa de bombons recheados para ela, quem sabe algumas revistas também. Seria bom escrever para a Mrs. Fulana-de-tal para avisar da nossa chegada.

— Vamos na semana que vem? Eu posso na terça, se for uma boa data para você.

— Pode ser terça, sim — confirmou Tuppence. — Como é que a mulher se chama mesmo? Não consigo lembrar... A diretora, ou superintendente, ou seja lá o que for. Começa com P.

— Miss Packard.

— Isso.

— Talvez seja diferente dessa vez — comentou Tommy.

— Diferente? Como assim?

— Ah, não sei. Talvez aconteça algo interessante.

— Pode ser que a gente sofra um acidente de trem no caminho — disse Tuppence, animando-se um pouco.

— Por que raios você quer sofrer um acidente de trem?

— Bem, eu não quero de verdade, é claro. Foi só...

— Só o quê? — indagou Tommy.

— Bem, seria uma espécie de aventura, né? De repente poderíamos salvar vidas ou fazer algo útil. Útil e, ao mesmo tempo, empolgante.

— Que tipo de expectativa é essa?

— Pois é — disse Tuppence. — Às vezes, ideias assim simplesmente nos invadem.

Capítulo 2

A pobrezinha era sua filha?

Era difícil pensar em uma explicação por trás do nome Sunny Ridge. Nada no local se assemelhava a um cume ou algo do tipo, como a palavra *"ridge"* sugeria. O terreno era plano, o que era bem mais adequado para as idosas que ali residiam. Havia um amplo jardim, mas sem nada de extraordinário. A casa era uma enorme propriedade vitoriana em bom estado de conservação, cercada por árvores que proporcionavam sombras agradáveis, com uma trepadeira subindo pela lateral e duas araucárias dando um ar exótico ao ambiente. Havia vários bancos posicionados em locais estratégicos para pegar a luz do sol, algumas espreguiçadeiras e um alpendre onde as velhinhas podiam se proteger nos dias de vento.

Tommy tocou a campainha. Logo em seguida, ele e Tuppence foram recebidos por uma moça de avental que parecia exausta. Ela os levou a uma pequena sala de estar.

— Vou avisar Miss Packard — anunciou, meio sem fôlego. — Ela já está esperando vocês e vai descer daqui a pouquinho. Vocês não se importam de esperar um instante, né? É que a velha Mrs. Carraway engoliu o dedal outra vez, sabem como é.

— Mas como ela pode ter feito uma coisa dessas? — perguntou Tuppence, surpresa.

— Faz por diversão — explicou a empregada brevemente. — Vive fazendo isso.

Assim que a mulher saiu, Tuppence se sentou e disse, pensativa:

— Acho que eu não ia gostar da experiência de engolir um dedal. Aquilo deve descer arranhando tudo. Não acha?

Os dois não tiveram que esperar muito. Pouco tempo depois, Miss Packard abriu a porta e entrou pedindo desculpas. Era uma mulher alta, de cabelo loiro-escuro, com mais ou menos cinquenta anos e um ar de competência natural que Tommy sempre admirara.

— Sinto muito pela demora, Mr. Beresford — disse ela. — Como vai, Mrs. Beresford? Que bom que veio também.

— Pelo que ouvi, alguém engoliu alguma coisa — comentou Tommy.

— Ah, então Marlene lhes contou? Sim, foi a velha Mrs. Carraway. Vive engolindo coisas. É muito difícil, sabe? Não conseguimos ficar de olho o tempo inteiro. Sabemos muito bem que as crianças fazem esse tipo de coisa, claro, mas é um passatempo engraçado para uma idosa, né? E acabou virando um hábito. Ela piora a cada ano. Pelo menos não lhe faz nenhum mal.

— Talvez o pai dela tenha sido engolidor de espadas — sugeriu Tuppence.

— Que ideia interessante, Mrs. Beresford. Talvez isso explique *mesmo* as coisas. — Em seguida, continuou: — Avisei a Miss Fanshawe que o senhor faria uma visita, Mr. Beresford, mas não sei se ela entendeu. Sabe como é, nem sempre ela entende.

— Como ela tem estado?

— Bem, receio que esteja piorando rapidamente — respondeu Miss Packard em um tom gentil. — Nunca se sabe o que ela entende e o que não entende. Eu lhe dei a notícia ontem à noite e ela disse que eu certamente estava enganada, pois era época de aulas. Parecia acreditar que o senhor ainda estava na escola. Pobres velhinhas, de vez em quando ficam muito confusas, ainda mais com o passar do tempo. Mas, esta manhã, quando eu a lembrei de sua visita, ela simplesmente disse que era impossível, porque o senhor já tinha morrido. Enfim... — prosseguiu Miss Packard, enérgica. — Tomara que sua tia o reconheça quando vocês se encontrarem.

— Como ela está de saúde? Continua na mesma?

— Dadas as circunstâncias, está bem. Para falar a verdade, acho que não ficará conosco por muito tempo. Não está sofrendo, mas o coração não melhorou. Aliás, piorou, isso sim. Então, acho que seria bom vocês se prepararem. Assim, se ela se for de uma hora para outra, não serão pegos de surpresa.

— Trouxemos flores para ela — disse Tuppence.

— E uma caixa de bombons — completou Tommy.

— Ah, quanta gentileza. Ela vai adorar. Gostariam de subir agora?

Tommy e Tuppence se levantaram e seguiram Miss Packard, que os guiou por uma ampla escadaria. Ao passarem por um dos quartos no corredor do andar de cima, a porta se abriu de repente, e uma senhora baixinha, com cerca de um metro e meio de altura, saiu apressada e gritou, com a voz esganiçada:

— Quero meu chocolate. Quero meu chocolate. Cadê a enfermeira Jane? Eu quero meu chocolate.

Uma mulher com uniforme de enfermeira irrompeu da porta ao lado e disse:

— Calma, calma, querida, está tudo bem. A senhora já tomou o seu chocolate. Vinte minutos atrás.

— Não tomei nada, enfermeira. Você está mentindo. Eu não tomei meu chocolate. Estou com sede.

— Bem, podemos lhe dar outra xícara, se a senhora quiser.

— Não posso tomar outra xícara se ainda não tomei nenhuma.

Eles seguiram em frente. Após dar uma batidinha na porta no fim do corredor, Miss Packard a abriu, e os três entraram.

— Prontinho, Miss Fanshawe — disse ela, toda animada. — Aqui está seu sobrinho, ele veio visitá-la. Não é uma ótima notícia?

Em uma cama perto da janela, uma senhora se sentou abruptamente. Tinha cabelos grisalhos, rosto fino e cheio de rugas, nariz grande e aquilino e um ar de censura. Tommy se aproximou dela.

— Olá, tia Ada. Como vai?

Tia Ada não lhe deu atenção. Em vez disso, dirigiu-se à Miss Packard, furiosa.

— Por acaso você acha certo trazer homens para o quarto de uma senhora? — questionou. — Na minha época, isso era muito inadequado! Ainda por cima vem me dizer que é meu sobrinho! Quem é ele? Um encanador ou o eletricista?

— Ora, isso é jeito de falar? — repreendeu Miss Packard em um tom benevolente.

— Sou seu sobrinho, Thomas Beresford — explicou Tommy, mostrando-lhe os chocolates. — Trouxe uma caixa de bombons para a senhora.

— Você não vai me passar a perna — retrucou tia Ada. — Conheço muito bem seu tipo. Vocês inventam qualquer conversa fiada. E essa mulher, quem é?

Ela olhou para Mrs. Beresford com ar de desgosto.

— Sou Prudence — respondeu Mrs. Beresford. — Sua sobrinha, Prudence.

— Que nome mais ridículo — comentou tia Ada. — Parece nome de copeira. Meu tio-avô Mathew teve uma copeira chamada Comfort, e a camareira se chamava Rejoice-in-the-Lord.* Era metodista. Mas minha tia-avó Fanny logo deu fim a essa história. Disse à mulher que, enquanto estivesse na casa *dela*, se chamaria Rebecca.

— Trouxe um buquê de rosas para a senhora — disse Tuppence.

— Não gosto de flores em quarto de doente. Consomem todo o oxigênio.

— Vou colocá-las em um vaso para a senhora — anunciou Miss Packard.

— Não vai, não. A essa altura do campeonato, você já deveria saber que eu sei muito bem o que quero.

---

* "Alegre-se no Senhor", em tradução livre. [*N.E.*]

— A senhora parece em ótima forma, tia Ada — comentou Mr. Beresford. — Pronta para o combate, eu diria.

— Você não é páreo para mim, fique sabendo. E que história é essa de sair dizendo que é meu sobrinho? Qual é seu nome mesmo? Thomas?

— Isso. Thomas ou Tommy.

— Nunca ouvi falar de você. Só tive um sobrinho na vida, e ele se chamava William. Morreu na última guerra. Mas até que foi bom. Caso tivesse sobrevivido, teria ido para o mau caminho. Estou cansada — comentou ela, recostando-se nos travesseiros e virando a cabeça para Miss Packard. — Leve-os embora. Você não deveria trazer estranhos aqui dentro para me ver.

— Achei que uma visitinha pudesse animá-la — explicou Miss Packard, inabalável.

Tia Ada deu uma risadinha grosseira.

— Então tá — disse Tuppence alegremente. — Vamos embora. Vou deixar as rosas. Pode ser que a senhora mude de ideia em relação às flores. Vamos lá, Tommy — chamou Tuppence, virando-se em direção à porta.

— Bem, adeus, então, tia Ada. Uma pena a senhora não se lembrar de mim.

Tia Ada ficou em silêncio até Tuppence sair do quarto com Miss Packard. Tommy estava prestes a segui-las.

— Ei, *você*, volte aqui — chamou tia Ada, elevando a voz. — Sei muito bem quem você é. É o Thomas. Costumava ser ruivo. Seu cabelo era laranja, cor de cenoura. Volte aqui. Com você eu converso. Mas não quero falar com essa mulher. Não adianta fingir que é sua esposa. A mim ela não engana. Você não deveria trazer esse tipo de mulher aqui dentro. Venha cá, sente-se nessa cadeira e me fale de sua querida mãe. Você pode ir — acrescentou ela, enxotando Tuppence, que hesitava na porta.

Tuppence se retirou no mesmo instante.

— Hoje ela não está para brincadeira — comentou Miss Packard ao descerem a escada, resignada. — Sabe, tem dias que ela é bem agradável. Por incrível que pareça.

Tommy sentou-se na cadeira indicada por tia Ada e comentou com jeitinho que não havia muito o que falar sobre a mãe, já que ela morrera havia quase quarenta anos. A tia não se abalou com a declaração.

— Ora, veja só, já faz tanto tempo assim? O tempo voa mesmo. — A senhora o olhou de cima a baixo, avaliando-o. — Por que não se casa, hein? Arrume uma mulher boa e competente para cuidar de você. Você já está ficando velho, sabia disso? Assim vai parar de andar com mulheres imorais e de trazê-las aqui como se fossem suas esposas.

— Pelo visto vou ter que pedir a Tuppence para trazer a certidão de casamento na nossa próxima visita.

— Então quer dizer que vocês oficializaram a relação, é?

— Já faz mais de trinta anos que somos casados — rebateu Tommy —, e temos um filho e uma filha, que também já estão casados.

— O problema — disse tia Ada, mudando habilmente de tática — é que ninguém me conta nada. Se vocês tivessem me mantido informada...

Tommy não tentou discutir. Certa vez, Tuppence lhe dera um conselho muito sério: "Se alguém com mais de sessenta e cinco anos reclamar de você, não discuta. Nunca tente provar que está certo. Peça desculpas na mesma hora, diga que a culpa foi toda sua, que sente muito e que nunca mais cometerá o mesmo erro".

Naquele momento, Tommy percebeu que essa certamente seria a melhor abordagem a seguir com tia Ada, como sempre.

— Peço desculpas, tia Ada. Sabe, a gente acaba ficando mais esquecido com o passar do tempo. — Então prosseguiu, descarado. — Não é todo mundo que tem uma memória tão incrível quanto a sua.

Tia Ada abriu um sorrisinho presunçoso. Não havia outra definição.

— Tem razão — disse. — Desculpe a minha recepção grosseira, mas não gosto de ser forçada a nada. Neste lugar, nunca se sabe. Eles deixam qualquer um entrar para nos ver. Qualquer um mesmo. Se eu acreditasse na conversa de todo mundo, poderia acabar roubada e assassinada na minha própria cama.

— Ah, acho bem improvável — respondeu Tommy.

— Nunca se sabe — retrucou tia Ada. — É cada história que a gente lê nos jornais... Isso sem falar nas histórias que nos contam. Não que eu confie em tudo o que me dizem, mas fico de olho. Acredite se quiser, outro dia trouxeram um desconhecido aqui... Eu nunca o tinha visto na vida. Apresentou-se como Dr. Williams, depois disse que Dr. Murray estava de férias e que era seu novo sócio. Novo sócio, vê se pode? Como é que eu ia saber se era verdade? Ele só disse que era e pronto-final.

— E era mesmo?

— Bem, no fim das contas, era verdade — continuou tia Ada, ligeiramente irritada por ter que dar o braço a torcer. — Mas era impossível ter certeza absoluta. Ele apareceu aqui de carro, com aquela maletinha preta que os médicos sempre trazem para medir a pressão e toda aquela parafernália. É que nem a caixa mágica que não saía da boca do povo. De quem era a caixa mesmo? Joanna Southcott?

— Não — respondeu Tommy. — Não é a mesma coisa. Aquela caixa continha uma espécie de profecia.

— Ah, sim, entendi. Bem, o que quero dizer é que qualquer um poderia chegar em um lugar como este e afirmar ser médico. Em um piscar de olhos, as enfermeiras ficariam cheias de "sim, doutor, claro, doutor" entre uma risadinha e outra. Aquelas tontas! E se a paciente jurasse nunca ter visto o sujeito na vida, elas jogariam a culpa na vítima, dizendo que não tinha boa memória, que não se lembrava das pessoas. Eu nunca esqueço um rosto — afirmou tia Ada com convicção. — Nunca aconteceu. Como vai sua tia Caroline? Já faz um tempo que não tenho notícias dela. Você a tem visto?

Tommy respondeu, em tom de desculpas, que já fazia quinze anos que tia Caroline havia morrido. Tia Ada não demonstrou nenhum sinal de tristeza com a notícia. Afinal, tia Caroline não era sua irmã, apenas prima de primeiro grau.

— Parece que todo mundo está morrendo — comentou ela, com certo prazer. — Falta perseverança a essa gente. Esse é o problema. Coração fraco, trombose coronariana, pressão alta, bronquite crônica, artrite reumatoide... e por aí vai. Um bando de fracos. É assim que os médicos ganham a vida: receitando aos pacientes caixas e mais caixas, frascos e mais frascos de comprimidos. Tem comprimido amarelo, rosa, verde e até preto, o que não deveria me surpreender. Argh! Nos tempos da minha avó, eles receitavam enxofre com melaço. Aposto que funcionava tão bem quanto qualquer remédio. Quando as opções são ficar boa ou ter que tomar enxofre com melaço, a pessoa melhora rapidinho. — Ela assentiu, satisfeita. — Não se pode confiar nos médicos, não é mesmo? Não em questões profissionais... ou quando surge uma nova moda... Ouvi falar de um monte de casos de envenenamento pipocando por aí. Pelo que me disseram, o objetivo é conseguir corações para transplantes. Eu particularmente não acredito. Miss Packard não é o tipo de mulher que compactuaria com isso.

No andar de baixo, Miss Packard, levemente sem jeito, indicou uma sala que dava para o saguão.

— Sinto muito por essa situação, Mrs. Beresford, mas imagino que a senhora saiba como são as pessoas de idade. Quando elas cismam com alguma coisa e é difícil fazê-las mudarem de ideia.

— Deve ser muito difícil administrar um lugar como este — comentou Tuppence.

— Ah, nem tanto — disse Miss Packard. — Até que eu gosto, sabia? Realmente sinto carinho por todos aqui. A gente acaba se afeiçoando às pessoas de quem cuida. Quer dizer, elas têm suas manias e inquietações, mas são bem fáceis de lidar, quando se tem a manha.

Tuppence pensou com seus botões que Miss Packard era uma daquelas pessoas que simplesmente levavam jeito para o trabalho.

— São que nem crianças, na verdade — disse Miss Packard em tom indulgente. — Só que crianças têm muito mais lógica, o que às vezes dificulta as coisas. Por outro lado, os velhinhos são ilógicos, só querem ser tranquilizados ouvindo de nós aquilo em que gostariam de acreditar. Assim, voltam a ficar felizes por um tempinho. Tenho uma ótima equipe aqui. Pessoas pacientes, sabe, de bom temperamento e que não são inteligentes demais, já que esse tipo de gente perde muito a paciência. Sim, Miss Donovan, o que foi? — perguntou, virando-se para uma jovem de pincenê que descia a escada às pressas.

— É Mrs. Lockett outra vez, Miss Packard. Ela afirma que está morrendo e quer que a gente chame o médico imediatamente.

— Ah — disse Miss Packard, nem um pouco surpresa —, de que ela está morrendo desta vez?

— Segundo ela, havia cogumelo no ensopado de ontem, e provavelmente tinha fungo ali dentro, disse que foi envenenada.

— Essa é nova — comentou Miss Packard. — Melhor eu ir lá em cima falar com ela. Desculpe deixá-la aqui sozinha, Mrs. Beresford. Ali naquela sala a senhora encontrará revistas e jornais.

— Ah, não se preocupe comigo — respondeu Tuppence.

Então, entrou na sala indicada. Era um cômodo agradável, com portas francesas que davam para o jardim. Havia poltronas e vasos de flores em cima das mesas. Em uma das paredes havia uma estante onde se misturavam romances modernos, guias de viagem e o que poderíamos descrever como clássicos que muitas das residentes possivelmente adorariam reencontrar. As revistas estavam em cima de uma das mesas.

Havia apenas uma pessoa na sala. Era uma senhora de cabelos brancos penteados para trás, sentada em uma poltrona, olhando para o copo de leite que segurava na mão. Tinha um rosto bonito, pálido e rosado, e abriu um sorriso amigável para Tuppence.

— Bom dia — disse. — Vai se mudar para cá ou está de visita?

— Estou de visita — respondeu Tuppence. — Uma tia minha mora aqui. Meu marido está com ela agora. Achamos que duas pessoas de uma vez talvez fosse demais.

— Muita consideração da parte de vocês — comentou a senhora, tomando um gole de leite com ar apreciativo. — Será que... Não, acho que está bom. Gostaria de beber alguma coisa? Quem sabe um chá ou um cafezinho? Deixe-me tocar a sineta. O pessoal daqui é muito prestativo.

— Não, obrigada — falou Tuppence —, estou bem.

— Talvez um copo de leite. Hoje não está envenenado.

— Não, não, também não. Daqui a pouco já estamos de saída.

— Bem, se tem tanta certeza... mas não seria incômodo algum, viu? Ninguém aqui se incomoda com nada. Quer dizer, a menos que se peça algo completamente impossível.

— Ouso dizer que a tia que viemos visitar às vezes pede coisas bem impossíveis. É a Miss Fanshawe — acrescentou.

— Ah, Miss Fanshawe — disse a senhora. — Ah, sim.

Algo parecia inibi-la, mas Tuppence comentou, alegre:

— Imagino que ela seja osso duro de roer por aqui também. Sempre foi.

— Ah, sim, é mesmo. Sabe, eu também tive uma tia que era desse jeito, ainda mais depois que envelheceu. Mas todo mundo aqui adora Miss Fanshawe. Quando quer, ela é muito, muito divertida. Em relação aos outros, sabe?

— Sim, imagino que possa ser mesmo — respondeu Tuppence.

Em seguida, refletiu por um momento, pensando em tia Ada sob essa nova perspectiva.

— Muito ácida — comentou a senhora. — A propósito, meu nome é Lancaster, Mrs. Lancaster.

— Meu nome é Beresford — apresentou-se Tuppence.

— De vez em quando, infelizmente, a gente acaba se divertindo com um pouquinho de malícia aqui e ali. A gente ri da forma como ela descreve algumas das outras hóspedes e dos comentários que faz a respeito das nossas colegas. Sabe, não era para ter graça, mas acaba tendo.

— Já faz muito tempo que a senhora mora aqui?

— Já faz um bom tempo. Deixe-me ver, sete... oito anos. Sim, sim, deve ser mais de oito anos. — Suspirou. — A gente acaba perdendo a noção das coisas. E perde também o contato com as pessoas. Todos os meus parentes que ainda estão vivos moram no exterior.

— Deve ser bem triste.

— Não, até que não. Eu não dava muita bola para eles. Para dizer a verdade, nem os conhecia direito. Tive uma doença grave, gravíssima, e fiquei sozinha no mundo, então eles acharam melhor eu morar em um lugar como este. Acho que tenho muita sorte de estar aqui. Todo mundo é muito gentil e atencioso. E os jardins são uma beleza. Eu não gostaria de morar sozinha, porque de vez em quando fico muito confusa, sabe? Bem confusa mesmo — comentou, dando um tapinha na testa. — Confusa aqui. Embaralho tudo. Nem sempre me lembro direito do que já aconteceu.

— Sinto muito — disse Tuppence. — Acho que sempre temos que lidar com alguma questão, não é mesmo?

— Algumas doenças são bem dolorosas. Por aqui, temos duas pobres mulheres com artrite reumatoide em estágio avançado. É um sofrimento danado. Por isso, acho que não é tão grave fazer um pouco de confusão com o que já aconteceu, ou onde aconteceu, com quem aconteceu e tudo mais, sabe? Pelo menos a dor não é física.

— É. Acho que a senhora tem razão — concordou Tuppence.

Então, a porta se abriu, e uma moça de avental branco entrou trazendo uma bandejinha com um bule de café e um prato com dois biscoitos, que pôs ao lado de Tuppence.

— Miss Packard imaginou que a senhora poderia querer uma xícara de café.

— Ah. Obrigada — respondeu Tuppence.

Assim que a moça saiu, Mrs. Lancaster comentou:

— Viu só? Muito atenciosos, não?

— De fato.

Tuppence serviu-se de café e começou a beber. As duas passaram um tempinho em silêncio. Tuppence ofereceu o prato de biscoitos, mas a senhora fez que não com a cabeça.

— Obrigada, querida. Gosto de tomar meu leite puro.

Em seguida, a mulher largou o copo vazio e recostou-se na poltrona, semicerrando os olhos. Tuppence supôs que aquele devia ser o momento da manhã em que ela tirava um cochilo, então permaneceu em silêncio. De repente, porém, Mrs. Lancaster pareceu despertar sobressaltada. Abriu os olhos, encarou Tuppence e comentou:

— Vejo que está olhando a lareira.

— Ah, estava? — perguntou Tuppence, levemente surpresa.

— Estava, sim. Será que... — A mulher se inclinou para a frente e baixou o tom de voz. — Desculpe, a pobrezinha era sua filha?

Pega de surpresa, Tuppence hesitou.

— Eu... Não, acho que não — respondeu.

— Fiquei curiosa. Imaginei que talvez tivesse vindo aqui por esse motivo. Alguém deve vir um dia. Talvez venham. E do jeito que você estava olhando a lareira... É ali que ela está, sabia? Atrás da lareira.

— Ah. É mesmo?

— Sempre no mesmo horário — disse Mrs. Lancaster em voz baixa. — Sempre no mesmo horário do dia. — Em seguida, olhou para o relógio em cima da lareira. Tuppence olhou também. — Onze e dez — declarou. — Onze e dez. Sim, sempre no mesmo horário, toda manhã.

Suspirou.

— As pessoas não entenderam... Contei a elas o que eu sabia, mas ninguém acreditou em mim!

Naquele momento, Tuppence ficou aliviada ao ver a porta se abrir e Tommy entrar. Ela se levantou.

— Estou aqui. Pronta para ir. — A caminho da porta, virou a cabeça para dizer: — Adeus, Mrs. Lancaster.

Assim que chegaram ao corredor, Tuppence perguntou:

— Como foram as coisas?

— Depois que *você* saiu — respondeu Tommy —, nós nos demos bem que é uma beleza.

— Parece que a minha presença não foi tão boa para ela, né? De certa forma, é animador.

— Como assim?

— Bem, na minha idade e com a minha aparência arrumadinha, respeitável e um tanto quanto tediosa, é legal saber que posso ser vista como uma mulher depravada e sedutora.

— Palhaça — retrucou Tommy, dando-lhe um beliscão carinhoso no braço. — Com quem você estava de papo? Parecia uma velhinha muito simpática.

— Era mesmo — concordou Tuppence. — Um amorzinho. Mas, infelizmente, lelé da cuca.

— Lelé da cuca?

— Sim. Parecia acreditar que havia uma criança morta atrás da lareira ou algo do tipo. Chegou a perguntar se a pobrezinha era minha filha.

— Que horror! — exclamou Tommy. — Imagino que aqui tenha muita gente que não bate bem da cabeça mesmo, assim como parentes idosos com a saúde intacta, cujo único problema é a idade avançada. Mesmo assim, a senhora parecia simpática.

— Ah, e era mesmo. Simpática e muito gentil, na minha opinião. Eu queria entender melhor essas fantasias dela.

De repente, Miss Packard apareceu de novo.

— Adeus, Mrs. Beresford. Espero que tenham lhe servido café.

— Serviram, sim, obrigada.

— Foi muita gentileza terem vindo aqui — disse Miss Packard. Então, dirigindo-se a Tommy, emendou: — E tenho certeza de que Miss Fanshawe gostou muito da sua visita. Lamento que ela tenha sido tão grosseira com sua esposa.

— Acho que tia Ada também gostou muito dessa parte — comentou Tuppence.

— É, tem razão. Ela realmente gosta de ser grosseira com as pessoas. Infelizmente, é muito boa nisso.

— Justamente por isso ela pratica a arte sempre que pode — concluiu Tommy.

— Vocês dois são muito compreensivos — observou Miss Packard.

— Aquela senhorinha com quem eu estava conversando — disse Tuppence. — Mrs. Lancaster, certo?

— Ah, sim, Mrs. Lancaster. Todos nós a adoramos.

— Por acaso ela é... um pouco excêntrica?

— Ah, ela imagina coisas — explicou Miss Packard, com indulgência. — Acontece com muita gente aqui. São fantasias inofensivas, mas... bem, não deixam de ser fantasias. Coisas que elas acreditam que lhes aconteceram. Ou com os outros. Tentamos não dar muita atenção, não incentivá-las. Minimizamos a situação. Acho que, na verdade, não passa de um exercício de imaginação, uma espécie de faz de conta em que gostam de viver. Uma história emocionante, ou então triste e trágica. Tanto faz. Mas, felizmente, nada de mania de perseguição. Não seria nada bom.

— Bem, então é isso — disse Tommy com um suspiro ao entrar no carro. — Agora só precisaremos voltar daqui a pelo menos seis meses.

Entretanto, não precisaram visitá-la dali a seis meses, já que três semanas depois tia Ada morreu dormindo.

Capítulo 3

Um funeral

— Funerais são bem tristes, não são? — comentou Tuppence.

Tinham acabado de voltar do funeral de tia Ada, que envolvera uma longa e inconveniente viagem de trem, já que o enterro acontecera no interior em Lincolnshire, onde a maior parte dos familiares e antepassados da mulher estava enterrada.

— O que você esperava de um funeral? — rebateu Tommy racionalmente. — Fogos de artifício?

— Ora, em certos lugares seria possível — afirmou Tuppence. — Quer dizer, os irlandeses adoram um velório, né? Primeiro eles choram e se lamentam, depois bebem e caem na gandaia. Vamos beber alguma coisa? — acrescentou, olhando para o aparador.

Então, Tommy foi até lá e voltou com o que considerava apropriado para aquela ocasião: um White Lady.

— Ah, agora, sim — disse Tuppence.

Ela tirou o chapéu preto, jogou-o do outro lado da sala e despiu-se do longo casaco preto.

— Odeio roupa de luto. Sempre tem cheiro de naftalina por ficar guardada.

— Não precisa continuar usando. É só para ir ao funeral.

— Ah, sim, eu sei. Daqui a pouquinho vou lá em cima vestir uma blusa vermelha só para dar uma melhorada no astral. Bem que você podia preparar outro White Lady para mim.

— Sério, Tuppence, não fazia ideia de que um funeral despertaria esse clima festivo em você.

— Eu falei que esse tipo de coisa era triste pois funerais como os de tia Ada são deprimentes — explicou ela pouco depois, reaparecendo com um vestido vermelho-cereja cheio de brilho e um broche de rubi e diamantes em forma de lagarto preso ao ombro. — Só tem idosos e meia dúzia de flores. Pouca gente aos prantos. E uma velha solitária que não vai fazer muita falta.

— Eu deveria ter imaginado que seria muito mais fácil para você aguentar isso do que o meu funeral, por exemplo.

— É aí que você se engana — retrucou Tuppence. — Não quero nem pensar no seu funeral, porque prefiro mil vezes morrer antes de você. Mas, em todo caso, se eu fosse ao seu enterro, me entregaria à dor. Teria que levar um monte de lenços.

— Com bordas pretas?

— Bem, eu não tinha pensado nisso, mas até que é uma boa ideia. E, além do mais, o serviço funerário é uma coisa linda. Eleva o espírito. O sofrimento autêntico é verdadeiro. A sensação é péssima, mas tem um efeito purificador, como botar tudo para fora.

— Sério, Tuppence, acho seus comentários sobre minha morte e o efeito que isso terá em você de péssimo gosto. Não gosto nem um pouco. Vamos esquecer o assunto.

— Concordo. Vamos deixar para lá.

— A velhinha se foi, coitada — comentou Tommy —, em paz e sem sofrimento. Então, vamos deixar por isso mesmo. Acho melhor dar uma organizada aqui.

Em seguida, foi até a escrivaninha e folheou alguns papéis.

— Onde foi que eu coloquei a carta do Mr. Rockbury?

— Quem é Mr. Rockbury? Ah, está falando do advogado que escreveu para você.

— Isso. Para cuidar dos assuntos dela. Parece que sou o único parente vivo.

— Uma pena que ela não tivesse uma fortuna para deixar para você.

— Se ela tivesse uma fortuna, teria deixado para aquele Asilo de Gatos — retrucou Tommy. — A herança que deixou para eles no testamento vai levar embora praticamente todo o dinheiro que sobrou. Não me restará quase nada. Não que eu queira ou precise do dinheiro, de todo modo.

— Ela gostava tanto assim de gatos?

— Não sei. Acho que sim. Comigo ela nunca tocou no assunto. Tenho para mim que ela se divertia bastante dizendo para as amigas que iam visitá-la coisas do tipo "deixei um negocinho para você no meu testamento, querida", ou "esse broche que você tanto adora vai ser seu um dia, está no meu testamento" — opinou Tommy, pensativo. — E, no fim das contas, não deixou nada para ninguém, a não ser para o Asilo de Gatos.

— Aposto que ela se divertia um bocado fazendo isso — disse Tuppence. — Dá até pra imaginá-la fazendo essas promessas para um monte de amigas… ou supostas amigas, pois não acredito que tia Ada gostasse dessas pessoas. Ela gostava era de fazê-las de bobas. Precisamos admitir que a velhinha era uma peste, não é, Tommy? O engraçado é que as pessoas acabavam gostando dela justamente por isso. Conseguir se divertir quando se é velha e mora em um asilo é impressionante. Teremos que ir a Sunny Ridge?

— Onde está a outra carta, a de Miss Packard? Ah, achei. Eu tinha deixado junto com a carta de Rockbury. Sim, ela avisou que tem alguns pertences de minha tia por lá que agora são de minha propriedade, ao que parece. Quando tia Ada foi morar no asilo, levou alguns móveis. E, é claro, tem também os itens de uso pessoal. Roupas e coisas do tipo. Acho que alguém vai ter que dar uma olhada no que ficou por lá. Isso sem falar nas cartas e tudo mais. Sou o executor testamentário dela, então acho que cabe a mim. Imagino que a gente não vá querer nada, certo? A não ser uma escrivaninha que eu sempre adorei. Acho que era do tio William.

— Pois bem, acho que você poderia ficar com a escrivaninha de recordação — disse Tuppence. — Caso contrário, a gente pode mandar tudo para leilão.

— Então não tem por que você ir.

— Ah, acho que quero ir — respondeu ela.

— Quer mesmo? Por quê? Não vai ser um tédio?

— O quê? Dar uma olhada nas coisas de tia Alda? Não, não vai. De certa forma, acho que tenho um pouco de curiosidade. Cartas e joias antigas são sempre interessantes e, se quer saber minha opinião, deveríamos examiná-las pessoalmente, em vez de mandar tudo para leilão ou delegar a tarefa a desconhecidos. Nada disso, vamos lá avaliar o que vai e o que fica.

— Fale a verdade: por que você quer ir? Tem outro motivo, não tem?

— Caramba, como é horrível ser casada com alguém que conhece a gente tão bem.

— Então você *tem* outro motivo?

— Não exatamente.

— Faça-me o favor, Tuppence. Você não gosta tanto assim de mexer nas coisas dos outros.

— Acredito que esse seja meu dever — afirmou Tuppence, com firmeza. — Não, o único outro motivo é...

— Vamos. Desembucha.

— Eu queria encontrar de novo aquela... aquela velhinha.

— Aquela que achava que havia uma criança morta atrás da lareira?

— Isso. Eu queria falar com ela de novo. Gostaria de entender o que se passava na cabeça dela quando disse aquelas coisas. Era uma lembrança ou um fruto da imaginação? Quanto mais eu penso nisso, mais incrível parece. Será que é uma história que ela inventou ou de fato aconteceu algo envolvendo uma lareira ou uma criança morta? O que a fez pensar que a criança morta poderia ser *minha* filha? Por acaso eu tenho cara de quem tem filha morta?

— Não sei como você espera que seja a cara de alguém que perdeu um filho — disse Tommy. — Mas você não parece uma dessas pessoas. Enfim, Tuppence, temos a obrigação de ir, e você pode se divertir com suas ideias *macabras* no processo. Está combinado, então. Vamos escrever para Miss Packard e marcar a data.

Capítulo 4

O quadro da casa

Tuppence respirou fundo.

— Está tudo igual — comentou.

Ela e Tommy estavam parados na porta da frente de Sunny Ridge.

— Por que não estaria? — questionou ele.

— Sei lá. É só uma sensação que eu tenho... relacionada ao tempo. O tempo passa em um ritmo diferente em cada lugar. Quando voltamos a alguns lugares, sentimos que o tempo passou voando e que várias coisas aconteceram... e mudaram. Mas aqui... Tommy, você se lembra de Ostende?

— Ostende? Fomos lá na nossa lua de mel. É óbvio que me lembro.

— E você se lembra daquela placa? TRAMSTILLSTAND... A gente caiu na risada. Parecia tão ridículo...

— Acho que foi em Knock, não em Ostende.

— Tanto faz, você sabe do que eu estou falando. Pois bem, este lugar aqui é que nem aquela palavra... *Tramstillstand*, uma junção de palavras. *Timestillstand... o tempo parou.* Nada aconteceu aqui. Tudo continua o mesmo. É como fantasmas, mas ao contrário.

— Não sei do que você está falando. Por acaso pretende passar o dia inteiro aqui divagando sobre o tempo sem tocar a campainha? Tia Ada não está mais neste lugar, para início de conversa. Já é uma diferença.

Tommy tocou a campainha.

— E vai ser a única diferença — disse Tuppence. — Aquela velhinha que eu conheci estará bebendo seu leite e falando sobre lareiras, Mrs. Fulana-de-tal terá engolido um dedal ou uma colher de chá, uma senhorinha esquisita vai sair do quarto aos berros exigindo seu chocolate, Miss Packard descerá a escada e...

A porta se abriu. Uma moça de avental de nylon apareceu e disse:

— Mr. e Mrs. Beresford? Miss Packard está esperando vocês.

A moça já estava prestes a levá-los para a mesma sala de antes quando Miss Packard desceu a escada e os cumprimentou. Parecia menos enérgica do que de costume. Estava séria, como em uma espécie de luto, mas sem exageros, já que poderia ser constrangedor. A mulher era especialista em saber dosar a medida aceitável de condolências.

Setenta anos era a expectativa de vida consagrada pela Bíblia, e as mortes em sua instituição raramente aconteciam abaixo dessa idade. Eram ocorrências naturais.

— Que bom que vieram. Já deixei tudo arrumadinho para vocês darem uma olhada. Foi ótimo terem vindo logo, porque, para falar a verdade, já temos três ou quatro pessoas esperando uma vaga aqui. Espero que compreendam e não pensem que estou tentando apressá-los.

— Ah, evidente, entendemos perfeitamente — respondeu Tommy.

— As coisas ainda estão lá no quarto que Miss Fanshawe ocupava — explicou Miss Packard.

Em seguida, abriu a porta do quarto em que tinham visto tia Ada pela última vez. O cômodo tinha aquele ar de abandono que todo quarto tem quando a cama, coberta por um lençol, revela as formas dos cobertores dobrados e dos travesseiros organizados por baixo.

O armário estava aberto e as roupas tinham sido dispostas em cima da cama, dobradas com esmero.

· UM PRESSENTIMENTO FUNESTO ·

39

— O que se costuma fazer? Quer dizer, o que as pessoas fazem na maioria das vezes com as roupas e coisas do tipo? — perguntou Tuppence.

Como sempre, Miss Packard foi competente e prestativa.

— Posso indicar duas ou três instituições que adorariam receber a doação. Ela tinha uma ótima estola de pele e um casaco de qualidade, mas imagino que não teriam serventia para a senhora. Ou pode ser que vocês já saibam para qual instituição de caridade doar.

Tuppence fez que não.

— Miss Fanshawe tinha algumas joias — informou Miss Packard. — Eu as guardei por segurança. Estão na gaveta direita da penteadeira. Coloquei ali dentro pouco antes de vocês chegarem.

— Muito obrigado pela dedicação — agradeceu Tommy.

Tuppence olhava fixamente para um quadro acima da lareira. Era uma pequena pintura a óleo de uma casa rosa-clara ao lado de um canal e uma pontezinha arqueada. Havia um barquinho vazio encostado abaixo da ponte, na margem do canal. Ao fundo, viam-se dois álamos. Era um cenário bastante agradável aos olhos, mas, mesmo assim, Tommy se perguntou por que Tuppence encarava o quadro com tanto interesse.

— Que engraçado — murmurou ela.

Tommy a olhou com curiosidade. Após tantos anos de experiência, sabia muito bem que as coisas que Tuppence considerava engraçadas não eram dignas de tal adjetivo.

— Como assim, Tuppence?

— É engraçado. Não reparei nesse quadro quando estive aqui. Mas o estranho é que já vi essa casa em algum lugar. Ou talvez fosse uma casa parecida. Eu me lembro muito bem... Engraçado eu não me lembrar nem de quando nem de onde vem essa memória.

— Provavelmente você reparou sem reparar que estava reparando — disse Tommy, sentindo que o desleixo na escolha de palavras era tão maçante quanto Tuppence dizendo "engraçado" várias vezes.

40 · AGATHA CHRISTIE ·

— Por acaso *você* reparou neste quadro, Tommy, quando estivemos aqui da última vez?

— Não, mas também não prestei muita atenção.

— Ah, aquele quadro? — disse Miss Packard. — Não, acho que não tem como vocês o terem visto da última vez, porque estou quase certa de que não estava pendurado acima da lareira naquela ocasião. Na verdade, o quadro pertencia a uma das outras hóspedes, e ela o deu para sua tia. Miss Fanshawe chegou a expressar admiração pela arte uma ou duas vezes, e essa outra senhora fez questão de presenteá-la com a pintura.

— Ah, entendi — comentou Tuppence —, então é claro que não tem como eu ter visto o quadro aqui antes. Mas ainda tenho a sensação de que conheço muito bem essa casa. Você não, Tommy?

— Não — respondeu ele.

— Pois bem, vou deixá-los a sós — anunciou Miss Packard rapidamente. — Qualquer coisa, é só chamar.

Por fim, assentiu com um sorriso e saiu do quarto, fechando a porta atrás de si.

— Não gosto dos dentes dessa mulher — comentou Tuppence.

— Qual é o problema dos dentes dela?

— São dentes demais. Ou grandes demais... "É para te comer melhor!", que nem a avó da Chapeuzinho Vermelho.

— Você está muito esquisita hoje, Tuppence.

— Estou mesmo. Sempre achei Miss Packard bem simpática, mas hoje, não sei por quê, ela me pareceu meio sinistra. Já sentiu isso?

— Não, nunca senti. Venha, vamos cumprir nossa missão aqui: examinar os "bens" da tia Ada, como dizem os advogados. Aquela é a escrivaninha da qual falei... a escrivaninha do tio William. Que tal?

— É linda. Estilo regência, acho. Que bom que os velhinhos que se mudam para cá podem trazer alguns pertences. Não ligo para as cadeiras estofadas, mas adoraria ficar com aquela mesinha. É perfeita para colocarmos no canto perto da janela onde está aquela estante pavorosa.

— Tudo bem — disse Tommy. — Vou reservar as duas.

— E vamos levar o quadro da lareira. É uma pintura linda, e tenho certeza de que já vi aquela casa em algum lugar. Pois bem, vamos dar uma olhada nas joias.

Eles abriram a gaveta da penteadeira. Havia um conjunto de camafeus, uma pulseira e brincos florentinos e um anel com pedras de diferentes cores.

— Já vi um anel desse tipo antes — comentou Tuppence. — Geralmente as iniciais das pedras formam uma palavra. Às vezes "amada". Ametista, malaquita, ágata. Não, não é "amada". Não consigo imaginar alguém dando um anel para sua tia Ada com a palavra "amada". Larimar, esmeralda... a dificuldade é saber onde começar. Vou tentar outra vez. Larimar, esmeralda, depois acho que vem uma malaquita, bronzita, rubi, ametista... Ah, mas é claro, é "lembrança". Muito interessante, na verdade. Tão antiquado e sentimental...

Ela pôs a joia no dedo.

— Talvez Deborah possa gostar de ficar com este anel e com o conjunto de louça florentina. Ela é apaixonada por peças vitorianas, assim como muita gente hoje em dia. Bem, acho que está na hora de vermos as roupas. Essa parte é sempre meio *mórbida*, na minha opinião. Ah, aqui está a estola de pele. Deve ser bem valiosa. Eu não tenho interesse. Será que tem alguém aqui... alguém que a tratasse bem... ou talvez uma amiga mais próxima entre as internas... quer dizer, hóspedes. Reparei que elas são chamadas de hóspedes ou de moradoras. Seria legal oferecer a estola a essa pessoa. É zibelina legítima. Vamos falar com Miss Packard. As outras roupas podem ir para caridade. Então é isso, tudo resolvido, certo? Agora vamos atrás de Miss Packard. Adeus, tia Ada — disse em voz alta, olhando para a cama. — Que bom que nós viemos visitá-la aquela última vez. Uma pena tia Ada não gostar de mim, mas se toda aquela antipatia e grosseria a divertiam, não guardo nenhum rancor. Ela precisava se divertir de alguma forma. E não vamos esquecê-la. Pensaremos na senhora toda vez que olharmos para a escrivaninha do tio William.

Então foram atrás de Miss Packard. Tommy explicou que providenciariam a retirada e a entrega da escrivaninha e da mesinha no endereço deles e que falaria com os leiloeiros locais a respeito do destino do restante dos móveis. A escolha das instituições de caridade que receberiam as roupas ficaria a cargo de Miss Packard, se não fosse incômodo.

— Não sei se alguém aqui teria interesse em ficar com a estola de zibelina — disse Tuppence. — É uma peça excelente. Quem sabe uma amiga próxima? Ou talvez uma das enfermeiras que tenha dado uma atenção especial a tia Ada.

— Muita gentileza de sua parte, Mrs. Beresford. Infelizmente, Miss Fanshawe não tinha amigas tão íntimas entre nossas hóspedes, mas Miss O'Keefe, uma das enfermeiras, fez muito por ela e foi especialmente boa e cuidadosa, então imagino que ficaria contente e honrada com a lembrança.

— E tem o quadro da lareira — comentou Tuppence. — Gostaria de ficar com ele... mas talvez a pessoa que o deu a tia Ada queira recebê-lo de volta. Acha melhor perguntarmos...?

Miss Packard a interrompeu.

— Ah, sinto muito, Mrs. Beresford, mas infelizmente não será possível. Foi Mrs. Lancaster que deu o quadro a Miss Fanshawe, e ela não está mais aqui conosco.

— Não está mais com vocês? — perguntou Tuppence, surpresa. — Mrs. Lancaster? Aquela senhora que vi da última vez que estive aqui, de cabelo branco penteado para trás? A que estava tomando leite na sala de estar lá embaixo? Ela foi embora daqui, é isso?

— Sim. Aconteceu sem mais nem menos. Uma parente dela, Mrs. Johnson, a levou embora há mais ou menos uma semana. Mrs. Johnson tinha acabado de voltar meio de surpresa da África, onde passou os últimos quatro ou cinco anos. Como ela e o marido vão comprar uma casa na Inglaterra, agora pode cuidar de Mrs. Lancaster. Na minha opinião, Mrs. Lancaster não queria nos deixar. Já estava mais do que adaptada à vida aqui, se dava bem com todo mundo e era feliz. Ficou bastante abalada, chorou um bocado... mas o que se pode fazer? A opinião dela não teve muito peso na decisão, pois eram os Johnson que pagavam a sua estadia aqui. Cheguei até a sugerir a eles que, como ela estava aqui há muito tempo e já estava bem adaptada, talvez fosse aconselhável deixá-la ficar...

— Quanto tempo Mrs. Lancaster passou aqui? — perguntou Tuppence.

— Ah, quase seis anos, eu acho. Sim, por aí. É por isso que ela já se sentia em casa, é claro.

— Entendo — disse Tuppence. — É compreensível.

Em seguida, franziu a testa, lançou um olhar nervoso para Tommy e ergueu o queixo com determinação.

— É uma pena que ela tenha ido embora. Quando nós duas conversamos, tive a sensação de que já a conhecia... seu rosto me pareceu familiar. Depois, lembrei que já a tinha encontrado com uma velha amiga minha, Mrs. Blenkinsop. Decidi que, quando eu voltasse aqui para visitar tia Ada, tiraria essa história a limpo. Mas, é claro, se ela voltou para a casa da família, a situação muda de figura.

— Entendo perfeitamente, Mrs. Beresford. Se algumas das nossas moradoras conseguem entrar em contato com amizades de longa data ou alguém que já conheceu seus parentes, faz uma enorme diferença na vida delas. Não me lembro de já tê-la ouvido mencionar o nome Blenkinsop, mas, de qualquer maneira, não imagino que houvesse possibilidade de isso acontecer.

— Poderia me contar um pouco mais sobre ela, quem eram os parentes e como veio parar aqui?

— Não há muito o que contar. Como falei, há cerca de seis anos recebemos cartas de Mrs. Johnson perguntando sobre o asilo, depois ela veio pessoalmente avaliar o espaço. Disse que tinha ouvido falar de Sunny Ridge através de um amigo, fez perguntas sobre as condições e tudo mais... e foi embora. Mais ou menos uma ou duas semanas depois, nós recebemos uma carta de um escritório de advocacia de Londres querendo saber mais detalhes. Por fim, escreveram para informar que gostariam que aceitássemos Mrs. Lancaster e que Mrs. Johnson a traria no prazo de uma semana, caso tivéssemos vaga. Como aconteceu de termos vaga, Mrs. Johnson a trouxe para cá e Mrs. Lancaster pareceu gostar do lugar e do quarto que reservamos para ela. Mrs. Johnson disse que Mrs. Lancaster tinha vontade de trazer alguns pertences. Concordei logo de cara, porque muita gente faz isso e fica bem mais feliz. Portanto, deu tudo certo. Mrs. Johnson explicou que Mrs. Lancaster era uma parente distante do marido, mas estavam preocupados com ela porque iam para a África... Nigéria, se não me engano. O marido ia assumir um cargo por lá e eles provavelmente demorariam alguns anos para voltar à Inglaterra. Como não tinham uma casa para oferecer a Mrs. Lancaster, queriam garantir que ela fosse aceita em um lugar que a pudesse fazer feliz. Pelo que já tinham ouvido de Sunny Ridge, estavam convictos de que aqui era o lugar ideal. Portanto, tudo foi arranjado tranquilamente e Mrs. Lancaster se estabeleceu muito bem.

— Entendi.

— Todos aqui gostavam bastante de Mrs. Lancaster. Ela era meio... bem, sabe como é, desligada. Quer dizer, esquecia as coisas, confundia informações e, às vezes, não conseguia se lembrar de nomes e endereços.

— Ela recebia muitas cartas? — perguntou Tuppence. — Digo, cartas do exterior e coisas do tipo?

— Bem, acho que Mrs. Johnson, ou Mr. Johnson, escreveu uma ou duas vezes da África, mas só no primeiro ano. Infelizmente, as pessoas acabam se esquecendo. Ainda mais quando vão morar em um país novo e mudam de vida, e acho que eles nunca foram muito próximos. Acredito que não passava de uma relação distante, uma responsabilidade de família, e para eles se resumia a isso. Todas as transações financeiras eram feitas por meio do advogado, Mr. Eccles, de uma firma muito bem-conceituada. Para dizer a verdade, nós já tínhamos trabalhado com essa firma algumas vezes, então já nos conhecíamos. Mas acho que a maioria dos amigos e familiares de Mrs. Lancaster já tinha morrido, então ela não recebia muitas correspondências e quase ninguém vinha visitá-la. Um homem muito bem aparentado veio vê-la cerca de um ano depois, acredito eu. Acho que não a conhecia pessoalmente, mas era amigo de Mr. Johnson e tinha trabalhado para o governo britânico no exterior. Creio que só tenha vindo para se certificar de que ela estava bem e feliz.

— E depois disso todo mundo se esqueceu dela — concluiu Tuppence.

— Infelizmente, sim — confirmou Miss Packard. — Triste, né? Mas é bem comum. O lado bom é que a maioria das moradoras faz suas próprias amizades aqui. Ficam amigas daquelas que têm gostos semelhantes ou lembranças em comum, então tudo acaba se resolvendo. Acho que a maioria esquece boa parte do passado.

— Imagino que algumas sejam meio... — Tommy hesitou, procurando a palavra adequada. — Meio... — Por fim, levou a mão lentamente à testa, mas a afastou na sequência. — Não quero dizer...

— Ah, eu entendo perfeitamente o que quer dizer — garantiu Miss Packard. — Não aceitamos pacientes com transtornos mentais, sabe, mas aceitamos o que poderíamos chamar de casos limítrofes. Ou seja, pessoas um tanto senis, que não conseguem cuidar de si mesmas por conta própria ou que têm certas fantasias e imaginações. Às vezes, elas acreditam ser personagens históricas. São episódios inofensivos. Já tivemos duas Marias Antonietas por aqui; uma delas vivia falando de um tal de Petit Trianon e bebia muito leite, o que parecia associar ao lugar. E já tivemos uma velhinha que insistia que era Madame Curie e que tinha descoberto o rádio. Ela lia os jornais com grande interesse, em especial notícias sobre bombas atômicas ou descobertas científicas. Depois sempre explicava que ela e o marido tinham sido os primeiros a realizar experimentos na área. Delírios inofensivos, capazes de conservar a alegria nessa idade. E não duram muito tempo, sabe? Ninguém faz papel de Maria Antonieta ou de Madame Curie por dias a fio. Costuma acontecer de quinze em quinze dias, mais ou menos. Imagino que seja cansativo ficar atuando o tempo todo. Claro, na maioria das vezes, elas sofrem mesmo é de esquecimento. Não conseguem se lembrar direito de quem são. Ou insistem em dizer que se esqueceram de algo muito importante e adorariam lembrar o que é. Esse tipo de coisa.

— Entendo — disse Tuppence. — Após um instante de hesitação, perguntou: — Mrs. Lancaster sempre se lembrava de coisas relacionadas exclusivamente à lareira da sala de estar ou era qualquer lareira?

Miss Packard arregalou os olhos.

— Lareira? Não entendi.

— Foi algo que ela disse e eu não entendi. Talvez tenha feito uma associação desagradável com uma lareira ou tenha lido alguma história que a assustou.

— É possível.

— Continuo preocupada com a questão do quadro que ela deu para tia Ada.

— Acho que não há motivo algum para se preocupar, Mrs. Beresford. A essa altura do campeonato, imagino que nem se lembre mais do assunto. Não acredito que ela desse tanto valor assim àquele quadro. Só ficou satisfeita de saber que Miss Fanshawe o admirava e a presenteou de bom grado. Tenho certeza de que também adoraria saber que ficou com a senhora, já que o admira tanto. É um belo quadro, na minha opinião. Não que eu entenda muito de arte.

— Vou fazer o seguinte: escreverei para Mrs. Johnson, se me der o endereço dela, e perguntarei se tem problema eu ficar com o quadro.

— O único endereço que tenho é do hotel de Londres para onde estavam indo... O nome é Cleveland, se não me engano. Isso mesmo, Hotel Cleveland, George Street, W1. Ela se hospedaria no hotel com Mrs. Lancaster por cerca de quatro ou cinco dias e, depois disso, acho que ficariam com alguns parentes na Escócia. Provavelmente o Hotel Cleveland terá um endereço a informar.

— Obrigada... E agora falta resolver a questão da estola de pele da tia Ada.

— Vou chamar Miss O'Keefe.

Em seguida, saiu do quarto.

— Você e essa história de Mrs. Blenkinsop — disse Tommy.

Tuppence parecia satisfeita.

— Uma das minhas melhores criações — comentou. — Que bom que consegui usá-la... Estava tentando pensar em um nome e, de repente, Mrs. Blenkinsop me veio à cabeça. Foi divertido, não foi?

— Já faz uma eternidade... Acabaram-se nossos tempos de espiões de guerra e contraespionagem.

— Uma pena. Era *mesmo* divertido... morar naquela pensão... inventar uma nova personalidade para mim... Comecei a acreditar que *realmente* era Mrs. Blenkinsop.

— Você teve sorte de se safar — disse Tommy — e, na minha opinião, como já lhe disse uma vez, você exagerou.

— Não exagerei nada. Eu estava perfeitamente dentro da personagem. Uma mulher legal, meio bobinha, que só se preocupava com os três filhos.

— É disso que estou falando — argumentou Tommy. — Um filho teria sido suficiente. Três filhos já era um fardo excessivo.

— Eles se tornaram bem reais para mim — disse Tuppence.

— Douglas, Andrew e... Caramba, esqueci o nome do terceiro. Sei direitinho como eles eram, o jeito de cada um e onde atuavam. Além disso, eu falava escancaradamente das cartas que recebia deles.

— Bem, tudo isso já passou — retrucou Tommy. — Não há nada a descobrir aqui... então esqueça Mrs. Blenkinsop. Quando eu estiver morto e enterrado e você tiver respeitado o período de luto e se mudado para uma casa de repouso, provavelmente vai passar metade do tempo achando que é Mrs. Blenkinsop.

— Vai ser um tédio ter só um papel para interpretar — reclamou Tuppence.

— Por que você acha que as velhinhas *querem* ser Maria Antonieta, Madame Curie e por aí vai? — perguntou Tommy.

— Provavelmente porque ficam entediadas. A pessoa acaba se entediando mesmo. Tenho certeza de que *você* se entediaria se não conseguisse mais andar direito ou se seus dedos ficassem rígidos demais para tricotar. A gente acaba buscando alguma forma de se divertir a todo custo, então experimenta interpretar um personagem famoso para ver como é. Entendo perfeitamente.

— Com certeza entende — afirmou Tommy. — Que Deus ajude a casa de repouso que a receberá. Provavelmente você bancará a Cleópatra a maior parte do tempo.

— Não serei uma pessoa famosa — disse Tuppence. — Serei alguém como uma copeira no castelo de Ana de Cleves, espalhando um monte de fofocas picantes que ouvi.

A porta se abriu, e Miss Packard apareceu acompanhada de uma moça alta cheia de sardas, vestida com uniforme de enfermeira e ostentando um cabelo ruivo.

— Esta é Miss O'Keefe... Mr. e Mrs. Beresford. Eles querem falar com você. Com licença, sim? Uma paciente está me chamando.

Tuppence mostrou à enfermeira O'Keefe a estola de pele da tia Ada, e a moça ficou nas nuvens.

— Ah, que coisa mais linda! Mas é uma peça fina demais para mim. A senhora deve querer ficar...

— Na verdade, não. É grande para mim. Eu sou bem baixinha. É perfeita para uma moça alta como você. Tia Ada era alta também..

— Ah! Ela era uma grande dama... deve ter sido linda quando jovem.

— Imagino que sim — respondeu Tommy, sem muita convicção. — Só deve ter sido dureza cuidar dela.

— Ah, isso é verdade. Mas ela tinha muita personalidade. Nada a derrubava. E não era boba. A inteligência dela era de surpreender. Uma senhora espertíssima.

— Mas tinha temperamento forte.

— Sim, de fato. Mas são as choronas que mais incomodam... Só sabem reclamar e se lamentar. Miss Fanshawe nunca foi uma senhora entediante. Contava histórias incríveis dos velhos tempos. Quando era menina, subiu a escadaria de uma casa de campo a cavalo, ou pelo menos era o que dizia... Será que é verdade?

— Bem, não duvido nada — disse Tommy.

— Nunca se sabe no que dá para acreditar por aqui. É cada história que as velhinhas nos contam... Criminosos que elas reconheceram... Precisamos avisar a polícia imediatamente, senão todos nós correremos perigo.

— Se me lembro bem, da última vez que estivemos aqui, alguém estava sendo envenenado — comentou Tuppence.

— Ah! Era Mrs. Lockett. Acontece todo dia. Mas não é a polícia que ela quer, e sim um médico... Ela é obcecada por médicos.

— E alguém... uma senhorinha... exigia o chocolate dela.

— Devia ser a Mrs. Moody. Tadinha, já se foi.

— Foi embora daqui... é isso?

— Não... uma trombose a levou... de repente. Ela adorava sua tia... Não que Miss Fanshawe sempre desse atenção a ela. Mrs. Moody falava pelos cotovelos.

— Ouvi dizer que Mrs. Lancaster foi embora.

— Sim, os parentes vieram buscá-la. Não queria ir, tadinha.

— E que história era aquela que ela me contou... sobre a lareira da sala de estar?

— Ah! Aquela vivia contando histórias... sobre coisas que lhe aconteceram... e os segredos que sabia...

— Tinha alguma coisa a ver com uma criança... uma criança sequestrada ou assassinada.

— Elas inventam cada coisa esquisita... A televisão muitas vezes bota essas ideias na cabeça delas.

— Você não acha desgastante trabalhar aqui com um monte de velhinhas? Deve ser exaustivo.

— Ah, não... eu gosto de idosos. Foi por isso que escolhi a geriatria...

— Já está aqui há muito tempo?

— Um ano e meio... — Ela fez uma pausa. — Mas vou sair no mês que vem.

— Ah! Por quê?

Pela primeira vez, a enfermeira O'Keefe pareceu meio constrangida.

— Veja bem, Mrs. Beresford, precisamos mudar de ares de vez em quando...

— Mas você vai continuar fazendo o mesmo tipo de trabalho?

— Ah, sim... — disse ela, pegando a estola de pele. — Mais uma vez, muito obrigada. Fico feliz por ter uma lembrança de Miss Fanshawe. Ela era uma grande dama... É uma raridade nos dias de hoje.

Capítulo 5

O desaparecimento da senhora

Os pertences de tia Ada chegaram no devido tempo. A escrivaninha foi instalada e admirada. A mesinha substituiu a estante, que foi relegada a um canto escuro do corredor. E Tuppence pendurou o quadro da casa rosa-clara sobre a lareira do quarto, onde poderia vê-lo toda manhã enquanto tomava seu chá.

Como o peso na consciência não ia embora, ela resolveu escrever uma carta explicando como o quadro tinha vindo parar em suas mãos, mas que, se Mrs. Lancaster o quisesse de volta, bastava avisar. Em seguida, enviou a carta para a velhinha, aos cuidados de Mrs. Johnson, no endereço do Hotel Cleveland: George Street, Londres, W1.

Não houve resposta, mas, uma semana depois, a carta foi devolvida com a seguinte informação no envelope: "Destinatário desconhecido neste endereço".

— Que chato — comentou Tuppence.

— Talvez só tenham se hospedado por uma ou duas noites — arriscou Tommy.

— Mas era de se imaginar que fossem deixar um endereço para encaminhar as correspondências.

— Você escreveu "favor encaminhar" no envelope?

— Sim, escrevi. Já sei, vou ligar e perguntar... Devem ter anotado um endereço no registro do hotel.

— Se eu fosse você, deixaria isso para lá — opinou Tommy.

— Para que todo esse alarde? A velhinha já deve ter se esquecido do quadro.

— Não custa tentar.

Tuppence sentou-se perto do telefone e logo conseguiu entrar em contato com o Hotel Cleveland.

Alguns minutos depois, voltou ao escritório de Tommy.

— Veja só que curioso, Tommy... elas *nunca* estiveram lá. Nada de Mrs. Johnson, nada de Mrs. Lancaster, nenhuma reserva para elas, nenhum indício de que já tenham se hospedado naquele hotel antes.

— Vai ver Miss Packard anotou o nome do hotel errado. Escreveu com pressa e depois perdeu... ou se confundiu. Esse tipo de coisa acontece o tempo todo, sabe?

— Eu não imaginava que isso pudesse acontecer em Sunny Ridge. Miss Packard é sempre tão eficiente...

— Talvez elas não tenham feito reserva com antecedência e o hotel já estava lotado, então tiveram que procurar outro lugar. Você sabe como é complicado arrumar um quarto de hotel em Londres. É *mesmo* necessário insistir no assunto?

Tuppence se retirou.

Logo em seguida, voltou.

— Já sei o que vou fazer: ligar para Miss Packard e pedir o endereço dos advogados.

— Que advogados?

— Não se lembra de quando ela mencionou uma firma que cuidou de todos os trâmites enquanto os Johnson estavam no exterior?

Tommy, que estava ocupado redigindo o discurso para uma conferência de que participaria em breve e murmurando para si mesmo "A política adequada caso surja tal contingência", perguntou:

— Como se escreve "contingência", Tuppence?

— Você ouviu o que eu estava falando?

— Sim, ótima ideia... esplêndida... excelente... faça isso...

Tuppence se retirou, mas, logo depois, pôs a cabeça para dentro da porta e soletrou:

— C-O-N-S-I-S-T-Ê-N-C-I-A.

— Não pode ser... você entendeu errado.

— Sobre o que está escrevendo?

— Sobre o artigo que vou apresentar na I.U.A.S., e adoraria que você me deixasse trabalhar em paz.

— Desculpe.

Tuppence foi embora. Tommy seguiu escrevendo e apagando frases. À medida que ia engatando no trabalho, seu sorriso se alargava... até que a porta voltou a se abrir.

— Aqui está — disse Tuppence. — Partingdale, Harris, Lockeridge e Partingdale, 32 Lincoln Terrace, W.C.2. Tel. Holborn 051386. O sócio ativo da firma é Mr. Eccles. — Por fim, ela pôs uma folha de papel ao lado do cotovelo de Tommy.

— Agora é com *você*.

— Não! — disse Tommy com firmeza.

— Sim! Ela é *sua* tia Ada.

— O que tia Ada tem a ver com isso? Mrs. Lancaster não é minha tia.

— Mas estamos falando de *advogados* — insistiu Tuppence.

— Lidar com advogados é coisa de homem. Eles consideram as mulheres bobas e desatentas...

— Uma opinião muito sensata — comentou Tommy.

— Ah, Tommy! *Me ajude*. Você liga e eu pesquiso no dicionário como se escreve "contingência".

Ele olhou feio para a esposa, mas saiu.

Por fim, voltou e disse, irredutível:

— Assunto *encerrado*, Tuppence.

— Conseguiu falar com Mr. Eccles?

— Tecnicamente, falei com um tal de Mr. Wills, que sem sombra de dúvida é o faz-tudo da firma Partingford, Lockjaw e Harrison. Mas ele me pareceu ser um sujeito bem-informado e loquaz. Todas as cartas e comunicações seguem por intermédio do Southern Counties Bank, agência Hammersmith, que encaminha todas as correspondências. E fique você sabendo, Tuppence, que a história acaba aí. Os bancos encaminham os documentos, mas não vão fornecer nenhum endereço, nem para você, nem para ninguém. Eles seguem determinadas regras e não abrem exceções... Ficam de bico calado, como nossos primeiros-ministros mais pomposos.

— Tudo bem, vou enviar uma carta aos cuidados do banco.

— Faça isso... e, pelo amor de Deus, *me deixe em paz.* Senão esse discurso não vai sair nunca.

— Obrigada, querido — disse Tuppence. — Não sei o que eu faria sem você.

Por fim, deu-lhe um beijo na cabeça.

— É a melhor manteiga — brincou Tommy.

Foi só na noite da quinta-feira seguinte que Tommy perguntou de repente:

— A propósito, você recebeu alguma resposta da carta que enviou para Mrs. Johnson aos cuidados do banco?

— Que gentileza de sua parte perguntar — disse Tuppence, sarcástica. — Não, não recebi. — Por fim, acrescentou, pensativa: — E nem acho que receberei.

— Por que não?

— Você não está interessado de verdade — retrucou Tuppence, com frieza.

— Veja bem, Tuppence... eu sei que tenho andado meio distraído, mas é por causa da I.U.A.S. Ainda bem que é só uma vez por ano.

— Começa na segunda-feira, certo? São cinco dias...

— Quatro.

— E todos vocês vão para uma casa supersecreta em algum lugar do interior, fazem discursos, leem artigos e selecionam rapazes para missões ultrassecretas na Europa e outras regiões. Não me lembro o que significa I.U.A.S. Hoje em dia inventam tantas siglas...

— International Union of Associated Security.

— Que nome enorme! Meio ridículo. E imagino que o lugar inteiro esteja cheio de grampos e que todo mundo saiba das conversas mais íntimas uns dos outros.

— É muito provável — disse Tommy, com um sorrisinho.

— E imagino que você goste.

— Bem, de certa forma, gosto. A gente encontra vários amigos de longa data.

— A essa altura do campeonato, todos bem gagás, suponho. E tudo isso tem alguma serventia?

— Caramba, mas que pergunta! Acho que é impossível responder com um simples sim ou não...

— E as pessoas, são boas no que fazem?

— Eu diria que sim. Algumas são realmente muito boas.

— O velho Josh vai?

— Sim, vai.

— Como ele está hoje em dia?

— Extremamente surdo, meio cego e sofrendo de reumatismo... mas ainda muito perspicaz, por incrível que pareça.

— Entendi — respondeu Tuppence. Após um instante de reflexão, comentou: — Queria participar também.

Tommy lhe lançou um olhar pesaroso.

— Aposto que você vai arrumar uma distração enquanto eu estiver fora.

— Talvez eu encontre — disse ela, enigmática.

O marido a olhou com a vaga apreensão que Tuppence sempre despertava nele.

— Tuppence... posso saber o que você está tramando?

— Nada, ainda... Por enquanto, estou só pensando.

— Pensando no quê?

— Sunny Ridge. E em uma velhinha simpática tomando leite e falando de um jeito meio confuso sobre crianças mortas e lareiras. Aquele assunto me intrigou. Naquele momento, resolvi que tentaria descobrir mais detalhes da história na próxima vez que fôssemos visitar tia Ada... mas não houve uma próxima vez, porque tia Ada morreu. E, quando voltamos a Sunny Ridge... Mrs. Lancaster tinha desaparecido!

— A família dela a levou, isso sim. Não tem nada a ver com desaparecimento, é até bem natural.

— É desaparecimento, sim. Nenhum endereço rastreável, nenhuma resposta às cartas... Estamos falando de um desaparecimento planejado. Estou cada vez mais convencida disso.

— Mas...

Tuppence o interrompeu.

— Preste atenção, Tommy... vamos supor que em algum momento um crime tenha acontecido. Parecia que tinham se safado, que o ato estava encoberto... Mas imagine que algum familiar tenha visto algo, ou soubesse de algo... uma velhinha tagarela... alguém que conversava com todo mundo... alguém que de repente poderia representar um perigo para o criminoso... O que você faria?

— Arsênico na sopa? — sugeriu Tommy, espirituoso. — Uma pancada de cassetete na cabeça? Empurrar escada abaixo?

— Isso seria meio extremo... Mortes repentinas chamam atenção. Você procuraria uma solução mais simples... e encontraria. Uma casa de repouso respeitável para idosas. Então faria uma visita ao lugar, apresentando-se como Mrs. Johnson ou Mrs. Robinson... ou delegaria o trabalho a outra pessoa acima de qualquer suspeita. A parte financeira ficaria a cargo de um escritório de advocacia de confiança. Talvez você já tenha insinuado que sua parente idosa costuma delirar de vez em quando, como muitas outras velhinhas... Ninguém acharia estranho se a ouvisse tagarelar sobre leite envenenado, crianças mortas atrás da lareira ou um sequestro sinistro. Ninguém lhe daria ouvidos. Simplesmente pensariam que Mrs. Fulana-de-tal estava no mundo da lua de novo... Toda e qualquer história passaria *despercebida*.

— Menos para Mrs. Thomas Beresford — comentou Tommy.

— Bem, *é isso aí* — admitiu Tuppence. — *Eu* percebi.

— Mas por quê?

— Não sei — disse Tuppence lentamente. — É como nos contos de fada. "Pelo comichar do meu polegar, sei que deste lado vem vindo um malvado." De repente, senti medo. Eu sempre tinha considerado Sunny Ridge um lugar tão alegre, tão normal... No entanto, de repente, comecei a me questionar... Só consigo explicar dessa forma. Queria investigar a história a fundo. E, agora, a pobre Mrs. Lancaster sumiu. Deram um sumiço dela.

— Mas por que fariam isso?

— Acredito que seja porque ela estava piorando... piorando do ponto de vista deles. Talvez estivesse se lembrando de mais coisas, conversando com mais pessoas, ou vai ver reconheceu alguém, ou alguém a reconheceu... ou lhe disse algo que despertou uma lembrança. De todo modo, por alguma razão, ela se tornou perigosa para alguém.

— Veja bem, Tuppence, não há nada de concreto nessa história. Tudo isso não passa de um emaranhado de ideias que surgiram na sua cabeça. Melhor não se meter em um assunto que não é da sua conta...

— Seguindo sua lógica, não há nada no que se meter — disse Tuppence. — Então, não precisa se preocupar.

— Deixe Sunny Ridge em paz.

— Não pretendo voltar a Sunny Ridge. Acho que o pessoal de lá já me contou tudo o que sabia. A meu ver, aquela velhinha estava bem segura enquanto morava lá. Quero descobrir onde ela está *agora*. Quero encontrá-la onde quer que esteja *a tempo*, antes que algo lhe aconteça.

— O que raios você acha que pode acontecer com ela?

— Não quero nem pensar. Mas estou seguindo as pistas... vou ser Prudence Beresford, detetive particular. Lembra quando nós éramos os brilhantes detetives de Blunt?

— *Eu* era — retrucou Tommy. — *Você* era Miss Robinson, minha secretária particular.

— Não o tempo todo. Enfim, é isso que vou fazer enquanto você brinca de espionagem internacional na Mansão Supersecreta. Vou me ocupar da operação "Salvar Mrs. Lancaster".

— Provavelmente a encontrará sã e salva.

— Assim espero. Ninguém ficaria mais contente do que eu.

— Como pretende começar?

— Como já disse, preciso pensar primeiro. Talvez algum tipo de anúncio? Não, isso seria um erro.

— Bem, tome cuidado — disse Tommy, meio sem jeito.

Tuppence não se dignou a responder.

Na segunda-feira de manhã, Albert, o alicerce da vida doméstica dos Beresford havia muitos anos, desde que fora recrutado por eles em atividades anticrime quando era apenas um jovem ascensorista ruivo, depositou a bandeja do chá da manhã na mesa entre as duas camas, abriu as cortinas, anunciou que o dia estava lindo e retirou sua figura então corpulenta do quarto.

Em seguida, Tuppence bocejou, sentou-se na cama, esfregou os olhos, serviu-se de uma xícara de chá com uma rodela de limão e comentou que parecia mesmo um dia agradável, mas que nunca se sabe.

Tommy virou-se para o lado e grunhiu.

— Acorde — chamou Tuppence. — Lembre-se de que tem compromisso hoje.

— Meu Deus — disse ele. — É verdade.

Então, também se sentou e se serviu de chá. E admirou o quadro sobre a lareira.

— Devo dizer, Tuppence, que seu quadro é muito bonito.

— É o jeito como o sol entra pela janela de lado e o ilumina.

— Dá uma paz — comentou Tommy.

— Bem que eu queria me lembrar de onde já vi essa imagem antes…

— Não tem importância. Você vai acabar se lembrando mais cedo ou mais tarde.

— Não adianta. Quero me lembrar *agora*.

— Mas por quê?

— Será que não entende? É a única pista que tenho. Era o quadro de Mrs. Lancaster…

— Mas, de todo modo, uma coisa não tem nada a ver com a outra — rebateu Tommy. — Quer dizer, é verdade que o quadro pertencia à Mrs. Lancaster. Mas pode ter sido apenas um quadro que ela ou algum parente comprou em uma exposição. Pode ter sido um presente que ela ganhou de alguém. Levou-o para Sunny Ridge porque o achava bonito. Não há nenhuma razão para acreditar que o quadro tenha alguma ligação *pessoal* com ela. Se tivesse, Mrs. Lancaster não o teria dado para tia Ada.

— É a única pista que eu tenho — repetiu Tuppence.

— É uma casa muito bonita e tranquila — comentou Tommy.

— Mesmo assim, é uma casa vazia, na minha opinião.

— Como assim, vazia?

— Acho que não tem ninguém morando ali — afirmou Tuppence. — Acho que ninguém vai sair dessa casa. Ninguém vai atravessar a ponte, ninguém vai desamarrar o barco e ir embora.

— Pelo amor de Deus, Tuppence. — Tommy a encarou. — O que está acontecendo com você, hein?

— Foi o que pensei na primeira vez que a vi — disse Tuppence. — "Que bom seria morar nessa casa." Depois, pensei: "Mas ninguém mora aí, tenho certeza". Isso prova que eu já a vi antes. Espere. Espere... estou me lembrando. Estou me lembrando.

Tommy a encarou.

— De uma *janela* — falou Tuppence, sem fôlego. — Da janela de um carro? Não, não, o ângulo estaria errado. Percorrendo o canal... uma pontezinha arqueada e as paredes cor-de-rosa da casa, os dois álamos, mais de dois. Havia *muito* mais álamos. Ah, caramba, se eu conseguisse...

— Deixa isso pra lá, Tuppence.

— Eu vou me lembrar.

— Pelo amor de Deus. — Tommy olhou para o relógio. — Preciso me apressar. Você e esse seu quadro déjà-vu...

Por fim, pulou da cama e correu para o banheiro. Tuppence se recostou nos travesseiros e fechou os olhos, tentando forçar uma lembrança que teimava em lhe escapar.

Tommy já estava servindo a segunda xícara de café na sala de jantar quando Tuppence apareceu, radiante de triunfo.

— Consegui. Já sei onde foi que eu vi aquela casa. Foi da janela de um trem.

— Onde? Quando?

— Não sei. Preciso pensar um pouco mais. Eu me lembro de ter dito a mim mesma: "Um dia vou lá dar uma olhada naquela casa", e tentei ver qual era o nome da estação seguinte. Mas você sabe a situação das ferrovias hoje em dia. Demoliram metade das estações... e a seguinte estava destruída, a grama tomou conta das plataformas e não havia nenhuma placa com o nome do lugar.

— Onde raios está minha pasta? Albert!

Deu-se início a uma busca desenfreada.

Ofegante, Tommy voltou para se despedir.

Tuppence estava sentada, contemplando um ovo frito.

— Tchau — disse Tommy. — E pelo amor de Deus, Tuppence, não vá se intrometer no que não é da sua conta.

— Eu acho — afirmou ela, pensativa — que vou é dar umas voltinhas de trem.

Tommy parecia ligeiramente aliviado.

— Sim — respondeu, incentivando-a —, experimente fazer isso. Compre um passe de temporada. Existe um esquema que permite viajar mil milhas por todas as Ilhas Britânicas a um preço fixo bem razoável. É o plano ideal para você, Tuppence. Viaje nos trens que quiser para onde bem entender. Dessa forma, você se ocupa até eu voltar para casa.

— Mande lembranças ao Josh.

— Pode deixar. — Então, acrescentou, olhando para a esposa com o semblante preocupado: — Queria que você pudesse vir comigo. Não... não faça nenhuma besteira, viu?

— Claro que não — respondeu ela.

Capítulo 6

Tuppence seguindo a pista

— Caramba — disse Tuppence, com um suspiro. — Caramba.

Infeliz, ela olhou ao redor. Nunca tinha se sentido tão desanimada, pensou. Naturalmente, sabia que sentiria saudade de Tommy, mas não fazia ideia do tamanho da saudade.

Ao longo dos muitos anos de casados, quase nunca haviam ficado separados. Antes mesmo de se casarem, já se consideravam uma dupla de "jovens aventureiros". Passaram por várias dificuldades e perigos juntos, casaram-se, tiveram dois filhos e, bem quando o mundo estava começando a lhes parecer meio monótono, iniciou-se a Segunda Guerra Mundial e, de uma forma quase milagrosa, os dois se viram novamente envolvidos com o Serviço Secreto Britânico. O casal pouco ortodoxo acabou sendo recrutado por um homem calmo e aparentemente nada memorável que se intitulava "Mr. Carter", mas cuja opinião todo mundo parecia respeitar. Os dois já tinham vivido muitas aventuras e, mais uma vez, voltariam a vivê-las juntos — o que, aliás, não estava nos planos de Mr. Carter. Apenas Tommy havia sido recrutado. Porém, engenhosa como sempre, Tuppence tinha dado um jeito de bisbilhotar a conversa de tal maneira que, quando Tommy chegou a uma pensão no litoral, fingindo ser um tal de Mr. Meadowes, a primeira pessoa que viu por lá foi uma senhora de meia-idade entretida com o tricô, que o encarou com olhos inocentes e o obrigou a cumprimentá-la como Mrs. Blenkinsop. A partir de então, eles trabalharam em dupla.

"Mas desta vez não posso fazer isso", pensou Tuppence com seus botões.

Nenhuma de suas bisbilhotices ou engenhosidades seria capaz de levá-la aos recônditos da Mansão Supersecreta ou à inclusão nas complexidades da I.U.A.S. "Não passa de um clube do bolinha", pensou Tuppence, ressentida. Sem Tommy, o apartamento ficava vazio e o mundo era um poço de solidão. "Que raios eu faço agora?", pensou ela.

A pergunta era puramente retórica, pois Tuppence já tinha dado os primeiros passos do que planejava fazer. Dessa vez, suas ideias não envolviam serviço secreto, contraespionagem ou qualquer coisa do gênero. Nada de natureza oficial. "Prudence Beresford, detetive particular, essa sou eu", disse Tuppence a si mesma.

Depois de um almoço improvisado que foi logo recolhido, a mesa da sala de jantar estava coberta de horários de trens, guias, mapas e alguns diários antigos que Tuppence conseguira desenterrar.

Em algum momento nos últimos três anos (certamente não mais do que isso), ela havia feito uma viagem de trem e, ao olhar pela janela do vagão, reparara em uma casa. Mas qual fora o destino dessa viagem?

Como a maioria das pessoas nos dias atuais, os Beresford viajavam principalmente de carro. As viagens de trem eram raras e espaçadas.

Para a Escócia, claro, quando iam visitar Deborah, a filha casada... Só que essa viagem era feita à noite.

Para Penzance, nas férias de verão, mas Tuppence já conhecia a linha de cor.

Não, havia sido uma viagem muito mais casual.

Com diligência e perseverança, ela montou uma lista meticulosa de todas as possíveis viagens que havia feito e que poderiam corresponder ao que estava procurando. Uma ou duas corridas de cavalos, uma visita a Northumberland, dois possíveis destinos no País de Gales, um batizado, dois casamentos, um leilão do qual tinham participado, alguns filhotinhos de cachorro que certa vez ela entregara em nome de uma amiga que trabalhava com criação de cães e que estava gripada. O ponto de encontro havia sido um cruzamento deserto no interior, cujo nome ela não conseguia lembrar.

Tuppence suspirou. Aparentemente, teria que adotar a solução de Tommy: comprar um bilhete ilimitado e de fato percorrer os trechos mais prováveis da rede ferroviária.

Em um caderninho, foi anotando todas as lembranças e flashes que lhe ocorriam, pois poderiam ser úteis.

Um chapéu, por exemplo... Sim, um chapéu que Tuppence havia jogado na prateleira da cabine. Como estava de chapéu... então se tratava de um casamento ou batizado... Os cachorrinhos já estavam descartados.

E... mais um flash... Tuppence tirando os sapatos... pois os pés doíam. Sim... com certeza... estava realmente olhando para a casa... e havia tirado os sapatos porque os pés doíam.

Portanto, definitivamente havia sido um evento social para o qual estava indo ou do qual estava voltando... Só podia estar voltando, é claro, por causa da dor nos pés de tanto ficar em pé com seus melhores sapatos. E que tipo de chapéu estava usando? Isso ajudaria. Um chapéu florido para um casamento de verão, ou um de veludo para o inverno?

Tuppence estava entretida anotando detalhes dos horários de trens de diferentes linhas quando Albert apareceu para perguntar o que ela queria para o jantar... e o que gostaria que fosse encomendado do açougue e do mercado.

— Acho que vou passar os próximos dias fora — avisou Tuppence. — Então não precisa encomendar nada. Vou fazer algumas viagens de trem.

— Gostaria que eu preparasse alguns sanduíches?

— Acho que sim. Compre um pouco de presunto ou algo assim.

— E ovo e queijo? Tem uma lata de patê na despensa também. Já está lá há um bom tempo, é bom não esperar muito para comer.

Foi uma recomendação um tanto sinistra, mas Tuppence respondeu:

— Tudo bem. Pode ser.

— Quer que eu lhe encaminhe as cartas que chegarem?

— Ainda nem sei para onde vou — comentou Tuppence.

— Entendi — disse Albert.

O bom de Albert era que ele sempre aceitava tudo. Nunca havia necessidade de lhe explicar nada.

Quando Albert se retirou, Tuppence se concentrou no planejamento... Estava em busca de um evento social que envolvesse um chapéu e sapatos de festa. Infelizmente, os eventos que ela listara envolviam diferentes linhas ferroviárias... Um casamento na Southern Railway, o outro em East Anglia. O batizado tinha acontecido ao norte de Bedford.

Se Tuppence conseguisse se lembrar um pouco mais da paisagem... Estava sentada do lado direito do trem. O que será que estivera olhando *antes* do canal? Bosques? Árvores? Terras agrícolas? Um vilarejo distante?

Enquanto fazia um imenso esforço para se lembrar, Tuppence ergueu a cabeça com a testa franzida... Albert tinha voltado. Naquele momento, ela não fazia a menor ideia de que a presença dele ali, esperando pela sua atenção, era nada mais nada menos do que uma resposta às suas preces...

— O que foi *agora*, Albert?

— Se a senhora vai estar fora o dia inteiro amanhã...

— E provavelmente depois de amanhã também...

— Será que eu poderia tirar o dia de folga?

— Sim, claro.

— É Elizabeth... Ela está cheia de manchas. Milly acha que é sarampo...

— Minha nossa. — Milly era a esposa de Albert e Elizabeth era sua filha mais nova. — Então Milly quer que você fique em casa, é claro.

Albert morava em uma casinha a algumas ruas de distância.

— Mais ou menos... Ela prefere que eu fique fora do caminho quando está ocupada, não gosta que eu atrapalhe... Mas são as outras crianças... Eu poderia levá-las para outro lugar, para não dificultar a vida dela.

— Claro. Imagino que estejam todos em quarentena.

— Ah! Pois é, melhor que todo mundo pegue de uma vez, para acabar logo com isso. Charlie já pegou, Jean também. Enfim, tudo bem pela senhora?

Tuppence lhe garantiu que não teria problema nenhum.

Algo se agitava nas profundezas de seu subconsciente... Um pressentimento feliz... uma percepção... Sarampo... Isso, sarampo. Alguma coisa a ver com sarampo.

Mas o que a casa do canal teria a ver com sarampo?

Claro! Anthea. Anthea era afilhada de Tuppence... e a filha de Anthea, Jane, estava na escola, no primeiro semestre. Haveria um evento importante no colégio e Anthea tinha ligado para lhe contar que os dois filhos mais novos estavam com sarampo, e que ela não tinha outra pessoa em casa para ajudar. Jane ficaria chateadíssima se ninguém comparecesse. Será que Tuppence poderia...?

E Tuppence havia oferecido ajuda, claro. Não tinha nenhum compromisso mesmo... Ela iria à escola, buscaria Jane, a levaria para almoçar e, depois, voltaria para assistir às partidas esportivas e às outras atividades. Havia um trem especial para a escola.

As memórias voltaram à sua mente com uma nitidez impressionante... até o vestido que tinha usado: um modelito de verão com estampa de flores!

Tuppence tinha visto a casa na viagem de volta.

Na ida, estivera concentrada na leitura de uma revista que havia comprado, mas, na volta, não tinha mais nada para ler, então ficara olhando a paisagem pela janela até que, exausta por conta das atividades do dia e dos sapatos apertados, pegara no sono. Quando acordara, o trem estava passando por um canal. Era uma área parcialmente arborizada, com uma ponte aqui e ali, uma ou outra estradinha sinuosa ou uma fazenda distante, mas nada de vilarejos.

O trem começara a desacelerar, sem nenhum motivo aparente, a não ser que mais à frente houvesse algum sinal. Foi diminuindo a velocidade aos solavancos até parar perto de uma ponte, uma pontezinha arqueada que cortava um canal que provavelmente não era mais usado. Do outro lado do canal, perto da água, estava a casa. No mesmo instante, Tuppence a considerara uma das casas mais bonitas que já tinha visto em toda a sua vida: tranquila, serena, iluminada pela luz dourada do sol do fim da tarde.

Não havia nenhum ser humano à vista, nem cães, nem gado. No entanto, as cortinas verdes não estavam fechadas. Alguém devia morar ali, porém, naquele momento, a casa estava vazia.

"Preciso descobrir mais detalhes sobre essa casa", pensara Tuppence. "Um dia, preciso voltar aqui e dar uma olhada. É o tipo de casa em que eu gostaria de morar."

Com um solavanco, o trem voltou a andar lentamente.

"Vou prestar atenção no nome da próxima estação, para saber onde fica."

Mas não havia nenhuma estação funcional por perto. Era a época em que as coisas estavam começando a mudar nas ferrovias: estações pequenas foram fechadas ou demolidas, e a grama crescia nas plataformas abandonadas. Por vinte minutos ou meia hora, o trem seguiu em frente, mas não havia nenhum ponto de referência nas redondezas. Bem ao longe, nos campos, Tuppence chegou a avistar a torre de uma igreja.

Depois, o trem passou por um complexo industrial... chaminés altas... uma fileira de casas pré-fabricadas... e, por fim, campo aberto de novo.

Tuppence pensara consigo mesma: "Aquela casa parecia até um sonho! Talvez eu tenha sonhado mesmo... Acho que nunca vou procurá-la... difícil demais. Que pena. Quem sabe...".

Quem sabe um dia eu a encontre por acaso!

Então... ela havia esquecido completamente o assunto, até que o quadro pendurado na parede reavivara uma lembrança oculta.

E agora, graças a uma palavra proferida sem querer por Albert, a busca havia chegado ao fim.

Ou, melhor dizendo, a busca estava só começando.

Tuppence separou três mapas, um guia e vários acessórios.

Agora, tinha uma ideia aproximada da área que precisaria investigar. Marcou a escola de Jane com um x enorme... o ramal ferroviário que se conectava com a linha principal de Londres... o período em que havia passado dormindo.

A área de interesse cobria uma distância considerável: ao norte de Medchester, sudeste de Market Basing — cidadezinha que constituía um importante entroncamento ferroviário —, provavelmente a oeste de Shaleborough.

Tuppence pegaria o carro e daria início ao plano na manhã seguinte, bem cedo.

Levantou-se, foi até o quarto e analisou o quadro sobre a lareira.

Não havia a menor dúvida. Aquela era a casa que avistara da janela do trem três anos antes. A casa que prometera procurar um dia.

O dia havia chegado... e seria o seguinte.

Livro 2

A casa do canal

Capítulo 7

A bruxa amiga

Antes de ir embora na manhã seguinte, Tuppence deu uma última olhada minuciosa no quadro pendurado no quarto, não tanto para fixar os detalhes na própria cabeça, e sim para decorar sua posição na paisagem. Dessa vez, ela veria a casa da estrada, não da janela de um trem. O ângulo seria bem diferente. Poderia haver muitas pontes arqueadas, muitos canais abandonados, talvez até mesmo outras casas parecidas com aquela (mas nisso Tuppence se recusava a acreditar).

O quadro estava assinado, mas a assinatura do artista era ilegível. Só dava para dizer que começava com B.

Afastando-se do quadro, Tuppence foi checar sua parafernália: um guia com o mapa ferroviário anexado, uma seleção de mapas topográficos e nomes de possíveis lugares — Medchester, Westleigh... Market Basing... Middlesham... Inchwell. A posição geográfica desses locais formava o triângulo que Tuppence decidira investigar. Levaria também uma malinha de viagem, pois demoraria três horas só para chegar à área de operações e, depois disso, pensou, teria que percorrer lentamente as estradinhas em busca de canais promissores.

Depois de parar em Medchester para tomar um café e lanchar, seguiu em frente por uma estrada secundária, paralela à linha do trem, que passava por uma região arborizada com muitos riachos.

Assim como na maioria dos distritos rurais da Inglaterra, havia um monte de placas de sinalização com nomes dos quais Tuppence nunca tinha ouvido falar e que raramente levavam ao lugar indicado. De fato parecia haver certa astúcia naquela parte do sistema rodoviário inglês. A estrada se afastava do canal e, quando seguíamos em frente na esperança de reencontrá-lo, não chegávamos a lugar algum. Quando se seguia em direção a Great Michelden, a placa seguinte oferecia duas opções de estrada: Pennington Sparrow e Farlingford. Quem optava pela última de fato chegava ao destino, mas a próxima placa mandava o motorista de volta para Medchester quase imediatamente, então era retornar à estaca zero. Na verdade, Tuppence nem chegou a encontrar Great Michelden e, por um bom tempo, foi incapaz de achar o canal perdido. As coisas seriam mais fáceis se ela soubesse qual aldeia estava procurando. Localizar canais nos mapas era um desafio. De vez em quando chegava à linha do trem, o que a animava, então seguia cheia de esperança para Bees Hill, South Winterton e Farrell St. Edmund. Farrell St. Edmund já tivera uma estação, mas estava fechada havia muito tempo. "Se ao menos houvesse uma estrada decente ao longo de um canal ou de uma linha de trem, seria bem mais fácil", pensou ela.

Conforme as horas passavam, Tuppence se sentia cada vez mais confusa. Sem querer, acabou chegando a uma fazenda perto de um canal, mas depois disso a estrada se recusava a continuar seguindo as águas e passava por uma colina para chegar a um lugar chamado Westpenfold, onde havia uma igreja com uma torre quadrada que não lhe servia de nada.

De lá, ao seguir sem esperança por uma estrada esburacada que parecia ser a única saída de Westpenfold, e que, de acordo com seu senso de direção (cada vez menos confiável, àquela altura), parecia levar ao sentido oposto de qualquer lugar que pretendesse alcançar, de repente chegou a um ponto onde duas estradinhas se bifurcavam. Entre elas havia resquícios de uma placa de sinalização, mas as setas estavam quebradas.

— Qual caminho devo seguir? — disse Tuppence. — Quem sabe? Eu é que não sei.

Por fim, resolveu seguir pela esquerda.

A estrada serpenteava de um lado para o outro. Então, após uma curva acentuada, alargava-se e subia uma colina, saindo do bosque em direção a um campo aberto. Depois de passar pelo topo, a descida era íngreme. Não muito longe dali, dava para ouvir um uivo lamentoso...

— Parece um *trem* — notou Tuppence, repentinamente esperançosa.

E era *mesmo* um trem. Logo abaixo estava a linha férrea, por onde passava um trem de carga que emitia apitos frenéticos. Do outro lado dos trilhos via-se o canal e, para além do canal, uma casa que Tuppence logo reconheceu. Cruzando o canal havia uma pontezinha arqueada com tijolos rosados. A estrada passava por baixo da ferrovia, subia e seguia em direção à ponte estreita. Tuppence atravessou-a devagarinho, com a casa à direita. Procurou a entrada, mas não parecia haver nenhuma. Um muro razoavelmente alto protegia a casa da estrada.

A casa estava à sua direita. Tuppence parou o carro, voltou até a ponte e tentou ver melhor a propriedade.

Quase todas as janelas altas estavam fechadas por cortinas verdes. A casa tinha uma aparência muito tranquila e acolhedora ao pôr do sol. Nada indicava que alguém morasse ali. Tuppence voltou para o carro e avançou um pouco mais. O muro, de altura moderada, ficava à sua direita. Do lado esquerdo da estrada havia apenas uma cerca viva com vista para campos verdes.

Por fim, chegou a um portão de ferro forjado. Estacionou o carro na beira da estrada, desceu e foi espiar atrás das grades. Ao ficar na ponta dos pés, avistou um jardim. O lugar certamente não era uma fazenda, embora pudesse ter sido um dia. Era provável que houvesse uma extensa área verde na parte de trás. O jardim era bem-cuidado e cultivado. Estava longe de ser arrumado, mas dava a impressão de que alguém tentava mantê-lo em ordem, sem muito sucesso.

O portão de ferro dava para uma trilha circular que serpenteava pelo jardim até chegar à casa. Provavelmente era a porta de entrada, embora não parecesse. Era discreta, porém robusta... mais parecia uma porta dos fundos. Daquele ângulo, a casa era bem diferente. Para início de conversa, não estava vazia. Havia gente morando ali. Janelas abertas, cortinas esvoaçantes, uma lata de lixo ao lado da porta. Na outra ponta do jardim, Tuppence avistou um homem alto mexendo na terra, um senhor robusto que cavava lenta e persistentemente. Observando do ponto onde Tuppence estava, a casa não tinha encanto algum; nenhum artista teria interesse em pintá-la. Era uma casa habitada como outra qualquer. Tuppence se viu pensativa. Hesitou. Será que deveria ir embora e esquecer a casa de vez? Não, não podia fazer isso, não depois de todo o trabalho que tivera. Que horas eram? Ela olhou para o relógio, mas os ponteiros tinham parado. Ao ouvir o som de uma porta se abrindo, foi espiar pelo portão outra vez.

Uma mulher saiu da porta. Pôs uma garrafa de leite no chão e, em seguida, endireitando-se, olhou em direção ao portão. Ao ver Tuppence, hesitou por um instante, mas então, aparentemente decidida, aproximou-se.

"Ora", pensou Tuppence, "ora, é uma bruxa amiga!"

Era uma mulher na casa dos cinquenta anos. Os cabelos compridos e desgrenhados agitavam-se ao vento. Lembrava um pouco um quadro (será de Nevinson?) de uma jovem bruxa com uma vassoura. Talvez fosse por isso que o termo bruxa lhe viera à mente. Mas não havia nada de jovem ou de bonito naquela mulher. Era uma senhora de meia-idade, com um rosto marcado por rugas, vestida com desleixo. Usava um chapéu pontudo, e o nariz e o queixo apontavam um para o outro. Em teoria, ela poderia parecer sinistra, mas não era. Na verdade, dava a impressão de irradiar uma boa vontade ilimitada. "Sim, é igualzinha a uma bruxa, mas uma bruxa *amiga*", pensou Tuppence. "Imagino que seja uma bruxa que pratica o bem."

Hesitante, a mulher se aproximou do portão e se manifestou. Sua voz era agradável, com um leve sotaque do interior.

— Está procurando alguma coisa? — perguntou.

— Desculpe — disse Tuppence —, a senhora deve estar achando uma falta de educação da minha parte ficar olhando para o seu jardim dessa maneira, mas... mas eu estava curiosa a respeito da casa.

— Quer entrar e dar uma volta pelo jardim? — sugeriu a bruxa amiga.

— Bem... bem... obrigada, mas não quero incomodá-la.

— Ah, não é incômodo algum. Não tenho nada para fazer. É uma bela tarde, né?

— É mesmo — respondeu Tuppence.

— Imaginei que talvez você estivesse perdida — comentou a bruxa amiga. — Às vezes acontece.

— Só achei a casa muito interessante quando desci a colina do outro lado da ponte — disse Tuppence.

— Esse é o lado mais bonito — comentou a mulher. — Artistas vêm aqui pintá-la de vez em quando... ou vinham... antigamente.

— Sim — disse Tuppence. — Imagino que sim. Acho... acho que já vi um quadro... em alguma exposição — acrescentou às pressas. — Uma casa muito parecida com esta. Talvez *fosse* esta.

— Ah, pode ter sido. É engraçado, sabe? Um artista vem e faz um quadro. Aí depois parece que outros artistas querem vir fazer também. É a mesma coisa que acontece todo ano na exposição de arte local. Todos os artistas parecem escolher sempre o mesmo lugar. Não sei por quê. Um trecho de campo com um riacho, ou um carvalho específico, ou um conjunto de salgueiros, ou a mesma vista da igreja normanda. Cinco ou seis representações diferentes da mesma coisa, e a maioria delas é bem ruim, na minha opinião. Mas, por outro lado, não entendo nada de arte. Por favor, entre.

— Muito gentil de sua parte — agradeceu Tuppence. — Seu jardim é muito bonito.

— Ah, até que dá pro gasto. Temos algumas flores, verduras e outras coisas, só que meu marido não pode mais fazer muito esforço, e eu não tenho tempo para cuidar de tudo.

— Já vi esta casa da janela do trem uma vez — disse Tuppence. — O trem diminuiu a velocidade, eu vi a casa e me perguntei se algum dia a veria de novo. Faz um tempão que isso aconteceu.

— E aí, de repente, a senhora desce a colina de carro e ali está ela. Engraçado como as coisas acontecem, né?

"Ainda bem que é extraordinariamente fácil conversar com esta mulher. Mal é necessário inventar justificativas. Posso falar quase tudo que me vem à cabeça", pensou Tuppence.

— Gostaria de entrar na casa? — perguntou a bruxa amiga. — Dá para ver que você está interessada. É uma propriedade bem antiga, sabe? Pelo que dizem, é do final do período georgiano ou algo assim, só que foi ampliada. Aqui temos apenas metade da casa, é claro.

— Ah, entendi — respondeu Tuppence. — É dividida em dois, é isso?

— Aqui, na verdade, são os fundos da casa — revelou a mulher. — A frente fica do outro lado, o lado que a senhora viu da ponte. Acho que foi uma forma meio esquisita de dividi-la. Na minha opinião, teria sido mais fácil fazer de outro jeito. Direita e esquerda, por assim dizer. Não frente e trás. Toda esta parte, na verdade, são os fundos da casa.

— Vocês já moram aqui há muito tempo? — perguntou Tuppence.

— Três anos. Depois que meu marido se aposentou, sentimos vontade de nos mudar para o interior, onde pudéssemos ter paz. Um lugar barato. Aqui estava barato, já que é bastante isolado. Não tem nenhum vilarejo por perto nem nada.

— Eu vi a torre de uma igreja ao longe.

— Ah, é Sutton Chancellor. Fica a duas milhas e meia daqui. Nós fazemos parte da paróquia, é claro, mas não há nenhuma outra casa até chegarmos ao vilarejo. A propósito, é um vilarejo bem pequenininho. Gostaria de uma xícara de chá? — ofereceu a bruxa amiga. — Não fazia nem dois minutos que eu tinha colocado a chaleira no fogo quando vi a senhora aqui. — Em seguida, levou as duas mãos à boca e gritou: — Amos. Amos!

Lá nos fundos, o homem alto virou a cabeça.

— O chá será servido em dez minutos — avisou.

Ele acenou em resposta. A mulher se virou, abriu a porta e fez sinal para Tuppence entrar.

— Meu nome é Perry — disse ela em um tom amigável. — Alice Perry.

— O meu é Beresford — respondeu Tuppence. — Mrs. Beresford.

— Entre, Mrs. Beresford, e fique à vontade.

Tuppence hesitou por um segundo.

"De repente, me sinto como João e Maria", pensou. "A bruxa nos convida a entrar na casa. Talvez seja feita de doces... Deveria ser."

Em seguida, voltou a olhar para Alice Perry e concluiu que não estava na casa feita de doces da bruxa de João e Maria. Estava diante de uma mulher perfeitamente comum. Não, não exatamente comum. Era simpática até demais, chegava a ser estranho. "Talvez seja capaz de fazer feitiços", pensou Tuppence, "mas com certeza são feitiços do bem."

Por fim, baixou um pouco a cabeça e atravessou a soleira da casa da bruxa.

Estava escuro lá dentro. Os corredores eram apertados. Mrs. Perry a conduziu pela cozinha até chegar à sala de estar da família. Não havia nada de tão interessante na casa. Tuppence imaginou que provavelmente era uma ampliação da parte principal, construída no fim da era vitoriana. Horizontalmente, era estreita. Parecia consistir em um corredor bem escuro, que dava acesso a uma série de cômodos. Ela concluiu que era uma forma esquisita de se dividir uma casa.

— Sente-se que já vou trazer o chá — anunciou Mrs. Perry.

— Deixe-me ajudá-la.

— Ah, não se preocupe, não vou demorar. Já está tudo pronto na bandeja.

Ouviu-se um apito da cozinha. Evidentemente, a chaleira havia chegado ao fim de seu período de tranquilidade. Mrs. Perry saiu e voltou poucos minutos depois com a bandeja de chá, um prato de bolinhos, um pote de geleia e três xícaras com pires.

— Imagino que esteja decepcionada, agora que viu a parte de dentro — comentou Mrs. Perry.

Foi um comentário perspicaz e muito próximo da verdade.

— Ah, não — respondeu Tuppence.

— Bem, no seu lugar, eu estaria. Porque não combinam nem um pouco, não acha? Digo, a parte da frente e a parte de trás da casa não combinam. Mas é bem confortável para morar. Não tem muitos cômodos nem muita luz, mas isso faz uma baita diferença no preço.

— Quem foi que dividiu a casa assim e por quê?

— Ah, eu acho que já tem muitos anos. Imagino que quem quer que tenha feito isso achava a casa grande demais ou inconveniente. Só queria um lugar para passar os fins de semana ou algo do tipo. Então, os proprietários ficaram com os cômodos bons, a sala de jantar e a sala de estar, e transformaram o escritório em cozinha. Além disso, fizeram dois quartos e um banheiro no andar de cima, depois botaram uma parede no meio e alugaram a parte que antes era a cozinha, a área de serviço e coisas do gênero, fazendo uma pequena reforma.

— Quem mora na outra parte? Alguém que só vem aos fins de semana?

— Ninguém mora lá atualmente — contou Mrs. Perry. — Pegue mais um bolinho, querida.

— Obrigada — respondeu Tuppence.

— Pelo menos ninguém esteve aqui nos últimos dois anos. Nem sei quem é o dono agora.

— Mas e quando vocês se mudaram?

— Uma moça costumava vir para cá... diziam que era atriz. Pelo menos foi o que ouvimos falar. Mas nunca chegamos a vê-la. Só de relance, de vez em quando. Acho que ela costumava chegar aos sábados, tarde da noite, depois do espetáculo. E ia embora domingo à noite.

— Que mulher misteriosa — comentou Tuppence, para incentivá-la a continuar.

— Eu também achava isso, sabia? Vivia inventando histórias a respeito dela na minha cabeça. Às vezes, eu a considerava uma espécie de Greta Garbo. Sabe como é, sempre andando por aí de óculos escuros e chapéus puxados para baixo. Caramba, e eu aqui com o meu.

Em seguida, tirou o adereço de bruxa da cabeça e riu.

— É para uma peça que estamos produzindo no salão da paróquia em Sutton Chancellor — explicou. — Um conto de fadas, sabe? Principalmente para as crianças. Eu vou ser a bruxa.

— Ah — respondeu Tuppence, levemente surpresa. Então, acrescentou: — Que divertido.

— É divertido mesmo, né? — concordou Mrs. Perry. — Sou perfeita para interpretar esse papel, não sou? — Ela riu e deu um tapinha no queixo. — Sabe como é, eu tenho cara de bruxa. Tomara que ninguém fique imaginando coisas. Vão achar que tenho uma energia ruim.

— Acho que ninguém pensaria isso — afirmou Tuppence.

— Com certeza a senhora seria uma bruxa do bem.

— Que bom que pensa assim. Como eu ia dizendo, essa tal atriz... o nome dela me escapou agora. Acho que era Miss Marchment, se não me engano, mas talvez seja outra coisa... Enfim, a senhora não faz ideia das coisas que eu imaginava a respeito dela. Na verdade, acho que quase nunca nos vimos nem nos falamos. Às vezes, penso que era apenas uma moça muito tímida e neurótica. Os repórteres vinham atrás dela e coisas do tipo, mas ela nunca os recebia. Em outras ocasiões, eu imaginava... Bem, vou fazer papel de boba... Eu imaginava coisas bem sinistras em relação à mulher. Sabe como é, que ela tinha medo de ser *reconhecida*. Talvez nem fosse atriz. Talvez estivesse sendo procurada pela polícia. Talvez tivesse cometido algum tipo de crime. De vez em quando é empolgante ficar inventando essas coisas. Ainda mais quando... bem... quando não costumamos ver muita gente.

— Ninguém nunca veio para cá com ela?

— Bem, não tenho certeza. Essa parede divisória que construíram quando dividiram a casa é bem fina, claro, então às vezes ouvimos vozes. Acho que ela trazia alguém para passar alguns finais de semana aqui. — Mrs. Perry fez que sim com a cabeça. — Um homem. Talvez fosse por isso que queriam um lugar tranquilo como este.

— Um homem casado — comentou Tuppence, entrando no clima do faz de conta.

— Sim, devia ser casado, né? — disse Mrs. Perry.

— Talvez fosse o marido dela. Pode ser que tenha escolhido este lugar porque queria matá-la e talvez a tenha enterrado no jardim.

— Minha nossa! — exclamou Mrs. Perry. — Que imaginação fértil, hein? Nunca tinha pensado nisso.

— Imagino que *alguém* deva saber tudo a respeito dela — ponderou Tuppence. — Quer dizer, corretores de imóveis. Gente do tipo.

— Ah, suponho que sim — concordou Mrs. Perry. — Mas acho que prefiro *não* saber, se é que me entende.

— Claro, eu entendo.

— Esta casa tem uma energia diferente, sabe? Quer dizer, a gente fica com a sensação de que alguma coisa deve ter acontecido.

— Ela não tinha ninguém que viesse fazer faxina ou algo assim?

— É difícil arrumar alguém aqui. Não tem ninguém por perto.

A porta de fora se abriu. O homem alto que estava cavando terra no jardim entrou, foi até a pia da área de serviço e abriu a torneira, obviamente para lavar as mãos. Por fim, chegou à sala de estar.

— Este é meu marido — anunciou Mrs. Perry. — Amos. Temos visita, Amos. Esta é Mrs. Beresford.

— Como vai? — cumprimentou Tuppence.

Amos Perry era um homem grande e desengonçado. Também era maior e mais forte do que Tuppence havia percebido. Por mais que andasse com passos lentos e desajeitados, era um sujeito musculoso.

— Prazer em conhecê-la, Mrs. Beresford — respondeu ele.

A voz do homem era agradável, e ele sorriu para Tuppence, mas, por um breve instante, chegou a se perguntar se Mr. Perry realmente poderia ser considerado "completamente são". Havia uma simplicidade curiosa no olhar de Amos, e Tuppence também chegou a se perguntar se Mrs. Perry queria um lugar tranquilo para morar por conta de algum transtorno de saúde mental do marido.

— Ele adora o jardim — comentou Mrs. Perry.

Com a chegada dele, o assunto morreu. Era basicamente só Mrs. Perry que falava, mas sua personalidade parecia ter mudado. Havia um tom de nervosismo em sua voz, e ela prestava bastante atenção ao marido. Provavelmente está incentivando Amos, especulou Tuppence, como uma mãe que estimula um filho tímido a falar, para mostrar as qualidades da criança na frente da visita, mas com um pouco de medo de que ele se porte de maneira inadequada.

Ao terminar o chá, Tuppence se levantou e disse:

— É melhor eu ir andando. Muito obrigada pela hospitalidade, Mrs. Perry.

— A senhora precisa ver o jardim antes de ir — disse Mr. Perry, levantando-se também. — Venha, *eu* vou lhe mostrar.

Ela o acompanhou à parte externa da casa e ele a levou a um canto do terreno depois do ponto onde estivera cavando.

— Belas flores, não? — perguntou Mr. Perry. — Tem umas rosas bem antigas aqui. Veja essa, com listras vermelhas e brancas.

— "Commandant Beaurepaire" — disse Tuppence.

— Aqui a gente chama de "York e Lancaster" — informou Mr. Perry. — "A Guerra das Rosas." Elas exalam um perfume bom, não acha?

— Ótimo.

— Melhor do que essas rosas híbridas que estão na moda.

De certa forma, o jardim era meio triste. As ervas daninhas não estavam totalmente sob controle, mas as flores em si estavam arrumadas com esmero, de um jeito amador.

— Cores vibrantes — disse Mr. Perry. — Gosto de cores vibrantes. Costumamos receber pessoas que vêm até aqui para ver nosso jardim — comentou. — Que bom que veio.

— Muito obrigada — disse Tuppence. — Seu jardim e sua casa são muito bonitos mesmo.

— A senhora tinha que ver o outro lado.

— Está à venda ou para alugar? Sua esposa disse que não tem ninguém morando lá no momento.

— Não sabemos. Não vimos ninguém, não tem nenhuma placa e nunca vieram visitar a propriedade.

— Acho que seria uma boa casa para morar.

— Está procurando casa?

— Estou — respondeu Tuppence, tomando uma decisão súbita. — Na verdade, estamos procurando um lugarzinho no interior, para quando meu marido se aposentar. Provavelmente acontecerá no ano que vem, mas gostamos de nos programar com antecedência.

— Para quem gosta de tranquilidade, este é o lugar certo.

— Acho que vou buscar informações com os corretores locais. Foi assim que vocês encontraram esta casa?

— Primeiro vimos um anúncio no jornal. Depois fomos falar com os corretores.

— Onde foi isso... em Sutton Chancellor? É o nome do vilarejo mais próximo, certo?

— Sutton Chancellor? Não. A imobiliária fica em Market Basing. Chama-se Russell & Thompson. A senhora poderia ir lá pedir informações.

— Sim — disse Tuppence —, poderia mesmo. Market Basing fica longe daqui?

— Daqui até Sutton Chancellor são duas milhas, e de lá até Market Basing são sete. Você vai encontrar uma estrada decente saindo de Sutton Chancellor, mas por aqui só vai se deparar com estradinhas simples.

— Entendi. Bem, adeus, Mr. Perry, e muito obrigada por ter me mostrado seu jardim.

— Espere um pouco. — O homem se inclinou, arrancou uma peônia enorme, pegou Tuppence pela lapela do casaco e enfiou a flor no buraco do botão. — Pronto, aí está. Ficou lindo.

Por um segundo, Tuppence sentiu um pânico repentino. Aquele sujeito alto, desajeitado e de bom coração de repente a assustou. Estava olhando para ela com um sorriso no rosto. Era um sorriso meio estranho, quase malicioso.

— Ficou lindo — repetiu ele. — Lindo.

"Ainda bem que não sou mais moça. Acho que não ia gostar que ele colocasse uma flor na minha roupa", pensou Tuppence. Por fim, despediu-se novamente e foi embora às pressas.

A porta da casa estava aberta, e Tuppence entrou para se despedir de Mrs. Perry, que estava na cozinha lavando a louça do chá. Em um movimento automático, Tuppence pegou um pano de prato e começou a secar tudo.

— Muito obrigada, a senhora e seu marido foram muito gentis e hospitaleiros comigo... *O que é isso?*

Da parede da cozinha... ou melhor, de trás da parede, onde antes ficava um fogão antigo, veio um grito alto, um grasnado e arranhões.

— Deve ser uma gralha que caiu na chaminé da outra casa. Acontece nessa época do ano. Semana passada, caiu uma na nossa. É que elas fazem ninhos nas chaminés, sabe?

— O quê... Na outra casa?

— Sim, olhe ela aí de novo.

Mais uma vez, os gritos e grasnados de um pássaro aflito chegaram aos ouvidos das duas.

— Lá na casa vazia não tem ninguém para cuidar disso. As chaminés deveriam ser limpas e tudo mais.

Os arranhões e grasnados não paravam.

— Tadinho do pássaro — comentou Tuppence.

— Pois é. Não vai conseguir sair de lá.

— Quer dizer que vai morrer lá dentro?

— Ah, sim. Como eu ia dizendo, caiu uma na nossa chaminé. Para dizer a verdade, duas. Uma era filhote. Essa conseguiu sair, nós a soltamos e ela foi embora. A outra morreu.

Os sons frenéticos continuavam.

— Ah — disse Tuppence —, queria poder tirá-la de lá.

Mr. Perry apareceu na porta.

— Algum problema? — perguntou, olhando de uma para a outra.

— Um pássaro, Amos. Deve estar na chaminé da outra casa. Não está ouvindo?

— É, caiu do ninho das gralhas.

— Queria poder entrar lá — comentou Mrs. Perry.

— Ah, não adianta. Caso sobrevivam, o susto vai matá-las.

— Depois vai ficar um fedor — disse Mrs. Perry.

— Não vamos sentir fedor nenhum aqui. Vocês são sentimentais — prosseguiu ele, olhando de uma para a outra —, como todas as mulheres. Podemos ir lá pegar o pássaro, se quiserem.

— Ué, tem alguma janela aberta?

— Podemos entrar pela porta.

— Que porta?

— Lá fora, no quintal. A chave está pendurada ali.

Mr. Perry saiu e foi até o fim do quintal, onde abriu uma portinha. Era uma espécie de depósito de jardinagem, mas havia uma passagem que levava à outra casa e, perto da porta do depósito, havia seis ou sete chaves enferrujadas penduradas em um prego.

— Essa serve — disse Mr. Perry.

Então, ele pegou a chave, colocou-a na fechadura e, depois de muito esforço e persistência, abriu a porta.

— Já entrei aqui uma vez, quando ouvi barulho de água. Haviam se esquecido de fechar a torneira direito.

Mr. Perry entrou, e as duas mulheres foram atrás dele. A porta levava a um pequeno cômodo que ainda continha vários vasos de flores em uma prateleira e uma pia.

— Uma sala de flores, como era de se esperar — comentou ele. — Onde as pessoas costumavam preparar as flores. Estão vendo? Muitos dos vasos foram deixados aqui.

Havia uma porta do outro lado da sala de flores. Não estava nem trancada. Mr. Perry a abriu, e eles entraram. Tuppence se sentiu desbravando outro mundo. O corredor do lado de fora era coberto por um tapete felpudo. Um pouco mais adiante havia uma porta entreaberta e, de lá, ouviam-se os sons de um pássaro em apuros. Perry empurrou a porta, e sua esposa e Tuppence entraram.

As cortinas estavam fechadas, mas havia uma parte solta, permitindo que a luz entrasse. Apesar da penumbra, dava para ver no chão um tapete verde-sálvia muito bonito, embora desbotado. Havia uma estante na parede, mas nenhuma mesa ou cadeiras. Certamente haviam levado os móveis, mas as cortinas e os tapetes ficaram para o próximo inquilino.

Mrs. Perry foi até a lareira. Um pássaro se debatia e guinchava na grade, angustiado. Ela se abaixou, pegou-o e disse:

— Tente abrir a janela, Amos.

Amos aproximou-se da janela, afastou a cortina e a destrancou. Ao levantar a parte inferior, a estrutura rangeu. Assim que a janela se abriu, Mrs. Perry inclinou-se e soltou a gralha, que caiu no gramado e tentou dar alguns saltos.

— Melhor matá-la — disse Mr. Perry. — Está ferida.

— Vamos esperar um pouco — sugeriu a esposa. — Nunca se sabe. Os pássaros se recuperam bem rápido. É o medo que os paralisa assim.

Como previsto, pouco tempo depois, a gralha, em um último esforço, guinchou, bateu as asas e saiu voando.

— Eu só espero que ela não caia na chaminé outra vez — comentou Alice Perry. — Pássaro é um bicho teimoso. Não sabe se cuidar. Se entra em um cômodo, depois não consegue sair sozinho. Ah — acrescentou —, que confusão.

Ela, Tuppence e Mr. Perry encararam a lareira. Da chaminé havia caído uma massa de fuligem, destroços e tijolos quebrados. O péssimo estado de conservação ao longo do tempo era evidente.

— Alguém deveria vir morar aqui — comentou Mrs. Perry, olhando ao redor.

— Alguém deveria vir aqui dar um jeito nessa situação — concordou Tuppence. — Um construtor tem que dar uma olhada ou fazer alguma coisa a respeito da casa, senão ela vai desmoronar. E não vai demorar muito para isso acontecer.

— Provavelmente tem alguma infiltração nos cômodos de cima. Sim, olhe só o teto, está vindo dali.

— Ah, mas que pena — disse Tuppence —, uma casa tão bonita nesse estado... É uma linda sala, né?

Ela e Mrs. Perry admiraram o cômodo. Construída em 1790, tinha toda a elegância das casas daquela época. Originalmente, havia uma estampa de folhas de salgueiro no papel de parede desbotado.

— Agora está acabada — comentou Mr. Perry.

Tuppence mexeu nos detritos da lareira.

— Precisa de uma varrida — afirmou Mrs. Perry.

— Para que se dar ao trabalho de limpar uma casa que nem é sua? — questionou o marido. — Deixe pra lá, mulher. Vai estar do mesmo jeito amanhã de manhã.

Tuppence afastou os tijolos com a ponta do pé.

— Argh! — exclamou com nojo.

Havia dois pássaros mortos na lareira. Pelo aspecto deles, fazia um tempo que haviam morrido.

— Esse é o ninho que caiu há algumas semanas. Que milagre o fedor não estar pior — comentou Perry.

— O que é isso? — perguntou Tuppence.

Com o pé, cutucou algo que estava parcialmente escondido entre os detritos. Então, abaixou-se e pegou o que quer que estivesse ali.

— Não toque em um pássaro morto — alertou Mrs. Perry.

— Não é um pássaro — falou Tuppence. — Outra coisa deve ter caído na chaminé. Ora, vejam só — acrescentou, olhando fixamente para o objeto que tinha em mãos. — É uma boneca. Uma boneca de criança.

Os três avaliaram o objeto. A boneca estava toda esfarrapada, rasgada, as roupas surradas, a cabeça pendendo dos ombros — o velho brinquedo de uma criança. Um olho de vidro tinha caído. Tuppence ficou ali, segurando-a.

— Como será que uma boneca foi parar dentro de uma chaminé? — questionou. — Extraordinário.

Capítulo 8

Sutton Chancellor

Após sair da casa do canal, Tuppence dirigiu lentamente por uma estradinha estreita e sinuosa que, segundo lhe haviam assegurado, levaria ao vilarejo de Sutton Chancellor. Era uma estrada isolada. Não havia casas à vista, apenas portões por onde seguiam trilhas lamacentas. Havia pouco trânsito — ela só viu passar um trator e um caminhão que anunciava com muito orgulho estar transportando as "Delícias da Mamãe", com a imagem de um pão enorme e de aparência artificial. A torre da igreja que ela havia notado a distância parecia ter desaparecido completamente, mas por fim reapareceu bem próxima assim que a estrada fez uma curva repentina e acentuada perto de um faixa de árvores. Tuppence olhou de relance para o velocímetro e viu que já tinha percorrido duas milhas desde a casa do canal.

Era uma linda igreja antiga, situada em um cemitério bem grande, com um teixo solitário ao lado da porta de entrada.

Tuppence deixou o carro do lado de fora, entrou pelo portão e passou um tempo observando a igreja e o cemitério. Em seguida, foi até a porta da igreja, de arco normando, ergueu a pesada maçaneta e, como estava destrancada, entrou.

O lado de dentro era desinteressante. Sem dúvida se tratava de uma construção antiga, só que tinha passado por uma reforma intensa na era vitoriana. Os bancos de pinho e os vitrais vermelhos e azuis acabaram com todo o encanto arcaico do passado. Uma mulher de meia-idade com um conjuntinho de tweed arrumava flores em vasos de latão ao redor do púlpito — já havia terminado de arrumar o altar. Observou Tuppence com um olhar inquisitivo. Tuppence, por sua vez, perambulava por um corredor, lendo as placas memoriais nas paredes. Uma família chamada Warrender parecia ter grande representação nos primeiros anos. Todos do Priorado, Sutton Chancellor. Capitão Warrender, Major Warrender, Sarah Elisabeth Warrender, amada esposa de George Warrender. Uma placa mais recente registrava a morte de Julia Starke, (outra amada) esposa de Philip Starke, também do Priorado, Sutton Chancellor. Ao que parecia, todos os Warrender já haviam se extinguido. Nenhuma daquelas placas era particularmente sugestiva ou interessante. Tuppence saiu da igreja e andou pelo lado de fora. A parte externa, pensou ela, era muito mais atraente do que a interna.

— Gótico perpendicular e decorado — disse a si mesma, familiarizada desde cedo com termos da arquitetura eclesiástica. Não era uma grande fã do estilo perpendicular.

Era uma igreja de tamanho razoável, e Tuppence imaginou que o vilarejo de Sutton Chancellor devia ter sido, em algum momento, um centro rural muito mais importante do que era atualmente. Deixou o carro onde estava e caminhou até a vila. Havia uma lojinha, uma agência de correio e cerca de uma dúzia de casinhas ou chalés. Uma ou duas tinham telhado de palha, mas as outras eram simples e desinteressantes. Havia seis casas populares no final da rua, e elas pareciam ligeiramente deslocadas. Uma placa de latão em uma das portas anunciava: Arthur Thomas, Limpador de Chaminés.

Tuppence se perguntou se algum corretor de imóveis responsável estaria disposto a contratar os serviços dele para a casa do canal, que certamente estava precisando. Naquele momento, considerou-se uma tonta por não ter perguntado o nome da casa.

Por fim, voltou lentamente para a igreja e fez uma pausa para examinar o cemitério mais de perto. Gostou daquele cemitério. Havia pouquíssimos túmulos recentes ali. A maioria das lápides marcava sepultamentos da era vitoriana e eras anteriores, meio apagadas pelo líquen e pelo tempo. As lápides antigas eram muito bonitas. Algumas delas eram verticais, com querubins no topo e coroas de flores ao redor. Tuppence ficou perambulando pela área e observando as lápides. Mais uma vez, o nome Warrender marcava presença. Mary Warrender, 47 anos, Alice Warrender, 33 anos, Coronel John Warrender, morto no Afeganistão. Várias crianças Warrender — cujas mortes foram profundamente sentidas — e versos eloquentes de consolo religioso. Perguntou-se se ainda existia algum Warrender na região. Ao que parecia, não eram mais enterrados ali. A lápide mais recente datava de 1843. Contornando o grande teixo, deparou-se com um clérigo já de idade, curvado sobre uma fileira de lápides antigas perto de um muro atrás da igreja. Ao ver Tuppence se aproximar, endireitou-se e se virou para ela.

— Boa tarde — disse ele amigavelmente.

— Boa tarde — respondeu Tuppence, e acrescentou: — Eu estava olhando a igreja.

— Destruída pela renovação vitoriana — comentou o clérigo.

O homem tinha uma voz agradável e um sorriso simpático. Parecia ter uns setenta anos, mas Tuppence presumiu que não devia ser tão velho assim, embora certamente fosse reumático e não tivesse muita força nas pernas.

— O dinheiro circulava aos montes na época vitoriana — falou ele com tristeza. — Muitos donos de indústrias. Eram devotos, mas, infelizmente, não tinham nenhum senso artístico. Nem bom gosto. Já viu a ala leste? — perguntou, estremecendo.

— Vi — respondeu Tuppence. — Pavorosa.

— Concordo plenamente. Eu sou o vigário — acrescentou, sem necessidade.

— Imaginei que fosse — disse ela educadamente. — O senhor já está aqui há muito tempo?

— Dez anos, minha cara — respondeu. — É uma boa paróquia. As poucas pessoas que vêm são gentis. Sou feliz aqui. Elas não gostam muito dos meu sermões — acrescentou, triste. — Eu me esforço ao máximo, mas, é claro, não posso fingir que sou moderno. Sente-se — convidou de modo acolhedor, indicando uma lápide próxima.

Agradecida, Tuppence se sentou, e o vigário fez o mesmo na lápide ao lado.

— Não consigo passar muito tempo em pé — disse, em tom de desculpas. — Posso ajudar de alguma forma ou está só de passagem?

— Bem, na verdade estou só de passagem mesmo — respondeu Tuppence. — Tive a ideia de dar uma olhadinha na igreja. Acabei me perdendo de carro nas estradinhas.

— Sim, sim. É muito difícil se orientar por aqui. Tem um monte de placas quebradas, sabe, e a cidade não as conserta direito. — Em seguida, acrescentou: — Não que faça muita diferença. As pessoas que dirigem por esta região geralmente não estão tentando chegar a algum lugar específico. Quem *está* tentando não sai das estradas principais. Horrível. Ainda mais a nova rodovia. Pelo menos é o que *eu* penso. Toda aquela barulheira, a velocidade e a imprudência ao volante. Ai, ai! Não me dê ouvidos. Não passo de um velho rabugento. A senhora jamais adivinharia o que estou fazendo aqui.

— Vi que estava examinando algumas lápides — afirmou Tuppence. — Vandalizaram o cemitério? Adolescentes quebrando túmulos?

— Não. Hoje em dia pensamos logo nesse tipo de coisa, com tantas cabines telefônicas destruídas e outros atos de vandalismo cometidos pela juventude. Coitadinhos, não sabem o que fazem. Não conseguem pensar em nada mais divertido para fazer do que sair quebrando tudo. Uma tristeza, né? Lamentável. Não, não aconteceu nada do tipo por aqui. Os meninos do vilarejo são, em geral, muito bonzinhos. Estou apenas procurando o túmulo de uma criança.

Tuppence ficou inquieta.

— O túmulo de uma criança?

— Sim. Uma pessoa me escreveu. Um tal de Major Waters. Perguntou se por acaso uma criança havia sido enterrada aqui. Dei uma olhada no registro paroquial, é claro, mas não encontrei o nome em questão. Mesmo assim, achei melhor verificar as lápides. Imaginei que, talvez, a pessoa possa ter se confundido com o nome, ou então que tenha havido um engano.

— Qual era o nome de batismo? — perguntou Tuppence.

— Ele não sabia. Talvez Julia, como a mãe.

— Quantos anos a criança tinha?

— Ele também não sabia dizer... Não tinha nenhuma informação concreta. Tenho para mim que esse homem deve ter errado de vilarejo. Não me lembro de nenhum Waters morando aqui e nunca ouvi falar de alguém com esse nome.

— E os Warrender? — questionou Tuppence, lembrando-se dos nomes que havia lido. — A igreja está cheia de placas dedicadas a eles e há um monte de lápides com esse sobrenome aqui fora.

— Ah, não existe mais nenhum membro dessa família. Eles tinham uma bela propriedade, um Priorado antigo do século XIV. Foi atingido por um incêndio... Ah, a essa altura já faz quase um século, então imagino que os Warrender que sobraram foram embora e não voltaram mais. Um vitoriano rico chamado Starke construiu uma nova casa no local. Uma casa bem feia, mas confortável, pelo que dizem. Muito aconchegante. Tem banheiros e tudo o mais, sabe? Acho que esse tipo de coisa *é* importante.

— Acho bem estranho alguém escrever para perguntar a respeito do túmulo de uma criança. Será que se tratava de um parente?

— O pai da criança — respondeu o vigário. — Imagino que seja uma dessas tragédias de guerra. Um casamento que se desfez quando o marido estava servindo o país no exterior. A jovem esposa fugiu com outro homem enquanto o marido estava fora. Havia uma criança, que ele nem chegou a conhecer. Se ainda estivesse viva, a essa altura já seria adulta, imagino. Deve fazer mais de vinte anos.

— Já não se passou tempo demais para procurá-la?

— Parece que faz pouco tempo que ele soube da *existência* dessa filha. Descobriu completamente por acaso. Uma história bem curiosa.

— O que o fez pensar que a criança tinha sido enterrada aqui?

— Pelo que entendi, alguém que encontrou a esposa dele durante a guerra lhe disse que ela estava morando em Sutton Chancellor. Acontece, sabe? Encontramos alguém, um amigo ou conhecido que não vemos há anos, e às vezes a pessoa nos dá uma notícia que nunca ficaríamos sabendo de outra forma. Mas com certeza a mulher não mora aqui atualmente. Ninguém com esse nome morou aqui... pelo menos desde minha chegada. E, pelo que eu sei, nem mesmo nas redondezas. Claro, pode ser que ela tenha mudado de nome. De todo modo, parece que o sujeito contratou advogados, investigadores e tudo o mais, então provavelmente vão acabar obtendo respostas. Mas vai demorar...

— *A pobrezinha era sua filha?* — murmurou Tuppence.

— Como disse, minha cara?

— Nada — respondeu Tuppence. — Outro dia me perguntaram: *A pobrezinha era sua filha?* É algo bem chocante de se ouvir assim, sem mais nem menos. Mas realmente acho que a velhinha que me perguntou isso não sabia do que estava falando.

— Entendo, entendo. Acontece muito comigo. Digo coisas sem saber ao certo o que quero dizer. Muito irritante.

— Imagino que o senhor saiba tudo a respeito das pessoas que moram aqui *hoje* — disse Tuppence.

— Bem, certamente não são muitas pessoas. Sei, sim. Por quê? Quer informações sobre alguém?

— Eu gostaria de saber se alguma Mrs. Lancaster já morou aqui.

— Lancaster? Não, não me lembro desse nome.

— E tem uma casa... Hoje eu estava dirigindo meio sem rumo... sem me importar muito para onde estava indo, só seguindo as estradinhas...

— Sei. As estradinhas daqui são muito bonitas. E podemos encontrar espécimes bem raros. Botânicos, digo. Nas cercas vivas. Ninguém nunca arranca flores nessas cercas vivas. Nunca recebemos turistas nesta região. Ah, sim, às vezes encontro espécimes raríssimos. Alguns tipos de gerânio, por exemplo...

— Havia uma casa perto de um canal — continuou Tuppence, recusando-se a mudar de assunto para falar de botânica. — Ficava perto de uma pontezinha arqueada. A umas duas milhas daqui. Queria saber o nome...

— Vejamos. Canal... pontezinha arqueada. Bem... existem várias casas assim. Tem a Fazenda Merricot.

— Não era uma fazenda.

— Ah, imagino que seja a casa dos Perry... Amos e Alice Perry.

— Isso mesmo — disse Tuppence. — Mr. e Mrs. Perry.

— É uma mulher marcante, né? Interessante, sempre achei. Muito interessante. Um rosto medieval, não acha? Ela vai fazer o papel de bruxa na peça que estamos produzindo. Para as crianças da escola, sabe? Ela realmente tem cara de bruxa, não tem?

— Sim — concordou Tuppence. — Uma bruxa amiga.

— Exatamente, minha cara. Sim, uma bruxa amiga.

— Mas ele...

— Sim, coitadinho — comentou o vigário. — Não está em seu juízo perfeito... mas não faz mal a ninguém.

— Eles foram muito gentis comigo. Até me convidaram para tomar um chá — contou ela. — Mas o que eu queria saber era o *nome* da casa. Esqueci de perguntar. Eles só ocupam metade do imóvel, né?

— Sim, sim. No que antes era a antiga cozinha. *Eles* chamam a casa de "Waterside", eu acho, mas acredito que o nome antigo fosse "Watermead". Um nome mais agradável, na minha opinião.

— Quem é o dono da outra parte da casa?

— Bem, a casa inteira originalmente pertencia aos Bradley. Isso foi há muitos anos. Sim, há pelo menos trinta ou quarenta anos, eu acho. Depois foi vendida, e vendida outra vez, e por um bom tempo ficou vazia. Quando cheguei aqui, a propriedade estava sendo usada como casa de fim de semana. Por uma atriz chamada Miss Margrave, se não me engano. Não vinha muito aqui. Apenas de tempos em tempos. Não cheguei a conhecê-la. Ela nunca vinha à igreja. Às vezes eu a via de longe. Uma criatura bonita. Muito bonita.

— Quem é o dono *hoje em dia*? — insistiu Tuppence.

— Não faço ideia. Possivelmente ainda pertence a ela. Os Perry alugam a parte onde moram.

— Eu reconheci a casa, sabia? — comentou Tuppence. — Assim que bati os olhos nela, porque tenho um quadro.

— É mesmo? Deve ser uma das obras de Boscombe, ou seria Boscobel? Não me lembro direito. Algo do tipo. Era um artista da Cornualha, acredito que bem conhecido. Acho que já faleceu. Ele vinha muito aqui. Desenhava vários lugares da região. Fazia algumas pinturas a óleo também. Umas paisagens muito bonitas.

— Esse quadro específico foi dado de presente a uma tia minha, que morreu há mais ou menos um mês. Quem lhe deu foi Mrs. Lancaster. Por isso perguntei se o senhor conhecia esse nome.

O vigário fez que não mais uma vez.

— Lancaster? Lancaster. Não, não me lembro de ninguém com esse nome. Ah! Mas aqui está a pessoa certa para a senhora perguntar. Nossa querida Miss Bligh. Ela é muito ativa. Sabe tudo a respeito da paróquia. Coordena tudo. O Instituto das Mulheres, os Escoteiros, os Guias... tudo. Pergunte a *ela*. Ela é muito ativa, muito ativa mesmo.

O vigário suspirou. A atividade de Miss Bligh parecia preocupá-lo.

— Todo mundo no vilarejo a chama de Nellie Bligh. Os meninos às vezes cantarolam o nome dela. *Nellie Bligh, Nellie Bligh.* Mas esse não é seu nome verdadeiro. É Gertrude, Geraldine ou algo do tipo.

Miss Bligh, a mulher de conjuntinho de tweed que Tuppence tinha visto na igreja, aproximou-se dos dois a passos rápidos, com um pequeno regador ainda em mãos. À medida que chegava mais perto, ela olhava para Tuppence com profunda curiosidade, acelerando o passo e começando a falar antes mesmo de alcançá-los.

— Terminei meu trabalho! — exclamou alegremente. — Hoje foi uma correria. Ah, sim, que correria. Claro, como o senhor sabe, eu geralmente cuido da igreja pela manhã. Só que hoje tivemos uma reunião de emergência no salão paroquial, e é inacreditável como demorou! Uma brigalhada! Eu realmente acredito que às vezes as pessoas só reclamam por diversão. Mrs. Partington estava especialmente irritante. Queria que cada tópico fosse esmiuçado, sabe, e questionou se nós tínhamos pedido orçamentos de um número suficiente de empresas. Quer dizer, o custo total é tão baixo que uns xelins a mais ou a menos não fazem tanta diferença assim. E a Burkenheads sempre foi a mais confiável. Acho que o senhor não deveria se sentar nessa lápide.

— Acha desrespeitoso? — sugeriu o vigário.

— Ah, não, não foi isso que eu quis dizer, *de forma alguma*. Eu me referia *à pedra*, sabe? A umidade pode afetar seu reumatismo...

A mulher olhou de soslaio para Tuppence, com ar questionador.

— Deixe-me apresentá-la a Miss Bligh — disse o vigário.

— Esta é... esta é... — O homem hesitou.

— Mrs. Beresford — respondeu Tuppence.

— Ah, sim — falou Miss Bligh. — Eu a vi na igreja. Agorinha mesmo, dando uma olhada no espaço. Eu até teria ido falar com a senhora, para mostrar alguns pontos interessantes, mas estava com pressa para terminar meu trabalho.

— Eu é que deveria ter ido ajudá-la — respondeu Tuppence, muito gentil. — Mas não teria adiantado muito, certo? Percebi já havia decidido exatamente onde pôr cada flor.

— Ah, é muito gentil da sua parte dizer isso, mas é verdade. Cuido das flores da igreja há... nossa, nem sei mais *quantos* anos. Deixamos as crianças montarem seus próprios vasos de flores silvestres para as festividades, mas, claro, elas não têm a menor ideia do que estão fazendo, tadinhas. Acho que um pouco de instrução faria bem, mas Mrs. Peake não quer. Ela é muito meticulosa. Diz que isso prejudica o senso de iniciativa dos pequenos. A senhora está hospedada por aqui?

— Eu estava indo para Market Basing — respondeu Tuppence. — Será que poderia me indicar um hotel sossegado onde eu possa me hospedar por lá?

— Bem, acho que a senhora vai ficar meio decepcionada. É só uma cidade mercantil, sabe? Não é nem um pouco voltada para turistas, muito menos para quem vai de carro. O Blue Dragon é um hotel duas estrelas, mas, sinceramente, às vezes eu acho que essas estrelas não significam *nada*. Acredito que a senhora vá gostar mais do The Lamb. É mais tranquilo. Pretende ficar muito tempo por lá?

— Ah, não — respondeu Tuppence. — Vou ficar poucos dias, para conhecer melhor a região.

— Não há muito o que ver por lá, infelizmente. Nenhuma antiguidade interessante ou coisas do tipo. Somos um distrito puramente rural e agrícola — explicou o vigário. — Mas sossegado, muito sossegado. Como comentei, existem flores silvestres bem raras.

— Ah, sim — disse Tuppence —, mal vejo a hora de colher alguns espécimes enquanto começo minha busca por imóveis — acrescentou.

— Ah, mas que interessante! — exclamou Miss Bligh. — Está pensando em morar por aqui?

— Bem, meu marido e eu ainda não tomamos nenhuma decisão quanto ao lugar — explicou Tuppence. — E não temos pressa. Ele só vai se aposentar daqui a um ano e meio. Mas acho que é sempre válido dar uma olhadinha. *Eu* prefiro ficar em uma região por quatro ou cinco dias, fazer uma lista de imóveis promissores e ir visitá-los de carro. Acho muito cansativo vir de Londres por um dia só para visitar uma casa específica.

— Ah, sim, veio de carro?

— Vim, sim. Preciso falar com um corretor de imóveis em Market Basing amanhã de manhã. Aqui no vilarejo não tem nenhum lugar para ficar, né?

— Tem Mrs. Copleigh — respondeu Miss Bligh. — Ela hospeda pessoas no verão, sabe? Veranistas. A casa dela é um brinco. Todos os quartos são limpos. Claro, só oferece um local para dormir e café da manhã, talvez uma refeição leve à noite. Mas acho que não recebe ninguém por lá antes de agosto ou, no máximo, julho.

— Talvez eu deva ir até lá e descobrir — sugeriu Tuppence.

— Ela é uma mulher admirável — comentou o vigário. — Fala pelos cotovelos — acrescentou. — Não para de falar nem por um minuto.

— Nesses vilarejos pequenos a fofoca corre solta — disse Miss Bligh. — Acho que seria uma ótima ideia dar uma ajudinha a Mrs. Beresford. Posso levá-la até Mrs. Copleigh para ver se ela poderia hospedá-la.

— Seria muito gentil da sua parte — comentou Tuppence.

— Então vamos — disse Miss Bligh, célere. — Até logo, vigário. Ainda está procurando? É uma tarefa triste e dificilmente você terá sucesso... Que pedido sem pé nem cabeça.

Tuppence despediu-se do vigário e disse que ficaria feliz em ajudá-lo se pudesse.

— Eu poderia passar algumas horas dando uma olhada nas lápides — disse Miss Bligh. — Enxergo muito bem para a minha idade. É só o nome Waters que o senhor está procurando?

— Na verdade, não — respondeu ele. — Acredito que o mais importante seja a idade. Seria uma criança de sete anos, talvez. Uma menina. O Major Waters acha que a esposa pode ter mudado de nome e que a filha provavelmente seria conhecida pelo nome que a mulher adotou. E, como ele não sabe que nome é esse, dificulta muito as coisas.

— Acho toda essa empreitada impossível — comentou Miss Bligh. — O senhor jamais deveria ter aceitado fazer esse favor. Sugerir uma coisa dessas é algo monstruoso.

— O pobre coitado parece estar transtornado — disse o vigário. — Pelo que entendi, é uma história bem triste. Mas não quero tomar mais do seu tempo.

Enquanto Miss Bligh a conduzia, Tuppence pensou com seus botões que, por mais que Mrs. Copleigh tivesse fama de tagarela, dificilmente seria pior do que a própria Miss Bligh. A mulher despejava um fluxo constante de declarações rápidas e autoritárias.

A casa de Mrs. Copleigh se revelou agradável e espaçosa, afastada da rua principal do vilarejo, com um belo jardim de flores na parte da frente, a soleira branca e a maçaneta de latão bem polida. Para Tuppence, Mrs. Copleigh parecia uma personagem saída diretamente das páginas de Dickens. Era baixinha e redonda e, ao se deslocar, parecia rolar feito uma bola de borracha. Tinha um brilho cintilante nos olhos, cachos loiros presos no topo da cabeça e energia para dar e vender. Em um primeiro momento, demonstrou certa relutância...

— Bem, não costumo aceitar, sabe? Não. Meu marido e eu dizemos "receber veranistas é outra história". Todo mundo que pode faz isso hoje em dia. Acaba sendo uma necessidade, com certeza. Mas não nessa época do ano. Só lá para julho. Porém, se for só por alguns dias e ela não se importar com a bagunça, quem sabe...

Tuppence disse que não se importaria. Assim sendo, após examiná-la atentamente, mas sem interromper o fluxo da conversa, Mrs. Copleigh a convidou para subir e conhecer o quarto, e então ela poderia dar um jeito na situação.

Naquele momento, Miss Bligh se despediu das duas com certo pesar, pois ainda não tinha conseguido extrair todas as informações que queria de Tuppence, como, por exemplo, de onde ela vinha, o que o marido fazia da vida, quantos anos tinha, se tinha filhos e outras questões de interesse. Contudo, aparentemente Miss Bligh ia presidir uma reunião na própria casa e se apavorava com a possibilidade de alguém roubar seu cobiçado posto.

— A senhora vai ficar bem com Mrs. Copleigh — garantiu a Tuppence —, ela vai lhe dar toda a assistência necessária, tenho certeza. E o seu carro?

— Ah, vou buscá-lo já, já — disse Tuppence. — Mrs. Copleigh vai me dizer onde é melhor estacioná-lo. Acho que posso deixá-lo aqui na frente mesmo, já que a rua não é tão estreita, certo?

— Ah, meu marido pode arrumar uma solução melhor — respondeu Mrs. Copleigh. — Ele estaciona ali no campo, virando aquela ruazinha lateral. Seu carro ficará protegido dentro de um galpão lá.

Assim, tudo se acertou cordialmente e Miss Bligh saiu às pressas para o seu compromisso. Em seguida, levantaram a questão do jantar. Tuppence perguntou se havia algum bar no vilarejo.

— Ah, não temos nenhum estabelecimento adequado para uma dama — disse Mrs. Copleigh. — Mas, se ficar satisfeita com ovos, uma fatia de presunto e talvez um pouco de pão com geleia caseira...

Tuppence respondeu que seria ótimo. O quarto era pequeno, mas acolhedor e agradável, com um papel de parede de botões de rosa, uma cama que parecia aconchegante e um ar de limpeza impecável.

— Ah, sim, é um belo papel de parede, senhorita — comentou Mrs. Copleigh, que parecia determinada a conceder a Tuppence o status de solteira. — Escolhemos esse para que os recém-casados pudessem vir aqui passar a lua de mel. Romântico, não?

Tuppence concordou que o romantismo era algo muito desejável.

— Hoje em dia, os recém-casados não têm tanto para gastar. Não como antes. A maioria está economizando para comprar uma casa ou já pagou a entrada. Ou então precisam comprar móveis à prestação e acaba não sobrando dinheiro para uma lua de mel chique ou algo do tipo. Os jovens são cuidadosos, sabe? A maioria deles. Não saem esbanjando por aí.

Ela desceu a escada tagarelando sem parar. Tuppence deitou-se na cama para tirar um cochilo de meia hora depois de um dia cansativo. No entanto, tinha grandes esperanças em relação a Mrs. Copleigh, e sentia que, uma vez descansada, seria capaz de conduzir a conversa para os temas mais promissores. Certamente ficaria sabendo de tudo sobre a casa perto da ponte, quem havia morado lá, quem tinha boa ou má fama na região, todos os escândalos e coisas do tipo. A convicção aumentou ainda mais depois que foi apresentada a Mr. Copleigh, um homem que mal abria a boca. A comunicação dele se limitava a grunhidos afáveis, que em geral significavam concordância. Às vezes, em tom mais baixo, discordância.

Pelo que Tuppence percebeu, ele parecia satisfeito em deixar a esposa falar. Passou metade do tempo distraído, ocupado com os planos para o dia seguinte — aparentemente seria dia de feira.

Para Tuppence, o cenário era o melhor possível. Podia até ser resumido em um slogan: "Se você quer informação, está no lugar certo". Mrs. Copleigh era tão eficiente quanto um rádio ou uma televisão. Bastava girar o botão que as palavras saíam, acompanhadas de gestos e muitas expressões faciais. Assim como o corpo lembrava uma bola de borracha, o rosto parecia feito da mesma matéria-prima. As várias pessoas de quem ela falava praticamente se materializavam em forma de caricaturas diante dos olhos de Tuppence.

Tuppence comeu bacon com ovos, saboreou fatias generosas de pão com manteiga e elogiou a geleia de amora, que era caseira — seu tipo favorito, como anunciou com toda a sinceridade. Enquanto isso, esforçava-se ao máximo para absorver a enxurrada de informações que recebia, a fim de anotá-las em seu caderninho mais tarde. Um panorama completo do passado daquele distrito do interior parecia se revelar diante dela.

Não havia uma sequência cronológica, o que acabava dificultando um pouco as coisas. Mrs. Copleigh pulava de quinze anos atrás para dois anos atrás, depois falava do mês anterior e, por fim, voltava a algum momento dos anos 1920. Todos esses saltos temporais exigiriam muita organização, e Tuppence se perguntava se, no fim das contas, conseguiria obter alguma informação.

Sua primeira tentativa de investigação não lhe trouxe nenhum resultado. Ela fez uma menção a Mrs. Lancaster.

— Acho que ela é dessas bandas de cá — comentou Tuppence, fazendo questão de ser vaga. — E tinha um quadro… um quadro muito bonito de um artista que, pelo que sei, era bem conhecido aqui.

— Qual era o nome mesmo?

— Uma tal de Mrs. Lancaster.

— Não, não me lembro de nenhuma Mrs. Lancaster por essas bandas. Lancaster… Lancaster. Um homem sofreu um acidente de carro, disso eu me lembro. Não, estou pensando no carro. O carro era um Lancaster. Não Mrs. Lancaster. Por acaso seria Miss Bolton? Hoje em dia deve estar com uns setenta anos. Talvez tenha se casado com um Mr. Lancaster. Ela foi embora para o exterior e ouvi falar que se casou com alguém.

— O quadro que ela deu para minha tia era de um tal de Mr. Boscobel... acho que era esse o nome — disse Tuppence.

— Que geleia deliciosa.

— Não ponho nenhuma maçã, como a maioria das pessoas faz. Tem quem ache que ajuda a geleia a ficar melhor, mas a verdade é que tira todo o sabor.

— Sim — respondeu Tuppence. — Concordo plenamente com a senhora. Tira mesmo.

— Como era o nome do artista mesmo? Começa com B, mas não peguei o resto.

— Boscobel, se não me engano.

— Ah, eu me lembro bem de Mr. Boscowan. Vejamos. Acho que foi... há uns quinze anos, no mínimo, que ele veio para cá. E então voltou vários anos seguidos. Gostava do lugar. Chegou até a alugar uma casinha. Era uma das casas do fazendeiro Hart, que ele mantinha para os funcionários. Só que a cidade construiu uma nova moradia. Quatro casas novas especialmente para os trabalhadores.

"Mr. B. era um bom artista", prosseguiu Mrs. Copleigh. "Usava um casaco engraçado. Uma espécie de veludo ou cotelê, com buracos nos cotovelos, e tinha camisas verdes e amarelas. Ah, era um homem muito colorido. Eu gostava dos quadros dele, gostava mesmo. Chegou a fazer uma exposição. Acho que foi perto do Natal. Não, claro que não, deve ter sido no verão. Ele não passava o inverno aqui. Sim, eram quadros bonitos. Mas nada de outro mundo, sabe? Apenas uma casa com algumas árvores ou duas vacas olhando por cima da cerca. De todo modo, tudo muito bonito, discreto e com cores lindas. Nada a ver com esses jovens artistas de hoje em dia."

— Muitos artistas visitam a região?

— Na verdade, não. Ah, nada digno de nota. Uma ou duas moças vêm até aqui no verão para fazer alguns desenhos às vezes, mas não acho nada de mais. Um ano atrás recebemos um sujeito que se dizia artista. Parecia não saber fazer a barba. Não posso dizer que gostava dos quadros dele. Eram umas cores esquisitas, todas misturadas de qualquer jeito. Não dava para identificar nada. Mas vendeu um monte de quadros. E não eram baratos, acredite.

— Deviam custar cinco libras — decretou Mr. Copleigh, entrando na conversa pela primeira vez tão de repente que Tuppence levou um susto.

— Na opinião do meu marido — interveio Mrs. Copleigh, retomando seu papel de intérprete dele —, nenhum quadro deveria custar mais do que cinco libras. As tintas não são tão caras assim. É o que ele acha, não é, George?

— Uhum — confirmou ele.

— Mr. Boscowan pintou um quadro daquela casa perto da ponte e do canal... Waterside ou Watermead, não é esse o nome? Eu vim de lá hoje.

— Ah, então quer dizer que veio por aquela estrada, é? Não chega a ser uma estrada propriamente dita, né? Muito apertada. Aquela casa é bem solitária, sempre achei. *Eu* não gostaria de morar ali. Muito isolada. Não acha, George?

George fez o som que expressava leve discordância e possivelmente desprezo pela covardia das mulheres.

— É lá que mora Alice Perry — comentou Mrs. Copleigh.

Tuppence desistiu das investigações sobre Mr. Boscowan para saber o que Mrs. Copleigh achava dos Perry. Já tinha entendido que era sempre melhor ir na onda da dona da casa, que pulava de um assunto para outro sem parar.

— São um casal esquisito — disse Mrs. Copleigh.

George fez seu som de concordância.

— São reservados. Não se misturam muito com os outros, como se diz. E ela anda por aí parecendo uma aberração.

— Louca — comentou Mr. Copleigh.

— Bem, não sei se eu diria *isso*. Ela *parece* louca, tudo bem. Com aquela cabeleira desgrenhada e tudo mais. E quase sempre usa casacos masculinos e galochas grandes. Diz coisas estranhas e às vezes não responde direito quando lhe fazemos uma pergunta. Mas eu não a consideraria *louca*. É peculiar, só isso.

— As pessoas gostam dela? — perguntou Tuppence.

— Ninguém a conhece direito, apesar de os dois já morarem na região há muitos anos. Já ouvi muitas *histórias* sobre ela, mas, sabe como é, o que mais se escuta por aí são boatos.

— Que tipo de histórias?

Perguntas diretas nunca incomodavam Mrs. Copleigh, que as recebia como se não visse a hora de respondê-las.

— Dizem por aí que ela invoca espíritos à noite, sentada junto a uma mesa. E já ouvi histórias de luzes se movendo pela casa à noite. Também dizem que ela lê vários livros difíceis. Com coisas desenhadas nas páginas... círculos e estrelas. Se quer saber minha opinião, quem não bate muito bem da cabeça é Amos Perry.

— Ele só é meio simplório — comentou Mr. Copleigh com indulgência.

— Bem, talvez você esteja certo. Mas eu já ouvi histórias sobre ele. Adora o jardim, mas não entende muito de jardinagem.

— Mas eles só ocupam metade da casa, né? — perguntou Tuppence. — Mrs. Perry fez a gentileza de me convidar para entrar.

— Convidou? É mesmo? Não sei se eu teria gostado de entrar naquela casa — disse Mrs. Copleigh. — A parte deles é boa.

— E a outra parte não? — perguntou Tuppence. — A parte da frente que dá para o canal.

— Bem, circulavam muitas histórias a respeito da casa. É claro, já faz muitos anos que ninguém mora lá. Dizem que tem algo de estranho. Muitas histórias. Mas, no fundo, ninguém daqui se lembra delas, porque são muito, muito antigas. A casa foi construída há mais de cem anos, sabe? Dizem que uma bela dama foi a primeira moradora do imóvel. Um cavalheiro da corte mandou construí-lo para ela.

— Da corte da rainha Vitória? — perguntou Tuppence, interessada.

— Acho que não. A velha rainha era muito exigente. Não, eu diria que foi antes. Na época de um dos Georges. Esse cavalheiro tinha o costume de visitá-la. Reza a lenda que certa noite eles brigaram e ele cortou a garganta dela.

— Que horror! — comentou Tuppence. — E ele foi condenado à forca pelo crime?

— Não. Ah, não, nada disso. Reza a lenda que ele precisava se livrar do corpo e a emparedou na lareira.

— Emparedou a mulher na lareira!

— Há quem diga que ela era uma freira que tinha fugido do convento. Por isso, teve que ser emparedada. É o que se faz nos conventos.

— Mas não foram as freiras que a emparedaram.

— Não, não. Foi ele. Foi o amante que a matou. Dizem que ele fechou toda a lareira com tijolos e a tapou com uma grande chapa de ferro. De todo modo, nunca mais viram a pobre alma de novo, andando por aí com seus belos vestidos. Claro, há quem diga que eles foram embora juntos. Que os dois se mudaram para a cidade ou para algum outro lugar. As pessoas ouviam barulhos e viam luzes na casa, e muita gente evita passar por lá de noite.

— Mas o que aconteceu depois? — perguntou Tuppence, sentindo que voltar a um período anterior ao reinado da rainha Vitória significaria se afastar demais do objetivo de sua investigação.

— Bem, não sei se há muito mais o que contar. Se não me engano, um fazendeiro chamado Blodgick comprou a casa quando foi colocada à venda, creio. Também não ficou muito tempo lá. Era um proprietário de terras, não um simples agricultor. Acho que foi por isso que ele gostou da casa, mas o solo não era muito fértil e o sujeito não soube lidar com essa situação. Então, vendeu a propriedade. O lugar foi passando de mão em mão; sempre apareciam construtores para fazer reformas, novos banheiros, esse tipo de coisa. Acho que teve até um casal que tentou criar galinhas por lá. Só que a casa acabou ganhando fama de azarada. Tudo isso foi um pouco antes de eu me mudar para cá. Acho que o próprio Mr. Boscowan cogitou comprá-la certa vez. Foi quando pintou aquele quadro.

— Quantos anos mais ou menos tinha Mr. Boscowan quando esteve por aqui?

— Eu diria que uns quarenta, talvez um pouco mais. Era um homem bem-apessoado, à sua maneira. Mas estava começando a engordar. Era muito chegado nas mulheres.

— Hum — grunhiu Mr. Copleigh, dessa vez para advertir a esposa.

— Ah, todos sabemos como são os artistas — disse Mrs. Copleigh, incluindo Tuppence naquele conhecimento. — Vão muito à França e acabam pegando os costumes de lá.

— Ele não era casado?

— Naquela época, não. Não quando veio para cá pela primeira vez. Ele se interessou pela filha de Mrs. Charrington, mas não deu em nada. Era uma moça encantadora, só que nova demais para ele. Não devia ter mais do que vinte e cinco anos.

— Quem era Mrs. Charrington? — Tuppence ficou confusa com a inclusão de novos personagens.

"Mas que raio estou fazendo aqui, afinal?", pensou ela de repente, tomada por uma onda de cansaço. "Estou só ouvindo um monte de fofocas sobre as pessoas e imaginando coisas que nem aconteceram de verdade, como um assassinato. *Agora entendo perfeitamente...* Tudo começou quando do uma velhinha simpática, mas com um parafuso a menos, se confundiu com as próprias lembranças e começou a falar sobre as histórias que esse tal de Mr. Boscowan — ou alguém como ele, que talvez tenha lhe dado o quadro — havia contado a ela, sobre a casa e suas lendas, sobre alguém ter sido emparedado vivo em uma lareira... e, por algum motivo, a mulher achou que fosse uma criança. E aqui estou eu, investigando mentiras. Tommy me chamou de boba e tinha razão: eu *sou* uma boba."

Ela esperou um momento de pausa no fluxo contínuo de palavras de Mrs. Copleigh para poder se levantar, desejar boa-noite educadamente e subir para o quarto.

A fonte de Mrs. Copleigh não secava nunca.

— Mrs. Charrington? Ah, ela morou em Watermead por um tempinho — explicou. — Mrs. Charrington e a filha. Era uma senhora bem simpática. Viúva de um oficial do exército, se não me falha a memória. Não tinha muito dinheiro, mas o aluguel da casa era barato. Estava sempre cuidando das plantas. Adorava jardinagem. Não era muito boa de limpeza. Fui ajudá-la algumas vezes, mas era puxado para mim. Eu tinha que ir de bicicleta, sabe, e são mais de duas milhas. Não havia nenhum ônibus que passasse por lá.

— Ela morou muito tempo na propriedade?

— Acredito que não mais que dois ou três anos. Imagino que tenha ficado assustada, depois que surgiram os problemas. E aí teve suas próprias questões com a filha também. Acho que se chamava Lilian.

Tuppence tomou um gole do chá forte que reforçava a refeição e decidiu encerrar a conversa com Mrs. Charrington antes de ir descansar.

— Qual era o problema com a filha? Mr. Boscowan?

— Não, não foi Mr. Boscowan que a deixou em apuros. Nunca vou acreditar nisso. Foi o outro.

— Quem era o outro? — perguntou Tuppence. — Outra pessoa que morava aqui?

— Acho que ele não morava por essas bandas. Era alguém que ela conheceu em Londres. Ela foi para lá estudar balé.

Balé mesmo? Ou seria artes? Mr. Boscowan conseguiu uma vaga para a jovem estudar em alguma escola de lá. Acho que o nome era Slate.

— Slade? — sugeriu Tuppence.

— Pode ser. Algo do tipo. Enfim, ela começou os estudos e foi assim que conheceu esse sujeito, seja lá quem for. A mãe não gostou nada disso e a proibiu de encontrá-lo. Até parece que isso adiantaria de alguma coisa. Aquela mulher era uma tola, em certos aspectos. Assim como muitas esposas de oficiais do Exército, sabe? Achava que as moças obedeciam. Ela era bem antiquada. Já tinha morado na Índia e por aquelas bandas, mas quando se trata de um rapaz bonito, pode apostar que uma jovem não vai fazer o que mandamos se não a vigiarmos de perto. Não aquela jovem. O tal rapaz vinha aqui de vez em quando e os dois se encontravam fora de casa.

— E aí ela se meteu em apuros, foi? — perguntou Tuppence, usando o eufemismo na esperança de que, assim, não ofendesse o senso de decoro de Mr. Copleigh.

— Deve ter sido ele. De todo modo, estava na cara. Percebi a situação muito antes da própria mãe se dar conta. Era uma moça linda. Alta e elegante. Mas, sabe, acho que não era do tipo que aguentava a pressão. Acabou desmoronando. Vivia andando pelos cantos feito louca, falando sozinha. Se quer saber minha opinião, o sujeito a tratou muito mal. Ele a deixou assim que descobriu o que estava acontecendo. É claro, uma mãe de verdade teria ido atrás dele para tentar convencê-lo a cumprir suas responsabilidades, mas Mrs. Charrington não teria coragem de fazer esse tipo de coisa. Enfim, ela percebeu a situação e levou a filha embora. Fechou a casa e, depois, colocaram o imóvel à venda. Voltaram para providenciar a mudança, se não me engano, mas nunca mais vieram à vila nem comentaram nada com ninguém. Nenhuma das duas voltou a pôr os pés aqui. Desde então os boatos começaram a circular, mas eu nunca soube se eram verdadeiros.

— Tem gente que inventa cada coisa — comentou Mr. Copleigh, sem mais nem menos.

— Tem razão, George. Mesmo assim, pode ser verdade. Esse tipo de coisa acontece. E, como se diz por aí, aquela garota não parecia bater muito bem.

— Que tipo de boatos? — questionou Tuppence.

— Bem, sinceramente, não gosto muito de falar disso. Já faz um tempão e não quero comentar sobre algo que não tenho certeza. Foi Louise, filha de Mrs. Badcock, quem espalhou a informação. Aquela garota era uma baita de uma mentirosa. Falava uns absurdos por aí... Só para inventar uma boa história.

— Mas o que aconteceu? — insistiu Tuppence.

— Ela contou que a jovem Charrington matou o bebê e depois se matou. Disse também que a mãe ficou meio louca de tanta tristeza e que a família teve que colocá-la em uma casa de repouso.

Mais uma vez, Tuppence se viu sem entender nada. Ficou sem chão. Seria possível Mrs. Charrington ser Mrs. Lancaster? Pode ser que tivesse mudado o nome, perdido levemente o controle e desenvolvido uma obsessão pelo destino da filha. Mrs. Copleigh seguiu em frente, implacável.

— Nunca acreditei em uma palavra dessa história. Aquela tal de Badcock seria capaz de inventar qualquer besteira. Naquela época, não demos muita bola para nenhum boato e histórias... tínhamos outras preocupações. Aqui no interior, estávamos apavorados com as coisas que estavam acontecendo... coisas *reais*...

— Por quê? O que estava acontecendo? — perguntou Tuppence, espantada com as situações que pareciam acontecer e girar em torno de um vilarejo tão tranquilo quanto Sutton Chancellor.

— É bem provável que tenha lido a respeito nos jornais da época. Vejamos, já deve fazer quase vinte anos. Com certeza leu por aí. Assassinatos de crianças. Primeiro foi uma menina de nove anos. Certo dia, não voltou para casa depois da aula. O bairro inteiro saiu à procura dela. Foi encontrada em Dingley Copse. Tinha sido estrangulada. Até hoje ainda sinto arrepios só de pensar. Pois bem, esse foi o primeiro caso. Cerca de três semanas depois, aconteceu de novo. Do outro lado de Market Basing. Mas dentro do distrito, por assim dizer. Um homem de carro poderia facilmente ter feito isso. Depois houve outros casos. Às vezes, passavam-se alguns meses sem nenhuma ocorrência. Até que acontecia de novo. Houve um caso a poucas milhas daqui, quase no vilarejo.

— Mas a polícia... Ninguém descobriu quem foi o autor dos crimes?

— Tentaram bastante — respondeu Mrs. Copleigh. — Em pouco tempo prenderam um homem do outro lado de Market Basing. O sujeito afirmava estar ajudando a polícia na investigação. A gente sabe o que isso significa. Eles achavam que tinham encontrado o culpado. Prendiam um, e então outro, mas sempre tinham que soltá-los vinte e quatro horas depois. Descobriam que não podia ter sido eles, que não estavam aqui na hora do crime, ou então alguém apresentava um álibi.

— Você não sabe, Liz — disse Mr. Copleigh. — Talvez soubessem muito bem quem era o assassino. Eu diria que *sabiam*. Pelo que já ouvi dizer, geralmente é assim. A polícia descobre quem é o culpado, mas não consegue reunir provas.

— Por causa das esposas, isso sim — comentou Mrs. Copleigh —, esposas ou mães ou até os pais. Nem a polícia pode fazer muita coisa, não importa a opinião deles. Chega uma mãe dizendo: "Meu filho jantou comigo aquela noite", ou a esposa garante que eles foram ao cinema e que ele esteve com ela o tempo todo, ou então o pai fala que estava com o filho no campo fazendo alguma coisa...Bem, não há o que fazer quanto a isso. A polícia pode até achar que o pai, a mãe ou a esposa está mentindo, mas, a menos que alguém apareça lá e diga que viu o rapaz, o homem ou quem quer que seja em outro lugar, não há solução. Foi uma época terrível.

Ficamos todos muito preocupados por aqui. Quando descobríamos que mais uma criança havia desaparecido, organizávamos buscas.

— É verdade — confirmou Mr. Copleigh.

— Nós nos reuníamos em grupos e começávamos as buscas. Às vezes, encontrávamos a criança rápido, outras vezes levávamos semanas. Algumas estavam bem perto de casa, em um lugar onde a gente jurava já ter olhado. Imagino que fosse um maníaco. Um horror — comentou Mrs. Copleigh, indignada —, é um horror que existam homens assim. Deveriam ser fuzilados. Eles, sim, deveriam ser estrangulados. E bem que eu faria isso, se me deixassem. Com qualquer homem capaz de matar crianças e abusar delas. De que adianta interná-los em um hospício, onde serão tratados com todas as mordomias? Mais cedo ou mais tarde, os responsáveis lhes dão alta, dizem que estão curados e os mandam para casa. Aconteceu isso lá em Norfolk. Minha irmã mora lá e me contou. O sujeito voltou para casa e, dois dias depois, matou outra pessoa. Esses médicos, alguns deles, são loucos de dizerem que esses homens estão curados quando não estão coisa nenhuma.

— E vocês não fazem ideia de quem poderia ter sido o autor dos crimes? — questionou Tuppence. — Acham mesmo que foi um desconhecido?

— Pode ter sido desconhecido para nós daqui. Mas deve ter sido alguém que morava... sei lá, em um raio de vinte milhas. Talvez não fosse aqui do vilarejo.

— Você sempre desconfiou que fosse, Liz.

— A gente acaba ficando preocupado — explicou Mrs. Copleigh. — Nós concluímos que só podia ter sido alguém aqui da região porque estamos com medo, acho. Eu ficava de olho nas pessoas da vizinhança. Você também, George. Ficávamos nos perguntando: "Será que poderia ter sido *aquele* cara? Ele anda meio esquisito ultimamente...". Esse tipo de coisa.

— Imagino que o assassino não tivesse nada de esquisito — afirmou Tuppence. — Provavelmente era um sujeito como outro qualquer.

— É, pode ser. Já ouvi dizer que não dá para saber, que quem quer que cometa esse tipo de crime nunca tem cara de louco. Mas há quem diga que dá para perceber um brilho terrível nos olhos da pessoa.

— O Jeffreys, sargento de polícia daqui na época, sempre dizia que tinha um bom palpite, mas não havia o que fazer — comentou Mr. Copleigh.

— Nunca pegaram o culpado?

— Não. Toda essa situação durou mais de seis meses, quase um ano. E aí acabou. E nunca mais aconteceu nada do tipo por aqui desde então. Acho que ele foi embora. Foi embora de vez. É isso que faz muitos pensarem que sabem quem foi.

— Por causa daqueles que foram embora do distrito?

— Bem, é claro que as pessoas comentaram, né? Diziam que poderia ter sido fulano ou beltrano.

Tuppence hesitou antes de fazer a pergunta seguinte, mas por outro lado sentiu que, como Mrs. Copleigh adorava falar, não teria problema.

— Quem *a senhora* acha que foi?

— Bem, já faz tanto tempo que eu nem gostaria de dizer. Mas certos nomes vieram à tona. As pessoas discutiam algumas possibilidades. Havia quem achasse que podia ter sido Mr. Boscowan.

— É mesmo?

— Sim, por ser artista e tudo mais. Dizem que os artistas são esquisitos. Mas não acho que tenha sido ele!

— Teve mais gente cogitando ter sido Amos Perry — comentou Mr. Copleigh.

— O marido de Mrs. Perry?

— Isso. Ele é meio esquisito, sabe? Simplório. É o tipo de sujeito que seria capaz de cometer esse tipo de crime.

— Os Perry moravam aqui na época?

— Moravam. Não em Watermead. Eles tinham uma casinha a umas quatro ou cinco milhas daqui. Sei que a polícia ficou de olho nele.

— Mas não conseguiram nenhuma prova — disse Mrs. Copleigh. — A esposa sempre o defendia. Dizia que ele passava as noites com ela em casa. Sempre. Só ia de vez em quando ao bar no sábado à noite, mas nenhum desses assassinatos tinha acontecido em um sábado à noite, então acabou não dando em nada. Além do mais, Alice Perry era o tipo de pessoa em quem todo mundo acreditava quando prestava depoimento. Não cedia nem voltava atrás. Impossível assustá-la. Enfim, ele não é o culpado. Nunca pensei que fosse. Não tenho provas, mas sinto que, se tivesse que acusar alguém, seria Sir Philip.

— Sir Philip? — Mais uma vez, Tuppence sentiu a cabeça girar. Um novo personagem entrava na história. Sir Philip. — Quem é Sir Philip?

— Sir Philip Starke… Mora na Casa Warrender. A propriedade era chamada de Velho Priorado na época em que os Warrender moravam lá… antes do incêndio. Dá para ver os túmulos dos Warrender no cemitério e as placas na igreja também. A família sempre morou aqui na região, desde os tempos do rei James.

— Sir Philip era parente dos Warrender?

— Não. Se não me engano, ele ganhou muito dinheiro no ramo do aço, ou herdou do pai. Sir Philip era um sujeito estranho. As fábricas ficavam em algum lugar do norte, mas ele morava aqui. Era um homem reservado. Como se diz mesmo? Re…re… re alguma coisa.

— Recluso? — sugeriu Tuppence.

— Sim, era essa palavra que eu estava tentando lembrar. Ele era pálido, sabe? Muito magro e ossudo, e gostava de flores. Era botânico. Colecionava várias florzinhas silvestres bobas, dessas que ninguém dá muita bola. Acho que chegou até a escrever um livro sobre o tema. Ah, sim, era um homem inteligente, muito inteligente. A esposa era simpática e muito bonita, mas sempre achei que tinha um ar de tristeza.

Mr. Copleigh soltou um de seus grunhidos.

— Você está louca — comentou. — É loucura achar que Sir Philip é o assassino. Ele adorava crianças. Vivia dando festas para elas.

— Sim, eu sei. Vivia organizando eventos e oferecendo lindos prêmios para as crianças. Fazia aquela corrida de ovo na colher, dava chás com morango e creme. Não teve filhos, sabe? Tinha o hábito de parar as crianças na rua para lhes dar um doce ou um trocado para comprar balas. Mas sei lá, viu? *Eu* acho que ele exagerava. Era um homem estranho. Quando a esposa o abandonou sem mais nem menos, desconfiei que houvesse algo errado ali.

— Quando foi que a esposa o deixou?

— Mais ou menos uns seis meses depois que toda essa confusão começou. Àquela altura, três crianças já tinham sido mortas. De repente, Lady Starke foi embora para o sul da França e nunca mais voltou. Não parecia ser o tipo de mulher que faria isso. Era uma pessoa tranquila, respeitável. Não o trocou por outro homem nem nada. Não, não era do tipo que faria uma coisa dessas. Então, *por que* o abandonou? Sempre digo que é porque sabia de algo... descobriu alguma coisa...

— Ele ainda mora aqui?

— Não. Vem uma ou duas vezes por ano, mas a casa fica fechada na maior parte do tempo, com um zelador tomando conta. Miss Bligh, que mora no vilarejo e já foi secretária dele, cuida das coisas.

— E a esposa?

— Morreu, coitada. Pouco tempo depois de ter ido para o exterior. Tem uma placa em memória dela lá na igreja. Deve ter sido terrível para ela. Talvez a princípio não tivesse certeza, e então pode ter começado a suspeitar do marido e, por fim, confirmou suas dúvidas. Não aguentou e foi embora.

— As mulheres imaginam cada coisa... — comentou Mr. Copleigh.

— Só estou dizendo que *algo* não batia ali. Na minha opinião, ele gostava demais de crianças, e não era de um jeito natural.

— Delírios femininos — disse Mr. Copleigh.

Mrs. Copleigh se levantou e começou a tirar a mesa.

— Até que enfim! — exclamou o marido. — Você vai acabar fazendo essa senhora ter pesadelos se continuar falando de coisas que aconteceram há anos e que não têm mais nada a ver com ninguém daqui.

— Foi bem interessante saber de tudo isso — afirmou Tuppence. — Mas estou com muito sono. Acho melhor ir me deitar.

— Bem, a gente costuma ir cedo para a cama, e imagino que esteja cansada depois de um dia tão longo — disse Mrs. Copleigh.

— Estou mesmo. Morta de sono. — Tuppence deu um grande bocejo. — Bem, boa noite e muito obrigada.

— Quer que eu a acorde e lhe sirva uma xícara de chá de manhã? Oito horas é muito cedo?

— Não, está ótimo — respondeu Tuppence. — Mas não precisa se preocupar com isso se for dar muito trabalho.

— Trabalho nenhum — respondeu Mrs. Copleigh.

Tuppence se arrastou até o quarto, exausta. Abriu a mala, pegou o pouco de que precisava, despiu-se, tomou um banho e se jogou na cama. O que dissera a Mrs. Copleigh era verdade. Estava completamente esgotada. Todas aquelas histórias passavam pela sua cabeça como uma espécie de caleidoscópio de figuras em movimento e um desfile de pensamentos terríveis. Crianças mortas... muitas crianças mortas. Tuppence só queria saber de uma criança morta, atrás de uma lareira. Talvez a lareira tivesse alguma relação com Waterside. A boneca da criança. Uma criança que tinha sido assassinada por uma jovem perturbada, cujo cérebro frágil enlouquecera após o abandono do amante. "Nossa, mas que linguagem melodramática estou usando", pensou Tuppence. "Está tudo tão confuso — a cronologia toda misturada — que não dá para ter certeza da ordem dos acontecimentos."

Ela caiu no sono e sonhou. Havia uma Dama de Shalott olhando pela janela da casa. Barulhos de arranhões vinham da chaminé. Socos atrás de uma grande placa de ferro pregada ali. O som das marteladas. *Pá, pá, pá.* Tuppence acordou. Era Mrs. Copleigh batendo na porta. Entrou toda animada, pôs o chá ao lado da cama, abriu as cortinas e quis saber se a hóspede tinha dormido bem. "Nunca vi ninguém mais alegre do que Mrs. Copleigh", pensou Tuppence. "Está aí alguém que não teve nenhum pesadelo!"

Capítulo 9

Uma manhã em Market Basing

— Pois bem — disse Mrs. Copleigh, saindo apressada do quarto. — Mais um dia. É o que eu sempre digo quando acordo.

"Mais um dia?", pensou Tuppence, tomando um gole de chá preto forte. "Será que estou fazendo papel de boba...? Pode ser... Queria que Tommy estivesse aqui para conversar. A noite passada me deixou confusa."

Antes de sair do quarto, Tuppence fez anotações em seu caderninho sobre os vários fatos e nomes que tinha ouvido na noite anterior, já que estava muito cansada para tomar nota na hora em que foi se deitar. Histórias melodramáticas do passado, que talvez contivessem fragmentos de verdade aqui e ali. No entanto, quase tudo não passava de boatos, maledicência, fofocas e imaginação.

"É", pensou Tuppence, "estou começando a conhecer a vida amorosa de um monte de gente até chegar ao século XVIII, se não me engano. Mas de que serve tudo isso? E o que estou procurando? A essa altura, *nem sei* mais. O pior é que já estou envolvida até o pescoço e não consigo parar."

Com uma forte suspeita de que a primeira pessoa com quem talvez tivesse que lidar era Miss Bligh, que Tuppence logo identificou como a maior ameaça de Sutton Chancellor, ela recusou todas as ofertas generosas de ajuda e partiu às pressas para Market Basing, parando apenas quando, aos gritos, Miss Bligh a abordou para lhe explicar que tinha um compromisso urgente. A mulher perguntou quando Tuppence voltaria, e ela foi vaga na resposta. Convidou Tuppence para almoçar, e a resposta foi:

— Muito gentil de sua parte, Miss Bligh, mas infelizmente...

— Um chá, então. Espero a senhora às 16h30. — Foi quase uma Ordem Real.

Tuppence sorriu, assentiu, engatou a marcha e seguiu em frente.

Imaginou que, possivelmente, se conseguisse descobrir alguma coisa interessante com os corretores de Market Basing, Nellie Bligh poderia lhe fornecer informações adicionais bem úteis. Era o tipo de mulher que se orgulhava de saber tudo sobre todo mundo. O lado ruim era que também estaria determinada a saber tudo sobre Tuppence. Mas, até chegar a hora do chá, talvez Tuppence já estivesse recuperada o suficiente para botar todo o seu lado criativo para funcionar!

— Lembre-se de Mrs. Blenkinsop — disse a si mesma, fazendo uma curva acentuada e espremendo o carro contra uma cerca viva para evitar ser esmagada por um enorme trator.

Chegando em Market Basing, deixou o carro em um estacionamento na praça principal e entrou na agência de correio, onde dirigiu-se a uma cabine telefônica desocupada.

Albert atendeu de seu jeito habitual: um simples "alô" em tom de desconfiança.

— Ouça, Albert... amanhã estarei em casa. Chego a tempo do jantar... de repente até antes. Mr. Beresford também estará de volta, a menos que ele ligue avisando que não. Prepare alguma coisa para nós... talvez um frango.

— Combinado, madame. Onde a senhora...

Mas Tuppence já tinha desligado.

A vida em Market Basing parecia girar em torno de sua importante praça principal. Antes de sair da agência de correio, Tuppence havia consultado um guia de endereços e descobrira que três das quatro imobiliárias ficavam ali. A quarta ficava em um lugar chamado George Street.

Ela anotou os nomes e foi procurar os estabelecimentos.

Começou com a Lovebody & Slicker, que parecia ser a mais imponente.

Uma garota acneica a atendeu.

— Gostaria de tirar algumas dúvidas sobre uma casa.

A garota reagiu ao pedido sem nenhum interesse. Tuppence poderia ter perguntado sobre algum animal raro que não teria feito diferença.

— Não sei, não tenho certeza — disse a garota, olhando ao redor para ver se havia algum colega que pudesse lidar com Tuppence.

— Uma *casa* — insistiu Tuppence. — Vocês *são* corretores de imóveis, não são?

— Corretores de imóveis e leiloeiros. O leilão de Cranberry Court é na quarta-feira, se é isso que a interessa, e os catálogos custam dois xelins.

— Não estou interessada em leilão nenhum. Quero informações sobre uma casa.

— Mobiliada?

— Sem móveis. Para comprar... ou alugar.

A garota acneica se animou um pouco.

— Acho melhor a senhora falar com Mr. Slicker.

Tuppence aceitou falar com Mr. Slicker e, pouco depois, já estava sentada em uma salinha, frente a frente com um rapaz de terno de tweed, que começou a folhear uma pilha de residências com seus respectivos detalhes. Enquanto virava as páginas, ia murmurando comentários para si mesmo:

— Mandeville Road, número 8... projetada por arquiteto, três quartos, cozinha americana... Ah, não, essa não está mais disponível... Amabel Lodge... residência pitoresca, quatro acres... preço reduzido para venda imediata...

Tuppence o interrompeu com firmeza:

— Eu vi uma casa que me agradou... em Sutton Chancellor... quer dizer, perto de Sutton Chancellor... à beira de um canal...

120 · AGATHA CHRISTIE ·

— Sutton Chancellor... — Mr. Slicker ficou pensativo. — Acho que, no momento, não temos nenhum imóvel por lá. Qual é o nome?

— Não parecia ter nenhum nome escrito... Talvez seja Waterside. Rivermead... já se chamou Casa da Ponte. Pelo que me disseram, a casa é dividida em duas partes. Metade está alugada, mas o inquilino não soube me dizer nada sobre a outra metade, que dá para o canal e é a que me interessa. Parece estar desocupada.

Com certa frieza, Mr. Slicker disse que, infelizmente, não poderia ajudá-la, mas se deu ao trabalho de informar que, talvez, a Blodget & Burgess pudesse. A julgar pelo tom de voz, o corretor parecia insinuar que a Blodget & Burgess era uma firma bem inferior.

Então, Tuppence foi à Blodget & Burgess, que ficava do outro lado da praça — e cujas instalações eram bem parecidas com as da Lovebody & Slicker: o mesmo tipo de anúncios de venda e de leilões nas vitrines um tanto sujas. A porta da frente havia sido pintada recentemente em um tom de verde berrante, se é que isso podia ser considerado um mérito.

A recepção na imobiliária foi igualmente desanimadora, e Tuppence foi encaminhada para um tal de Mr. Sprig, um senhor de idade de aparência desanimada. Mais uma vez, ela explicou o que procurava.

Mr. Sprig admitiu saber da existência da casa em questão, mas não foi muito útil e também não parecia muito interessado.

— Não está disponível, infelizmente. O proprietário não quer vender.

— Quem é o proprietário?

— Na verdade, não sei. A casa passou de mão em mão várias vezes. A certa altura, houve um boato a respeito de expropriação.

— Para que o governo ia querer aquela casa?

— Veja bem, Mrs... hm... — disse ele, olhando de relance para o nome de Tuppence anotado em seu mata-borrão.

— Mrs. Beresford, se a senhora soubesse me dar a resposta a essa pergunta, seria mais sensata do que a maioria das vítimas hoje em dia. Os processos dos conselhos locais e dos órgãos de planejamento estão sempre rodeados de mistério. A parte de trás da casa passou por reparos necessários e foi alugada a um preço extremamente baixo para... hm... ah, sim, Mr. e Mrs. Perry. Em relação aos proprietários atuais, o cavalheiro em questão mora no exterior e parece ter perdido o interesse pela propriedade. Imagino que tenha havido algum pequeno problema de herança, e a propriedade foi administrada por executores testamentários. Surgiram algumas questões legais... lidar com a lei costuma ser caro, Mrs. Beresford... Desconfio que o proprietário faça questão de deixar a casa desmoronar. Não foi feito nenhum reparo, a não ser na parte que os Perry ocupam. É claro, o terreno pode valorizar no futuro... mas a reforma de casas em ruínas não costuma ser lucrativa. Caso a senhora esteja interessada nesse tipo de propriedade, certamente poderíamos lhe oferecer algo bem mais vantajoso. Se me permite a pergunta, o que chamou sua atenção naquela casa em particular?

— Gostei da aparência — respondeu Tuppence. — É uma casa muito *bonita*... Eu a vi pela primeira vez passando de trem...

— Ah, entendi... — Mr. Sprig fez de tudo para disfarçar a expressão de quem dizia: "A tolice das mulheres é inacreditável". Em seguida, disse, a fim de confortá-la: — Se eu fosse a senhora, esqueceria o assunto.

— Imagino que o senhor poderia escrever e perguntar aos proprietários se estariam dispostos a vender a casa... ou, se puder me passar o endereço...

— Se a senhora insiste, entraremos em contato com os advogados dos proprietários. Mas não posso lhe dar muita esperança.

— Hoje em dia parece que tudo tem que passar por advogados... — Tuppence soou tola e irritada ao mesmo tempo. — E os advogados demoram uma *eternidade* para resolver as coisas.

— Ah, sim... A lei é ótima em atrasar...

— Os bancos também... péssimos!

— Bancos... — Mr. Sprig pareceu meio surpreso.

— Muita gente dá um *banco* como endereço. Isso também é irritante.

— Sim... sim... concordo... Mas hoje em dia as pessoas não param quietas, vivem se mudando para lá e para cá... vão morar no exterior e tudo o mais. — Em seguida, abriu uma gaveta. — Tenho um imóvel aqui, Crossgates... a duas milhas de Market Basing... em ótimo estado... um jardim muito bonito...

Tuppence se levantou.

— Não, obrigada.

Por fim, despediu-se de Mr. Sprig com firmeza e voltou para a praça.

Em seguida, fez uma rápida visita ao terceiro estabelecimento, que parecia estar mais concentrado na venda de gado, granjas e fazendas abandonadas.

Por último, visitou a Roberts & Wiley, na George Street. Parecia ser um negócio pequeno, mas focado em vendas, com todos os funcionários ávidos em agradar... mas não demonstraram interesse e não sabiam nada sobre Sutton Chancellor. Estavam loucos para vender imóveis na planta a preços absurdamente caros — a ilustração de uma dessas casas fez Tuppence estremecer. O jovem e entusiasmado corretor, ao ver que sua possível cliente estava decidida a ir embora, admitiu a contragosto a existência de um lugar chamado Sutton Chancellor.

— A senhora mencionou Sutton Chancellor. Melhor ver com a Blodget & Burgess, lá na praça. Eles têm algumas propriedades por lá... mas estão todas em péssimas condições... deterioradas...

— Existe uma casa linda por lá, perto de uma ponte que atravessa o canal... Vi da janela do trem. Por que ninguém quer morar lá?

— Ah! Sei qual é. A Riverbank... Ninguém vai querer morar lá. Tem fama de mal-assombrada.

— Quer dizer... fantasmas?

— É o que dizem... Existem várias histórias sobre a casa. Barulhos à noite. E grunhidos. Se quer saber minha opinião, devem ser aqueles besouro do relógio da morte que comem madeira.

— Caramba, achei a casa tão bonita e isolada... — comentou Tuppence.

— Isolada até demais para o gosto de alguns. Enchentes no inverno... já pensou?

— Pelo visto, há muito o que considerar — falou Tuppence amargamente.

Ela saiu murmurando sozinha enquanto se dirigia ao Lamb and Flag, onde pretendia almoçar.

— Há muito o que considerar... enchentes, besouros que comem madeira, fantasmas, proprietários ausentes, advogados, bancos... uma casa que ninguém quer nem aprecia, exceto *eu*, talvez... Caramba, eu preciso *comer*.

A refeição no Lamb and Flag era boa e farta — porções generosas para fazendeiros, não aqueles pretensiosos cardápios franceses para os turistas. Sopa cremosa e saborosa, pernil de porco com molho de maçã, queijo Stilton... ou ameixas com creme, caso o cliente preferisse, o que não era o caso de Tuppence.

Após uma caminhada despretensiosa, ela voltou para o carro e dirigiu até Sutton Chancellor, incapaz de sentir que sua manhã havia sido produtiva.

Assim que virou a última esquina e avistou a igreja do vilarejo, viu o vigário saindo do cemitério com um caminhar cansado e parou o carro ao lado dele.

— Ainda está procurando aquele túmulo? — perguntou.

O vigário apoiava a mão na base das costas.

— Ah, meu Deus — disse ele —, minha vista já não é tão boa. Muitas das inscrições estão quase apagadas. Minhas costas também me incomodam. Várias dessas lápides estão na horizontal. Às vezes, quando me inclino, tenho a sensação de que nunca mais conseguirei me levantar.

— Se eu fosse o senhor, eu não continuaria mais com essa busca — comentou Tuppence. — Se já olhou no registro da paróquia e tudo mais, já fez tudo o que estava ao seu alcance.

— Eu sei, mas o pobre coitado parecia tão ávido, tão empenhado nisso... Tenho certeza de que é um desperdício de tempo. Por outro lado, senti que era meu dever. Ainda não olhei um trechinho do cemitério, que vai do teixo até o muro dos fundos. Se bem que a maioria das lápides é do século XVIII. Mas quero ter certeza de que cumpri meu dever. Só assim não me sentirei culpado. Mas vou deixar para amanhã.

— Está certo — disse Tuppence. — Não é bom fazer tanta coisa em um dia só. Quer saber? Depois do chá com Miss Bligh, eu mesma vou dar uma olhadinha. Do teixo até o muro, certo?

— Ah, não posso pedir uma coisa dessas...

— Não tem problema. Vou gostar de fazer essa busca. Acho muito interessante andar por cemitérios. As inscrições mais antigas nos dão uma ideia de como eram as pessoas que moraram aqui, sabe? Vou gostar mesmo de fazer isso, pode ter certeza. Volte para casa e descanse.

— Bem, para dizer a verdade, de fato preciso preparar meu sermão da noite. A senhora é uma amiga muito generosa. Uma amiga *muito* generosa.

Ele sorriu de orelha a orelha e entrou na casa paroquial. Tuppence olhou de relance para o relógio e parou na casa de Miss Bligh. "Melhor acabar logo com isso", pensou. A porta da frente estava aberta, e Miss Bligh carregava pelo corredor um prato de bolinhos recém-assados, seguindo até a sala de estar.

— Ah! A querida Mrs. Beresford chegou. Que maravilha vê-la. O chá está quase pronto. A chaleira está no fogo. Só tenho que encher o bule. Espero que tenha feito todas as compras que queria — acrescentou, lançando um olhar incisivo para a sacola vazia pendurada no braço de Tuppence.

— Bem, na verdade, não dei muita sorte — respondeu Tuppence, fingindo decepção da melhor maneira possível.

— Sabe como é... Tem dias em que a gente não consegue achar a cor ou o modelo certo. Mas, de qualquer maneira, sempre gosto de conhecer lugares novos, por mais que não sejam tão interessantes.

O apito estridente da chaleira exigiu a atenção de Miss Bligh, que correu até a cozinha. No caminho, esbarrou na mesa do corredor e espalhou uma pilha de cartas a serem enviadas.

Tuppence se abaixou para pegá-las e, ao devolvê-las à mesa, viu que a carta de cima era endereçada a uma tal de Mrs. Yorke, Rosetrellis Court para Senhoras Idosas... em um endereço em Cumberland.

"Francamente... Estou começando a achar que só tem casas de repouso neste país! Se bobear, daqui a pouco Tommy e eu estaremos morando em uma!", pensou Tuppence.

Recentemente, um amigo bem-intencionado havia escrito para recomendar um lugar bem agradável em Devon... para casais... em especial funcionários públicos aposentados. A comida é muito boa e dá para levar seus próprios móveis e itens pessoais.

Miss Bligh reapareceu com o bule, e as duas se sentaram para tomar o chá.

A conversa com Miss Bligh era menos melodramática e interessante do que com Mrs. Copleigh. Ela se preocupava mais em obter informações do que em fornecê-las.

Tuppence murmurou vagamente sobre os anos passados em serviço no exterior, falou das dificuldades domésticas de viver na Inglaterra, deu detalhes sobre um filho e uma filha, ambos casados e com filhos, e conduziu discretamente a conversa para as atividades de Miss Bligh em Sutton Chancellor, que não eram poucas... o Instituto das Mulheres, os Guias, os Escoteiros, a União Conservadora das Mulheres, as Conferências, Arte Grega, Fabricação de Geleias, Arranjos Florais, o Clube de Desenho, os Amigos da Arqueologia... a saúde do vigário, a necessidade de fazê-lo se cuidar, seu jeito distraído... As lamentáveis diferenças de opinião entre os membros da igreja...

Tuppence elogiou os bolinhos, agradeceu à anfitriã pela hospitalidade e se levantou para ir embora.

— Haja energia, Miss Bligh — comentou. — Não imagino como a senhorita consegue fazer tudo isso. Devo confessar que, depois de um dia de passeio e compras, gosto de descansar um pouco na cama... só meia horinha de sono... em uma cama bem confortável. Muito obrigada por me recomendar a Mrs. Copleigh...

— Uma mulher muito confiável, apesar de falar pelos cotovelos...

— Ah! Fiquei bastante entretida com as histórias locais que ela me contou.

— Quase sempre ela não faz a menor ideia do que está falando! A senhora vai ficar aqui por muito tempo?

— Ah, não...Vou embora amanhã. Uma decepção não ter conseguido nenhuma casinha boa... Estava na expectativa de conseguir aquela pitoresca perto do canal...

— A senhora se livrou de uma fria. Está em péssimo estado... Proprietários ausentes... Uma desgraça.

— Não cheguei nem a descobrir de quem é a casa. Imagino que *a senhorita* saiba. Parece saber de tudo por aqui...

— Nunca tive muito interesse por aquela casa. Vive mudando de dono... É impossível acompanhar. Os Perry ocupam metade do imóvel e a outra metade está caindo aos pedaços.

Tuppence se despediu de novo e voltou de carro para a casa de Mrs. Copleigh, que estava silenciosa e aparentemente vazia. Em seguida, subiu ao quarto, largou a sacola de compras lá, lavou o rosto, passou pó compacto no nariz, saiu da casa na ponta dos pés, olhou para os dois lados da rua e, deixando o carro onde estava, andou rapidamente até a esquina, seguindo por uma trilha que passava pelo campo atrás do vilarejo e que, por fim, dava na entrada do cemitério.

Entrou no cemitério, tranquilo ao entardecer, e começou a examinar as lápides, como havia prometido ao vigário. Não tinha nenhum motivo oculto para realizar aquela tarefa. Não nutria expectativas de descobrir nada ali. Era apenas uma boa ação de sua parte. O velho vigário era muito querido, e ela gostaria que ficasse de consciência tranquila. Tinha trazido caderno e lápis, caso houvesse algo interessante para anotar. Presumiu que deveria apenas procurar uma lápide que pudesse indicar a morte de uma criança com a idade em questão. A maioria dos túmulos daquela parte datava de tempos mais antigos. Não eram muito interessantes, nem antigos o suficiente para chamarem atenção ou para terem inscrições tocantes ou afetuosas. Eram quase todos de pessoas mais velhas. Mesmo assim, ela foi avançando devagar e formando imagens na cabeça. Jane Elwood, falecida no dia 6 de janeiro, aos 45 anos. William Marl, falecido em 5 de janeiro, deixando saudade eterna. Mary Treves, 5 anos. Dia 14 de março de 1835. Há muito tempo. "Na tua presença há plenitude de alegria." Que sortuda a pequena Mary Treves...

Tuppence já estava quase chegando ao muro de trás. Os túmulos ali estavam abandonados e tomados pela vegetação, como se ninguém se importasse com aquela parte do cemitério. Muitas das lápides haviam tombado. O muro estava em frangalhos. Em alguns pontos, havia sido derrubado.

Por estar escondida bem atrás da igreja, não dava para ver aquela parte do cemitério da estrada — e, sem sombra de dúvida, as crianças aproveitavam para ir ali aprontar todas. Tuppence se inclinou sobre uma das lápides. A inscrição original estava gasta e ilegível... Porém, ao levantá-la de lado, conseguia ver algumas letras e palavras escritas grosseiramente à mão, agora também meio encobertas pelo mato.

Ela traçou os contornos da inscrição com o dedo e conseguiu identificar uma palavra aqui, outra ali...

Quem... machucar... um destes pequeninos...

Mó... Mó... Mó... e abaixo, em um entalhe irregular, feito por mãos amadoras:

Aqui jaz Lily Waters.

Tuppence respirou fundo. Percebeu uma sombra atrás de si, mas, antes que pudesse se virar... sentiu um golpe na nuca e caiu de frente para o túmulo, mergulhando na dor e na escuridão.

128 · AGATHA CHRISTIE ·

Livro 3

A esposa desaparecida

Capítulo 10

Uma conferência... e depois

— Pois bem, Beresford — disse o Major-General Sir Josiah Penn, K.M.G., C.B., D.S.O., falando com todo o peso que seus impressionantes títulos de Cavaleiro-Comendador da Ordem de St. Michael e St. George, Companheiro da Ordem de Banho e Companheiro da Ordem de Serviços Distintos lhe conferiam. — E aí, o que acha de todo esse falatório?

Tommy percebeu, por aquele comentário, que o velho Josh — como era irreverentemente chamado pelas costas — não estava tão impressionado com o resultado das conferências das quais haviam participado.

— Devagar e sempre, mas sem chegar a lugar nenhum — prosseguiu Sir Josiah. — Falam, falam e não dizem nada. Se alguém diz algo sensato de vez em quando, uns quatro varapaus se levantam na mesma hora e discordam aos gritos. Não sei por que participamos desse tipo de reunião. Ou melhor, eu sei por que *eu* participo. Não tenho nada melhor para fazer. Se eu não viesse a esses encontros, teria que ficar em casa. Sabe o que acontece comigo em casa? Sou importunado, Beresford. Importunado pela governanta, importunado pelo jardineiro. É um escocês idoso que não me deixa nem tocar nos meus próprios pêssegos. Por isso é que eu venho aqui, ando de um lado para o outro e finjo para mim mesmo que estou desempenhando uma função importante, garantindo a segurança deste país! Pura bobagem. E você? Você é um homem relativamente jovem. Por que vem perder seu tempo aqui? Ninguém vai lhe dar ouvidos, por mais que diga algo que valha a pena.

Achando certa graça de ser visto como jovem pelo Major-General Sir Josiah Penn, apesar de se achar velho, Tommy balançou a cabeça. Pelas suas contas, o general já devia ter bem mais de 80 anos. Estava um tanto surdo e sofria de bronquite, mas ninguém o fazia de bobo.

— Nada seria feito se o senhor não estivesse aqui — respondeu Tommy.

— Gosto de achar que sim — afirmou o general. — Sou um buldogue banguela, mas ainda sei latir. Como vai sua esposa? Não a vejo há um bom tempo.

Tommy respondeu que Tuppence estava bem e ativa.

— Sempre foi ativa — disse o general com ar de aprovação. — Às vezes, ela me lembrava uma libélula. Sempre correndo atrás de alguma ideia aparentemente absurda, e depois acabávamos descobrindo que não tinha nada de absurdo. Muito divertido! Não gosto dessas mulheres sérias de meia-idade que encontramos hoje em dia, todas com uma Causa com C maiúsculo. E as moças de hoje... — Ele balançou a cabeça. — Não se parecem em nada com as moças da minha juventude. Elas eram lindas. Usavam aqueles vestidos de musselina e chapéus cloche. Lembra? Não, na época você provavelmente ainda estava na escola. Nós tínhamos que olhar bem debaixo da aba do chapéu para vermos o rosto. Era provocante, e elas sabiam! Estou me lembrando agora... Espere um instante... Era uma parente sua... Uma tia, não...? Ada. Ada Fanshawe...

— Tia Ada?

— A garota mais bonita que já conheci.

Tommy conseguiu conter a surpresa. A ideia de que tia Ada tenha sido considerada bonita um dia parecia inacreditável. O velho Josh continuou falando, animado.

— Sim, parecia até uma obra de arte. Cheia de vida! Alegre! E provocante. Ah, eu me lembro da última vez que a vi. Não passava de um subalterno prestes a embarcar para a Índia. Estávamos em um piquenique na praia, à luz do luar... Nós dois nos afastamos do grupo e nos sentamos em uma pedra para admirar o mar.

Tommy o observou com grande interesse. A papada, a cabeça calva, as sobrancelhas espessas e a barriga enorme. Pensou em tia Ada, com seu buço incipiente, o sorriso severo, o cabelo grisalho, o olhar malicioso. "O tempo", Tommy refletiu. "Veja o que o tempo faz com as pessoas!" Tentou imaginar um jovem subalterno boa-pinta e uma moça bonita à luz do luar. Não conseguiu.

— Romântico — disse Sir Josiah Penn com um suspiro profundo. — Ah, sim, muito romântico. Eu queria tê-la pedido em casamento naquela noite, mas não podia fazer o pedido sendo um mero subalterno. Não com aquele salário. Teríamos que esperar cinco anos para nos casarmos. Era um noivado muito longo para propor a uma moça. Bem, você sabe como são as coisas. Fui para a Índia e levei um tempão para voltar de licença. Chegamos a trocar algumas cartas por um tempo, mas depois foi esfriando, como geralmente acontece. Nunca mais a vi. Mesmo assim, nunca a esqueci completamente, sabe? Pensava muito nela. Lembro que quase lhe enviei uma carta certa vez, anos depois. Ouvi dizer que ela morava no mesmo bairro em que eu estava hospedado. Cogitei a ideia de ir vê-la, perguntar se poderia ligar. Depois, pensei com meus botões: "Não seja bobo. Ela provavelmente está bem diferente hoje em dia". Anos depois, ouvi um sujeito falando dela. Disse que era uma das mulheres mais feias que ele já tinha visto. Mal pude acreditar, mas, pensando bem, talvez eu tenha tido sorte de nunca mais tê-la encontrado. O que ela anda fazendo agora? Ainda está viva?

— Não. Na verdade, morreu há umas duas ou três semanas — respondeu Tommy.

— É mesmo? Acho que agora ela estaria com... o quê, 75 ou 76 anos? Talvez um pouco mais.

— Ela estava com oitenta anos.

— Ora, vejam só. Aquela Ada ensolarada, cheia de vida. Onde ela morreu? Estava em uma casa de repouso ou morava com alguém? Ou então... ela nunca se casou, certo?

— Não — respondeu Tommy —, nunca se casou. Estava em uma casa de repouso só para senhoras. Um lugar muito bom, na verdade. Chama-se Sunny Ridge.

— Ah, sim, já ouvi falar. Sunny Ridge. Se não me engano, uma conhecida da minha irmã também estava lá. Uma tal de Mrs... qual era o nome mesmo? Mrs. Carstairs? Chegou a conhecê-la?

— Não. Não conheci muita gente de lá. As pessoas geralmente só vão para visitar os próprios parentes mesmo.

— Deve ser uma situação delicada. Quer dizer, a gente nunca sabe o que dizer a elas.

— Tia Ada era especialmente difícil — comentou Tommy. — Osso duro de roer, sabe?

— Ah, eu imagino. — O general deu uma risadinha. — Quando era moça, sabia ser uma verdadeira pestinha, quando queria. — Ele suspirou. — Envelhecer é um inferno. Uma das amigas da minha irmã chegava a ter delírios, tadinha. Dizia que tinha matado alguém.

— Meu Deus. E matou mesmo?

— Ah, acho que não. Ninguém parece acreditar nisso. Por outro lado — prosseguiu o general, pensativo —, pode ser que *tenha* matado, sim, sabe? Se nós saíssemos por aí falando coisas assim com um sorriso no rosto, ninguém acreditaria, certo? É uma ideia interessante, não concorda?

— Quem ela acha que matou?

— Não faço a menor ideia. Talvez o marido? Não conheci o sujeito, nem sei como ele era. A mulher já era viúva quando fomos apresentados a ela. Bem — acrescentou com um suspiro —, sinto muito em saber sobre Ada. Não vi nada no jornal. Se tivesse visto, teria mandado flores ou algo do tipo. Um buquê de botões de rosa, por exemplo. Era o que as moças usavam nos vestidos de festa. Botões de rosa no ombro do vestido. Ficava muito bonito. Eu lembro que Ada tinha um vestido de festa... em um tom meio hortênsia, meio roxo. Um roxo-azulado com botões de rosa. Certa vez ela me deu um. Não eram flores de verdade, é claro. Eram artificiais. Guardei por um bom tempo... anos. Eu sei — disse ele ao perceber o olhar de Tommy —, dá vontade de rir, não dá? Vou lhe contar uma coisa, meu rapaz: quando você fica velho e gagá que nem eu, volta a ser sentimental. Bem, acho melhor eu ir andando agora para o último ato desse espetáculo ridículo. Mande lembranças a Mrs. T. quando chegar em casa.

No dia seguinte, voltando para casa de trem, Tommy relembrou a conversa e sorriu sozinho ao tentar, mais uma vez, imaginar a temível tia e o feroz major-general na juventude.

— Tenho que contar isso a Tuppence. Ela vai achar graça — murmurou Tommy. — O que será que ela andou fazendo na minha ausência?

Voltou a sorrir.

Albert, sempre fiel, abriu a porta da frente com um sorriso radiante de boas-vindas.

— Que bom vê-lo de volta, senhor.

— Estou feliz de ter voltado — respondeu Tommy, entregando-lhe a mala. — Cadê Mrs. Beresford?

— Não voltou ainda, senhor.

— Então ela viajou?

— Já faz três ou quatro dias que está fora. Mas vai voltar para o jantar. Ligou ontem e avisou.

— O que ela está aprontando, Albert?

— Não sei dizer, senhor. Ela foi de carro, mas levou um monte de guias ferroviários. Pode estar em qualquer lugar, como se diz.

— Pois é — disse Tommy, determinado. — Deve estar lá no fim do mundo e perdeu a conexão que saía do cafundó de

Judas. Que Deus abençoe as ferrovias britânicas. Você disse que ela ligou ontem, certo? Chegou a dizer de onde estava ligando?

— Não, não disse.

— Que horas foi isso?

— Ontem de manhã. Antes do almoço. Só disse que estava tudo bem. Não sabia ao certo que horas chegaria em casa, mas achava que estaria de volta antes do jantar, e sugeriu que eu preparasse frango. Está bom para o senhor?

— Está, sim — respondeu Tommy, conferindo o relógio —, mas ela vai ter que se apressar.

— Vou segurar o frango — avisou Albert.

Tommy abriu um sorriso.

— Isso mesmo. Segure-o pelo rabo. Como vai você, Albert? Tudo bem em casa?

— Levamos um susto pois pensamos que Elizabeth estava com sarampo... mas está tudo bem. Segundo o médico, é só uma alergia.

— Que bom — respondeu Tommy.

Em seguida, subiu as escadas, assobiando uma música. Foi ao banheiro, fez a barba e tomou um banho. Por fim, voltou para o quarto e olhou ao redor. O cômodo estava com aquele aspecto de vazio que alguns quartos têm quando o dono está fora. Uma atmosfera fria e inóspita. Estava tudo limpo e arrumadinho demais. Tommy se viu invadido por uma tristeza que um cachorro fiel poderia sentir. Olhando à sua volta, era como se Tuppence nunca tivesse pisado ali. Nenhuma mancha de maquiagem, nenhum livro aberto caído no chão.

— Senhor.

Era Albert, parado na porta.

— Sim?

— Estou ficando preocupado com o frango.

— Ah, que se dane o frango — retrucou Tommy. — Que obsessão é essa com esse frango?

136

— Bem, imaginei que o senhor e a senhora estariam prontos para jantar no máximo às oito. Quer dizer, imaginei que a essa hora já estariam à mesa.

— Eu também — disse Tommy, olhando de relance para o relógio de pulso. — Meu Deus, já são quase vinte para as nove?

— Pois é, senhor. E o frango...

— Ah, vamos lá, tire o frango do forno e vamos comer de uma vez. Bem feito para Tuppence. Por que foi dizer que voltaria antes do jantar?

— Tem gente que janta tarde mesmo, é claro — comentou Albert. — Certa vez fui à Espanha e, acredite se quiser, era impossível comer antes das dez da noite. Dez da noite! Já pensou? Meu Deus!

— Muito bem — falou Tommy, distraído. — Aliás, você não faz ideia de onde ela esteve esse tempo todo?

— A senhora? Não sei, senhor. Andando por aí, eu diria. A primeira ideia era ir a alguns lugares de trem, pelo que pude perceber. Não parava de consultar uns guias e os horários das viagens.

— Bem, cada um se diverte do seu jeito. A diversão de Tuppence, pelo visto, é viajar de trem. Mesmo assim, queria saber onde ela está. A essa altura, provavelmente está sentada na sala de espera de uma estação aleatória.

— Mas ela sabia que o senhor voltaria hoje, não sabia? — perguntou Albert. — Ela vai dar um jeito de chegar. Tenho certeza.

Tommy percebeu que estava recebendo uma demonstração de lealdade. Ele e Albert uniram-se na censura a uma Tuppence que, graças ao apego ao sistema ferroviário britânico, não tinha voltado para casa a tempo de receber o marido recém-chegado.

Albert se retirou para salvar o frango de uma possível cremação no forno.

Tommy já estava prestes a segui-lo, mas parou e olhou para a lareira. Ao se aproximar lentamente, observou o quadro pendurado. Era engraçado Tuppence ter tanta certeza de que já tinha visto aquela casa antes. Ele, por outro lado, tinha plena certeza de que nunca a tinha visto. De todo modo, era uma casa bem comum. Provavelmente havia um monte de propriedades parecidas por aí.

Ele se esticou o máximo possível para ver melhor o quadro e, como ainda não dava para enxergar direito, tirou-o da parede e levou-o para perto da lâmpada. Uma casa tranquila, serena. Ali estava a assinatura do artista. O nome começava com B, mas era difícil entender o resto. Bosworth... Bouchier... Pegaria uma lupa para ver mais de perto. Então, ouviu um alegre tilintar de sino vindo do corredor. Albert tinha mais do que aprovado os sinos suíços que Tommy e Tuppence trouxeram de Grindelwald em certa ocasião. Havia se tornado uma espécie de virtuoso das sinetas. O jantar estava na mesa. Tommy foi para a sala. No caminho, pensou como era estranho Tuppence ainda não ter aparecido. Por mais que tivesse furado o pneu, o que lhe parecia provável, era suspeito ela não ter ligado para explicar ou pedir desculpas pelo atraso.

— Ela sabia que eu ficaria preocupado — disse para si mesmo.

Não que ele se preocupasse, é claro... não com Tuppence. Ela sempre ficava bem. Albert, porém, não compartilhava do mesmo sentimento.

— Tomara que ela não tenha sofrido um acidente — comentou, servindo a Tommy uma travessa de repolho e balançando a cabeça com ar de tristeza.

— Tire isso daqui. Você sabe que eu detesto repolho. E por que ela teria sofrido um acidente? Ainda são nove e meia.

— Dirigir hoje em dia é um perigo — comentou Albert. — Qualquer um pode sofrer um acidente.

O telefone tocou.

— É ela — disse Albert.

Em seguida, colocou rapidamente a travessa de repolho no aparador e saiu às pressas da sala. Tommy se levantou, abandonando o prato de frango, e o seguiu. Estava prestes a dizer "deixe que eu atendo" quando Albert atendeu.

— Pois não, senhor? Sim, Mr. Beresford está em casa. Vou passar para ele. — Então, virou-se para Tommy e avisou: — É uma ligação de um tal Dr. Murray para o senhor.

— Dr. Murray? — Tommy pensou por um segundo.

O nome não lhe era estranho, mas, naquele momento, não conseguia se lembrar quem era. Se Tuppence tivesse sofrido um acidente... Então, com um suspiro de alívio, lembrou que Dr. Murray era o médico que atendia as velhinhas de Sunny Ridge. Talvez fosse algo relacionado com a papelada do funeral de tia Ada. Como era típico de sua própria geração, Tommy presumiu na mesma hora que certamente se tratava de algum formulário... algo que deveria ter assinado, ou que o próprio Dr. Murray deveria ter assinado.

— Alô — disse —, aqui é Beresford.

— Ah, que bom que consegui encontrá-lo. Espero que se lembre de mim. Cuidei de sua tia, Miss Fanshawe.

— Sim, claro que me lembro. Em que posso ajudá-lo?

— Queria muito conversar com o senhor em algum momento. Será que conseguiríamos marcar um encontro, talvez na cidade?

— Ah, acho que sim. Podemos marcar. Mas... hm... não podemos tratar por telefone?

— Prefiro não falar por telefone. Não é urgente. Não vou fingir que é, mas...gostaria de ter uma conversa com o senhor.

— Alguma coisa errada? — perguntou Tommy, e imediatamente se perguntou por que dissera aquilo. Por que haveria algo errado?

— Não exatamente. Talvez eu esteja fazendo tempestade em copo d'água. É provável que sim. Mas aconteceram coisas curiosas em Sunny Ridge.

— Alguma coisa a ver com Mrs. Lancaster? — perguntou Tommy.

· UM PRESSENTIMENTO FUNESTO ·

139

— Mrs. Lancaster? — O médico pareceu surpreso. — Ah, não. Já faz algum tempo que ela foi embora. Na verdade... antes da morte da sua tia. Quero falar de outra coisa.

— Eu estive fora... acabei de voltar. Será que posso ligar para o senhor amanhã de manhã? Aí podemos marcar uma data.

— Combinado. Vou lhe passar meu número. Devo estar no meu consultório até as dez da manhã.

— Más notícias? — perguntou Albert quando Tommy voltou para a sala de jantar.

— Pelo amor de Deus, não me venha com mau agouro — retrucou Tommy, irritado. — Não... claro que não são más notícias.

— Pensei que talvez a senhora...

— Ela está bem — afirmou Tommy. — Como sempre. Provavelmente resolveu ir atrás de alguma pista aleatória... você sabe como ela é. Não vou mais me preocupar. Pode levar o frango... Você deixou no forno por tanto tempo que ficou intragável. Sirva-me um café. E, depois, vou para a cama.

— Provavelmente amanhã vai chegar uma carta. O correio atrasa a entrega, o senhor sabe como é o serviço... ou então ela vai mandar um telegrama... ou ligar.

Mas, no dia seguinte, não chegou nenhuma carta, nem telefonema, nem telegrama.

Albert olhou para Tommy, abriu e fechou a boca várias vezes, percebendo corretamente que previsões sombrias de sua parte não seriam bem-vindas.

Por fim, Tommy sentiu pena dele. Engoliu uma última mordida de torrada com geleia, tomou um gole de café e falou:

— Tudo bem, Albert, eu começo: *Cadê ela?* O que foi que aconteceu com ela? E o que vamos fazer a respeito disso?

— Chamar a polícia, senhor?

— Não sei. Veja bem... — Tommy hesitou.

— Se ela sofreu um acidente...

— Ela está com a carteira de motorista e vários documentos de identificação... Nesse tipo de situação, os hospitais logo entram em contato, não demoram a telefonar para os parentes. Não quero me precipitar... ela... ela não ia querer isso. Você realmente não faz a mínima ideia do lugar para onde Tuppence estava indo? Ela não disse nada? Não falou de nenhum local específico... nenhuma região? Não mencionou nenhum nome?

Albert fez que não com a cabeça.

— Como ela estava se sentindo? Feliz? Animada? Triste? Preocupada?

A resposta de Albert foi imediata:

— Estava radiante... explodindo de felicidade.

— Que nem um cão farejador — comentou Tommy.

— Isso mesmo. O senhor sabe como ela fica...

— Quando está seguindo uma pista. Será que... — Tommy parou para pensar.

Alguma coisa tinha acontecido e, como Tommy acabara de dizer a Albert, Tuppence saíra correndo como um cão farejador. Anteontem ela havia ligado para anunciar que ia voltar. Por que, então, não tinha chegado ainda? Tommy imaginou que talvez, naquele momento, ela estivesse sentada em algum lugar, inventando tantas mentiras para as pessoas que não conseguia pensar em mais nada!

Se Tuppence estivesse envolvida em alguma investigação, ficaria extremamente irritada se o marido fosse correndo à polícia feito uma ovelhinha assustada para dizer que a esposa havia desaparecido. Dava até para ouvir a voz dela reclamando: "Como você pôde ter feito uma tolice dessas? Sei *muito bem* me cuidar sozinha. Já era para você saber disso a essa altura!". (Mas será que ela sabia se cuidar mesmo?)

Não dava para prever até onde a imaginação de Tuppence poderia levá-la.

A situações *perigosas*? Até o momento, não havia nenhum indício de perigo nessa história... a não ser, como já mencionado, na imaginação de Tuppence.

Se ele fosse à polícia e dissesse que a esposa não tinha voltado para casa conforme anunciado, o policial seria educado, possivelmente rindo por dentro, e então perguntaria, com muito tato, com quais homens sua esposa tinha amizade!

— Vou procurá-la por conta própria — declarou Tommy.

— Ela tem que estar em *algum lugar*. Norte, sul, leste ou oeste, não sei... Mas que ideia estapafúrdia não ter dito onde estava quando ligou.

— Talvez uma quadrilha a tenha capturado — sugeriu Albert.

— Ah, faça-me o favor, Albert! Você não tem mais idade para esse tipo de coisa!

— O que o senhor vai fazer?

— Vou para Londres — decidiu Tommy, olhando o relógio. — Primeiro, vou almoçar no clube com Dr. Murray, que me ligou ontem à noite e tem algum assunto relacionado à minha falecida tia para tratar. Quem sabe ele não acaba me dando uma pista útil? Afinal de contas, toda essa história começou em Sunny Ridge. Vou levar também aquele quadro que está pendurado em cima da lareira do nosso quarto...

— Vai levá-lo para a Scotland Yard, é isso?

— Não — disse Tommy. — Vou levá-lo para Bond Street.

Capítulo 11

Bond Street e Dr. Murray

Tommy desceu do táxi, pagou o motorista e se inclinou para poder pegar um pacote mal embrulhado que claramente continha um quadro. Enfiando-o como pôde debaixo do braço, entrou na New Athenian Galleries, uma das mais antigas e importantes galerias de arte de Londres.

Ele não poderia ser considerado um grande patrono das artes, mas tinha ido à New Athenian porque um amigo oficiava lá.

"Oficiar" era a palavra que melhor descrevia o que o amigo fazia, pois o ar de interesse, a voz suave e o sorriso simpático pareciam bem eclesiásticos.

Um rapaz loiro se aproximou e abriu um sorriso radiante ao reconhecê-lo.

— Olá, Tommy — disse. — Quanto tempo não nos vemos. O que é isso debaixo do braço? Não me diga que começou a pintar depois de entrar na terceira idade? Muita gente faz isso... mas o resultado geralmente é deplorável.

— Acho que nunca levei muito jeito para as artes — comentou Tommy. — Se bem que devo admitir que me senti tentado outro dia, depois de ler um livrinho que explicava, de forma bem simples, como uma criança de cinco anos pode aprender a pintar com aquarela.

— Que Deus nos ajude se você for começar com isso. Seria bem Vovó Moses da sua parte.

— Na verdade, Robert, eu só preciso da sua expertise sobre quadros. Quero sua opinião sobre este aqui.

Com destreza, Robert pegou o quadro das mãos de Tommy e, com a habilidade de alguém acostumado a embrulhar e desembrulhar obras de arte de vários tamanhos, removeu cuidadosamente o embrulho capenga. Em seguida, pôs o quadro em uma cadeira, deu uma olhada de perto e, então, recuou alguns passos. Por fim, olhou para Tommy.

— Bem, e aí? O que você quer saber? Quer vendê-lo, é isso?

— Não — respondeu Tommy —, não quero vendê-lo, Robert. Quero mais informações sobre a obra. Para início de conversa, quero saber quem pintou.

— Na verdade — disse Robert —, se você *quisesse* vender, seria muito tranquilo. Há dez anos, a história seria outra. Mas Boscowan está voltando à moda.

— Boscowan? — Tommy o encarou com olhos curiosos. — Esse é o nome do artista que pintou este quadro? Reparei que a assinatura começava com B, mas não consegui ler o nome.

— Ah, com certeza é Boscowan. Ele era bem popular há uns vinte e cinco anos. Vendia bem, fazia várias exposições. As pessoas compravam os quadros. Tecnicamente, era um ótimo pintor. Depois, como costuma acontecer, saiu de moda. Quase não havia mais procura pelos trabalhos dele, mas, de uns tempos para cá, tem voltado a aparecer. Ele, Stitchwort e Fondella. Todos esses estão voltando.

— Boscowan — repetiu Tommy.

— B-O-S-C-O-W-A-N — soletrou Robert, gentilmente.

— Ele continua pintando?

— Não. Morreu faz alguns anos. Estava bem velho na época. Tinha uns sessenta e cinco anos. Foi um pintor bastante prolífico, sabe? Há um monte de telas dele por aí. Na verdade, estamos pensando em montar uma exposição de Boscowan aqui na galeria, daqui a uns quatro ou cinco meses. Acho que vai ser sucesso. Por que está tão interessado nele?

— É uma longa história — respondeu Tommy. — Qualquer dia desses vou convidá-lo para almoçar e conto tudo. É uma história demorada, complicada e, para ser sincero, um tanto idiota. Eu só queria saber mais sobre esse tal de Boscowan e se por acaso você sabe onde fica a casa pintada nesse quadro.

— Não sei dizer. Mas é o tipo de coisa que ele costumava pintar. Casinhas de campo em locais isolados, às vezes uma fazenda, às vezes só uma ou duas vacas por perto. De vez em quando uma carroça, mas, quando é o caso, sempre fica ao fundo da tela. Cenas rurais pacatas. Nada de bagunça ou rabiscos. Em algumas obras, a superfície parece até esmalte. Era uma técnica peculiar, e as pessoas gostavam. Muitas das paisagens que ele pintava ficavam na França, principalmente na Normandia. Igrejas. Tenho um quadro dele aqui. Espere só um minutinho que vou lá pegar para você ver.

Então, Robert foi até a escada e gritou para alguém lá embaixo. Pouco depois, voltou segurando uma pequena tela, que apoiou em outra cadeira.

— Prontinho. Uma igreja na Normandia.

— Sim — disse Tommy. — Entendi. O mesmo estilo. Minha esposa chegou a falar que ninguém nunca morou naquela casa... a do quadro que eu trouxe. Agora estou entendendo o que ela quis dizer. Não consigo imaginar ninguém indo à missa nessa igreja, nem no passado nem no futuro.

— Bem, talvez sua esposa tenha razão. Casas tranquilas e pacíficas, sem ocupação humana. Ele raramente pintava pessoas, sabia? É até possível ver uma figura pela paisagem em um quadro ou outro, mas não é o mais comum. De certa forma, acho que isso dá um charme especial às obras dele. Um clima de isolamento. Era como se Boscowan removesse todos os seres humanos e o campo ficasse ainda mais em paz. Pensando bem, talvez seja por isso que ele tenha voltado às graças da opinião pública. Hoje em dia há gente demais, carros demais, barulho demais nas ruas, agito demais. Nos quadros dele, paz, a mais perfeita paz. Tudo nas mãos da natureza.

— Sim, não me surpreenderia. Como ele era? Digo, como pessoa.

— Não o conheci pessoalmente. Não era da minha época. Pelo que dizem, tinha uma ótima autoestima. Provavelmente achava que pintava melhor do que de fato pintava. Meio convencido. Gentil, bem simpático. Mulherengo.

— E você não faz ideia de onde fica esse lugar do interior? É na Inglaterra, suponho.

— Acho que sim. Quer que eu descubra?

— Você conseguiria?

— Provavelmente é possível descobrir essa informação perguntando à esposa dele. Ou melhor, viúva. Ele se casou com Emma Wing, a escultora. Bem conhecida. Não chegou a produzir muita coisa, mas faz uns trabalhos bem impactantes. De repente você poderia procurá-la. Ela mora em Hampstead, posso lhe passar o endereço. Temos trocado várias correspondências ultimamente, por conta da exposição das obras de Boscowan. Vamos expor algumas das esculturas menores dela também. Vou pegar o endereço para você.

Robert foi à escrivaninha, folheou um livro de registros, anotou algo em um cartão e voltou.

— Prontinho, Tommy — disse. — Não sei que grande mistério é esse. Você sempre foi um homem misterioso, não é? O quadro que você trouxe é uma bela representação da obra de Boscowan. Talvez a gente tenha interesse em incluí-lo na exposição. Vou mandar uma mensagem para lembrá-lo quando do estiver mais perto.

— Por acaso você conhece uma tal de Mrs. Lancaster?

— Bem, assim de cara, não me lembro de ninguém com esse nome. É alguma artista ou algo do tipo?

— Não, acho que não. É só uma velhinha que morava há alguns anos em uma casa de repouso. Está envolvida na história porque esse quadro era dela até dá-lo de presente para uma tia minha.

— Bem, não posso dizer que o nome me é familiar. Melhor ir falar com Mrs. Boscowan.

— Como ela é?

— Ela é bem mais nova que ele. Tem personalidade forte — comentou, assentindo algumas vezes. — Sim, bota forte nisso. Acho que você vai entender.

Em seguida, pegou o quadro e o entregou para alguém no andar de baixo, instruindo que o embrulhassem novamente.

— Que bom para você, ter tantos subordinados à disposição — comentou Tommy.

Então, olhou ao redor, observando o ambiente pela primeira vez.

— Que negócio é esse aqui? — perguntou com desgosto.

— Paul Jaggerowski... um jovem eslavo interessante. Dizem que produz todas as obras sob influência de drogas... Não gostou?

Tommy se concentrou em uma grande sacola de corda que parecia ter se emaranhado em um campo verde metálico cheio de vacas distorcidas.

— Sinceramente, não.

— Santa ignorância — brincou Robert. — Venha, vamos almoçar.

— Não posso. Já marquei com um médico no clube.

— Não está doente, está?

— Estou esbanjando saúde. Minha pressão é tão boa que os médicos chegam até a se decepcionar.

— Então qual é o propósito de ir falar com um médico?

— Ah — disse Tommy, animado —, só preciso falar sobre um corpo. Obrigado pela ajuda. Até mais.

Tommy cumprimentou Dr. Murray com certa curiosidade. Imaginava que fosse alguma formalidade relacionada ao falecimento de tia Ada, mas não fazia ideia de por que o médico não quisera adiantar o assunto por telefone.

— Sinto muito pelo atraso — disse Dr. Murray, apertando a mão de Tommy —, mas o trânsito estava péssimo e eu não sabia exatamente onde ficava este endereço. Não conheço direito esta parte de Londres.

— Bem, sinto muito por tê-lo feito vir até aqui — comentou Tommy. — Eu poderia ter encontrado o senhor em algum lugar mais conveniente.

— Está com tempo livre agora?

— No momento, sim. Passei a última semana fora.

— Sim, acho que alguém me disse isso quando liguei para sua casa.

Tommy indicou uma cadeira, ofereceu-lhe algo para beber e pôs cigarros e fósforos ao lado do Dr. Murray. Assim que os dois homens já estavam confortavelmente instalados, Dr. Murray puxou o assunto.

— Tenho certeza de que despertei sua curiosidade, mas, para ser sincero, estamos com um problema em Sunny Ridge. É uma questão difícil e complicada que, de certa forma, não tem nada a ver com o senhor. Sei que não tenho o direito de perturbá-lo com isso, mas existe uma pequena chance de que o senhor saiba de algo que possa me ajudar.

— Bem, pois não, farei o que puder. Tem algo a ver com minha tia, Miss Fanshawe?

— Não, não diretamente. Mas, de certa forma, ela está envolvida. Posso contar com a sua confidencialidade, não posso, Mr. Beresford?

— Sim, claro.

— Outro dia conversei com um amigo em comum. Ele me contou algumas coisas a seu respeito. Pelo que entendi, na última guerra o senhor teve uma missão bastante delicada.

— Hmm, eu não diria que foi tão sério assim — respondeu Tommy, da forma mais evasiva possível.

— Ah, não, entendo perfeitamente que não é um assunto a ser discutido.

— Acho que não importa mais hoje em dia. A guerra já acabou há um bom tempo. Minha esposa e eu éramos mais novos naquela época.

— De todo modo, não é sobre isso que quero falar com o senhor, mas pelo menos sinto que posso ser franco, que posso confiar que o que vou dizer não sairá daqui, embora seja possível que tudo isso venha a público em algum momento.

— Aconteceu algum problema em Sunny Ridge, é isso?

— Sim. Recentemente, uma de nossas pacientes faleceu. Chamava-se Mrs. Moody. Não sei se o senhor chegou a conhecê-la ou se sua tia já falou dela.

— Mrs. Moody? — Tommy pensou um pouco. — Não, acho que não. Não que eu me lembre, pelo menos.

— Não era das pacientes mais velhas. Ainda estava na casa dos setenta e poucos e não sofria de nenhuma doença grave. Tratava-se apenas de uma mulher sem nenhum parente próximo e sem ninguém que pudesse cuidar dela. Encaixava-se na categoria que eu costumo chamar de *ouriçada*. Mulheres que, à medida que envelhecem, assemelham-se mais e mais a galinhas. Elas cacarejam. Esquecem-se das coisas. Metem-se em encrencas e se preocupam. Ficam agitadas por nada. Não têm nenhum problema sério. Não chegam a sofrer de transtornos mentais.

— Mas vivem cacarejando — sugeriu Tommy.

— Isso. Mrs. Moody cacarejava. Dava um trabalhão às enfermeiras, embora todas gostassem dela. Vivia esquecendo que já tinha comido e fazia um escândalo, dizendo que ninguém tinha servido o jantar dela, quando na verdade tinha acabado de comer uma bela refeição.

— Ah — disse Tommy, lembrando-se naquele instante —, Mrs. Chocolate.

— Como?

— Desculpe, esse é o apelido que minha esposa e eu criamos para ela. Outro dia passamos pelo corredor e ela chamou a enfermeira Jane aos gritos para dizer que não tinham lhe servido seu chocolate. Era uma velhinha meio atrapalhada, mas simpática. Achamos graça da situação e acabamos pegando a mania de chamá-la de Mrs. Chocolate. Então quer dizer que ela morreu?

— Não fiquei particularmente surpreso com a morte — respondeu Dr. Murray. — É quase impossível prever com exatidão quando mulheres de idade vão morrer. Pacientes com a saúde seriamente comprometida e que, após um exame físico, imaginamos que não vão durar até o fim do ano, às vezes vivem mais dez anos. Elas têm um apego à vida que nenhuma doença é capaz de abalar. Por outro lado, existem pessoas cuja saúde é razoavelmente boa e que supomos que viverão bastante. No entanto, acabam pegando uma bronquite ou uma gripe, parecem não ter força o suficiente para se recuperar e morrem com uma facilidade surpreendente. Então, como eu falei, depois de trabalhar como médico de uma casa de repouso para senhoras de idade, não me surpreendo quando acontece uma morte relativamente inesperada. Só que o caso de Mrs. Moody foi diferente. Ela morreu dormindo, sem ter apresentado nenhum sinal de doença, e não pude deixar de sentir que se tratou de uma morte inusitada. Vou citar a frase que sempre me deixou intrigado na peça *Macbeth*, de Shakespeare. Sempre me perguntei o que Macbeth quis dizer quando falou, referindo-se à esposa: "Ela deveria ter morrido mais tarde".

— Sim, também já me perguntei o que Shakespeare queria dizer com isso — comentou Tommy. — Não me lembro de quem era a produção nem de quem interpretou o papel de Macbeth, mas havia uma forte insinuação naquela peça específica, e Macbeth certamente falava de um jeito que indicava ao médico que Lady Macbeth precisava sair do caminho. O médico parecia ter captado o recado. E então Macbeth, sentindo-se seguro após a morte da esposa e acreditando que ela não poderia mais prejudicá-lo com suas indiscrições ou sua mente em franco declínio, expressa afeto e tristeza genuínos pela morte dela. "Ela deveria ter morrido mais tarde."

— Exatamente — disse Dr. Murray. — É o que eu senti em relação a Mrs. Moody. Senti que ela deveria ter morrido mais tarde. Não três semanas atrás, sem nenhuma causa aparente...

Tommy não respondeu. Limitou-se a olhar para o homem a sua frente com curiosidade.

— Os médicos acabam passando por certos dilemas. Se você se vê intrigado com a causa da morte de um paciente, só há uma maneira certa de descobrir: com uma autópsia. Os parentes do morto não gostam muito de autópsias, mas, se o médico exige que se faça uma e o resultado for, como é perfeitamente possível, morte por causas naturais ou alguma doença que não apresente sinais ou sintomas evidentes, então a carreira dele pode ser seriamente afetada por ter feito um diagnóstico questionável...

— Pelo visto, deve ter sido difícil.

— Os parentes em questão eram primos distantes. Então, tomei a iniciativa de obter o consentimento de todos, já que descobrir a causa da morte era uma questão de interesse médico. Quando um paciente morre dormindo, é aconselhável acrescentar essa experiência ao seu repertório médico. Fui bem cauteloso, sabe? Tentei não ser formal demais. Por sorte, eles não se importaram nem um pouco. Foi um baita alívio. Depois que a autópsia fosse realizada e tudo estivesse bem, eu poderia emitir o atestado de óbito sem titubear. Qualquer um pode morrer do que se chama, de forma amadora, de insuficiência cardíaca, que pode ter várias causas diferentes. Na verdade, o coração de Mrs. Moody estava muito bem para a idade que tinha. Ela sofria de artrite e de reumatismo e às vezes tinha problemas no fígado, mas nada disso parecia justificar sua morte.

Dr. Murray fez uma pausa. Tommy abriu a boca para falar, mas voltou a fechá-la.

O médico assentiu.

— Sim, Mr. Beresford. O senhor já entendeu o meu ponto. A morte foi causada por uma overdose de morfina.

— Meu Deus! — exclamou Tommy, chocado.

— Pois é. Parece inacreditável, mas não havia como contestar a análise. A questão é: como a morfina foi administrada?

Mrs. Moody não tomava morfina. Não era uma paciente que costumava se queixar de dores. Havia três possibilidades, claro. Ela pode ter tomado por acidente, mas acho improvável. Talvez tenha pegado o remédio de outra paciente por engano, mas, novamente, não me parece provável. As pacientes não têm acesso à morfina e nós não aceitamos pessoas viciadas que possam ter esse tipo de estoque. A segunda hipótese é que ela poderia ter cometido suicídio, mas não acredito nisso. Apesar de viver preocupada, Mrs. Moody era uma pessoa muito alegre, e tenho certeza de que nunca pensou em tirar a própria vida. A terceira possibilidade é que uma overdose fatal tenha sido deliberadamente administrada para ela. Mas por quem, e por quê? Naturalmente, há estoques de morfina e outros medicamentos que Miss Packard, como enfermeira registrada e administradora do lar, tem todo o direito de ter em sua posse, e ela guarda tudo em um armário trancado. Em casos de ciática ou artrite reumatoide, pode haver dores tão severas e desesperadoras que, ocasionalmente, podemos administrar morfina. Esperávamos acabar encontrando alguma circunstância em que Mrs. Moody tivesse recebido uma quantidade perigosa de morfina por engano ou que ela própria tivesse tomado achando que curaria uma indigestão ou um problema de insônia. Não conseguimos encontrar nada. Nosso próximo passo, por sugestão de Miss Packard e com meu aval, foi olhar com atenção os registros de mortes do tipo que tenham ocorrido em Sunny Ridge nos últimos dois anos. Não foram muitas, felizmente. Acho que sete no total, o que é uma média razoável para pessoas dessa faixa etária. Duas mortes por bronquite, perfeitamente normais, duas por gripe, que sempre pode ser fatal durante os meses de inverno, devido à baixa resistência de mulheres idosas e mais frágeis. E mais três mortes.

Após uma pausa, ele continuou:

— Mr. Beresford, não estou satisfeito em relação a essas três outras mortes, sobretudo duas delas. Foram mortes perfeitamente plausíveis, não foram inesperadas, mas me arrisco a dizer que foram *improváveis*. Mesmo depois de raciocinar e pesquisar, ainda não estou completamente satisfeito. É preciso aceitar a possibilidade de que, por incrível que pareça, exista alguém em Sunny Ridge que, talvez por problemas mentais, seja um assassino. Um assassino de quem ninguém desconfia.

Os dois passaram alguns segundos em silêncio. Tommy suspirou.

— Não duvido do que o senhor me contou, mas, mesmo assim, francamente, acho tudo isso inacreditável. Esse tipo de coisa... certamente não pode acontecer.

— Ah, acontece — disse Dr. Murray em tom sombrio —, e como acontece. Existem casos patológicos. Uma mulher que começou a trabalhar com serviços domésticos. Cozinhava em várias casas. Era simpática, gentil e aparentemente agradável, servia os patrões com toda a dedicação do mundo, cozinhava bem, gostava de estar com eles. Só que então, mais cedo ou mais tarde, certas coisas aconteciam. Normalmente, um prato de sanduíches. Às vezes, na comida do piquenique. Sem nenhum motivo aparente, havia arsênico misturado. Dois ou três sanduíches envenenados no meio dos outros. Aparentemente, era o acaso que determinava quem os comeria. Não parecia haver motivos pessoais. Às vezes, não acontecia nenhuma tragédia. A mesma mulher passava três ou quatro meses em um lugar e não havia sinal de doença. Nada. Depois, ela ia para outro emprego e, em questão de três semanas, dois membros da família morriam após comer bacon no café da manhã. Como tudo isso acontecia em diferentes partes da Inglaterra e em intervalos irregulares, a polícia demorou um tempo até suspeitar dela. Ela usava nomes diferentes em cada situação, é claro. Mas há tantas mulheres simpáticas, competentes e de meia-idade que sabem cozinhar que foi difícil descobrir quem ela era.

— Por que ela fazia isso?

— Acho que ninguém nunca soube. Já houve um monte de teorias diferentes, especialmente, claro, por parte dos psicólogos. Ela era bem religiosa, e parece possível que alguma espécie de fanatismo a tenha feito acreditar que tinha ordens divinas para livrar o mundo de certas pessoas, mas não nutria nenhuma animosidade pessoal por ninguém. Depois também teve a história da mulher francesa, Jeanne Gebron, que era conhecida como o Anjo da Misericórdia. Ela ficava tão preocupada quando os filhos dos vizinhos caíam doentes que corria para cuidar deles, passando noites ao lado da cama das crianças com uma dedicação incrível. Depois de algum tempo, descobriram que aqueles de quem ela cuidava *nunca melhoravam. Em vez disso, acabavam morrendo.* E *por quê*? Quando moça, ela tinha perdido o próprio filho. Ao que parece, o luto a devastou. Talvez tenha sido essa a motivação de sua carreira criminosa. Já que o *seu* filho tinha morrido, então os filhos de outras mulheres deveriam morrer também. Ou pode ser, como acreditam alguns, que o próprio filho dela também tenha sido uma das vítimas.

— Todos esses relatos estão me dando arrepios — comentou Tommy.

— Estou pegando os exemplos mais dramáticos — disse o médico. — Pode ser algo bem mais simples do que isso. O senhor se lembra do caso Armstrong? Qualquer um que de alguma forma o ofendesse ou insultasse, ou até se ele só acreditasse ter sido insultado, era rapidamente convidado para um chá e acabava comendo sanduíches de arsênico. Uma espécie de sensibilidade exacerbada. Seus primeiros crimes obviamente foram cometidos apenas por motivos pessoais. Herança. Livrar-se da esposa para poder se casar com outra mulher. E tem o caso da enfermeira Warriner, que administrava um asilo. Os idosos lhe entregavam todos os bens que tinham e ela lhes garantia uma velhice confortável até que a morte chegasse... só que a morte não demorava muito. Esse caso também envolvia morfina... Uma mulher muito gentil, mas sem nenhum escrúpulo. Acho que ela se considerava uma benfeitora.

— Se sua suposição sobre essas mortes for de fato verdadeira, o senhor não faz ideia de quem pode ter sido?

— Não. Não há nenhuma pista. Se considerarmos que o assassino provavelmente é insano, a insanidade é algo muito difícil de reconhecer em algumas de suas manifestações. Será que o criminoso é alguém, digamos, que não gosta de idosos? Que se viu prejudicado ou teve a vida arruinada, ou pelo menos acha que teve, por alguém da terceira idade? Ou talvez seja alguém que tem suas próprias opiniões a respeito da eutanásia e acha que todo mundo acima dos sessenta deveria ser gentilmente exterminado. Pode ser qualquer um, é claro. Uma paciente? Ou um funcionário... uma enfermeira ou uma empregada? Discuti muito esse assunto com Millicent Packard, que administra o lugar. É uma mulher bastante competente, perspicaz, prática, sempre de olho nas hóspedes e também na própria equipe. Ela insiste que não tem nenhuma suspeita e nenhuma pista, e tenho certeza de que é a mais pura verdade.

— Mas por que o senhor me procurou? O que posso fazer para ajudá-lo?

— Sua tia, Miss Fanshawe, morou lá por alguns anos. Era uma mulher muito inteligente, embora muitas vezes fingisse o contrário. Tinha suas formas não muito convencionais de se divertir, fingindo senilidade. Mas estava bastante lúcida. O que eu gostaria de pedir, Mr. Beresford, é que o senhor se esforçasse para lembrar... junto com sua esposa... se Miss Fanshawe em algum momento disse ou insinuou alguma coisa que possa nos dar uma pista. Algo que ela tenha visto ou percebido, algo que outra pessoa tenha lhe contado, algo que ela mesma tenha achado peculiar. As senhorinhas veem e percebem muita coisa, e uma mulher astuta como Miss Fanshawe provavelmente sabia de quase tudo que acontecia em Sunny Ridge. Essas velhinhas não têm muito o que fazer, sabe? Têm todo o tempo do mundo para observar o que se passa e fazer deduções... e até mesmo chegar a conclusões que podem parecer fantasiosas, mas que, às vezes, por incrível que pareça, estão completamente corretas.

Tommy fez que não com a cabeça.

— Entendo o que quer dizer... mas não consigo me lembrar de nada do gênero.

— Sua esposa não está em casa, pelo que entendi. O senhor não acha que ela poderia se lembrar de algo que tenha lhe passado despercebido?

— Vou perguntar a ela... mas duvido. — Após um instante de hesitação, resolveu comentar: — Veja bem, havia algo preocupando minha esposa... sobre uma das senhoras da casa de repouso, uma tal de Mrs. Lancaster.

— Mrs. Lancaster? É mesmo?

— Tuppence cismou que Mrs. Lancaster foi levada por supostos parentes de forma muito repentina. Na verdade, Mrs. Lancaster presenteou minha tia com um quadro e minha esposa sentiu que precisava devolvê-lo, então tentou entrar em contato com ela para saber se gostaria de receber o quadro de volta.

— Muito atencioso da parte de Mrs. Beresford, com certeza.

— Só que teve muita dificuldade de entrar em contato com Mrs. Lancaster. Conseguiu o endereço do hotel em que Mrs. Lancaster deveria estar hospedada com os parentes... mas ninguém com esse nome tinha se hospedado lá ou feito reserva.

— Sério? Que estranho.

— Pois é. Tuppence também achou estranho. Eles não deixaram nenhum outro endereço em Sunny Ridge. Na verdade, tentamos várias vezes falar com Mrs. Lancaster ou com essa tal de Mrs. Johnson... acho que era esse o nome... mas não conseguimos. Acho que um advogado pagou todas as contas e acertou todos os detalhes com Miss Packard, e chegamos a falar com ele. Mas ele só me deu o endereço de um banco. E bancos — disse Tommy secamente — não liberam nenhuma informação.

— Se os clientes disserem para não liberar, não liberam mesmo.

— Minha esposa chegou a escrever para Mrs. Lancaster aos cuidados do banco, e também para Mrs. Johnson, mas não teve resposta.

— Isso me parece meio estranho. Por outro lado, nem sempre as pessoas respondem as cartas. Talvez tenham viajado para o exterior.

— Pois é... não fiquei preocupado com isso. Mas Tuppence ficou. Ela está convencida de que aconteceu alguma coisa com Mrs. Lancaster. Na verdade, durante a minha ausência, ela disse que ia investigar a fundo. Não sei exatamente o que pretendia fazer, talvez visitar o hotel pessoalmente, ou o banco, ou tentar falar com o advogado. De todo modo, ia tentar conseguir mais informações.

O Dr. Murray o olhava com educação, mas também com certo tédio paciente.

— O que exatamente ela acha...?

— Ela acha que Mrs. Lancaster está correndo perigo... ou até mesmo que alguma coisa possa ter lhe acontecido.

O médico arqueou as sobrancelhas.

— Ah! É, dificilmente eu pensaria...

— Isso pode lhe parecer uma bobagem — continuou Tommy —, mas, veja bem, minha esposa ligou dizendo que voltaria ontem à noite... e... *não voltou.*

— Ela disse com todas as letras que *ia* voltar?

— Sim. Sabia que eu já estava para retornar da minha conferência. Então, ligou para avisar ao nosso funcionário, Albert, que chegaria para o jantar.

— E o senhor considera o sumiço uma atitude estranha da parte dela? — perguntou Murray, olhando para Tommy com certo interesse.

— Considero — disse Tommy. — *Bem* estranha. Se ela tivesse se atrasado ou mudado de planos, teria ligado de novo ou enviado um telegrama.

— E o senhor está preocupado com sua esposa?

— Sim, estou.

— Hmm! E já falou com a polícia?

— Não. O que a polícia poderia pensar? Não é como se eu tivesse motivos para acreditar que Tuppence esteja em apuros, correndo perigo ou algo do tipo. Quer dizer, se ela tivesse sofrido um acidente ou estivesse em um hospital, alguém teria entrado em contato comigo na mesma hora, não?

— Eu diria que sim... sim... se ela tivesse algum documento de identificação.

— Ela estava com a carteira de motorista. Provavelmente também levava cartas e várias outras coisas.

Dr. Murray franziu a testa.

— E então o senhor revela todas essas histórias de Sunny Ridge... — prosseguiu Tommy. — Pessoas que morreram e que não deveriam ter morrido. Vamos supor que a velhinha tenha descoberto alguma coisa, visto alguma coisa ou desconfiado de alguma coisa. Aí, começou a falar a respeito... Ela teria que ser silenciada de alguma forma. Por isso, foi rapidamente tirada de lá e levada para um lugar onde não pudesse ser rastreada. Não posso deixar de acreditar que está tudo conectado...

— É estranho... é certamente estranho. O que o senhor pretende fazer agora?

— Vou investigar por conta própria... Primeiro, vou tentar falar com esses advogados. Eles podem até ser inocentes, mas quero dar uma olhada neles e tirar minhas próprias conclusões.

Capítulo 12

Tommy encontra um velho amigo

Do outro lado da rua, Tommy examinou as instalações do escritório da Partingdale, Harris, Lockeridge & Partingdale.

Parecia uma firma sólida e respeitável. A placa de latão já estava gasta, mas bem polida. Depois de um tempo, ele atravessou a rua e passou pelas portas giratórias, sendo recebido pelo som abafado de máquinas de escrever a todo vapor.

Dirigiu-se a uma janela de mogno aberta à sua direita, que continha o aviso INFORMAÇÕES.

Lá dentro, havia uma salinha onde três mulheres digitavam e dois homens estavam inclinados sobre as escrivaninhas, copiando documentos.

Havia um leve aroma de mofo no ar, definitivamente jurídico.

Uma mulher de mais ou menos trinta e cinco anos, com um ar severo, cabelo de um loiro desbotado e pincenê levantou-se da máquina de escrever e veio até a janela.

— Posso ajudá-lo?

— Gostaria de falar com Mr. Eccles.

O ar de severidade se intensificou.

— O senhor tem hora marcada?

— Infelizmente não. Só estou de passagem por Londres hoje.

— Sinto informar que Mr. Eccles está bem ocupado esta manhã. Talvez outro membro da firma...

— Queria ver especificamente Mr. Eccles. Já me correspondi com ele.

— Ah, entendi. Poderia me informar seu nome?

Tommy passou nome e endereço, e a mulher loira se afastou para usar o telefone em sua mesa. Após uma conversa murmurada, ela voltou.

— O atendente vai acompanhá-lo à sala de espera. Mr. Eccles poderá recebê-lo em mais ou menos dez minutos.

Tommy foi conduzido a uma sala de espera que tinha uma estante recheada de livros jurídicos antigos e uma mesa redonda coberta de jornais de economia. Sentado ali, ele repassou mentalmente seus métodos de abordagem. Perguntou-se como seria Mr. Eccles. Quando finalmente foi chamado e o advogado se levantou da mesa para recebê-lo, Tommy concluiu que, sabe-se lá por quê, não gostava do sujeito. Também se perguntou por que se sentia assim em relação àquele homem. Não parecia haver uma razão válida para a antipatia. Mr. Eccles estava entre 40 e 50 anos, tinha cabelo grisalho que rareava um pouco nas têmporas. Seu rosto era comprido, de aparência um tanto triste e meio rígida, com olhos perspicazes e um sorriso simpático que, de tempos em tempos, quebrava de maneira inesperada a melancolia natural de seu semblante.

— Mr. Beresford?

— Isso mesmo. É um assunto de pouca importância, mas minha esposa anda preocupada. Ela lhe escreveu, se não me engano, ou talvez tenha ligado, para saber se o senhor poderia lhe passar o endereço de uma senhora chamada Mrs. Lancaster.

— Mrs. Lancaster — disse Mr. Eccles, impassível.

Não parecia uma pergunta. Simplesmente deixou o nome no ar.

"Um homem cauteloso", pensou Tommy, "mas, por outro lado, o instinto de todo advogado é ser cauteloso. Verdade seja dita, todo cliente prefere que o próprio advogado seja assim."

Então, Tommy prosseguiu:

— Até pouco tempo, morava em um lugar chamado Sunny Ridge, uma instituição muito boa, por sinal, para senhoras de idade. Na verdade, uma tia minha morava lá e vivia feliz, confortável.

— Ah, sim, claro, claro. Agora me lembrei. Mrs. Lancaster. Se não me engano, ela não mora mais lá, certo?

— Isso mesmo — confirmou Tommy.

— No momento, não me recordo exatamente... — disse ele, estendendo a mão para alcançar o telefone. — Preciso refrescar a memória...

— Posso explicar de forma bem simples — continuou Tommy. — Minha esposa queria o endereço de Mrs. Lancaster porque está com um item que lhe pertencia. Um quadro, na verdade. Mrs. Lancaster tinha dado o tal quadro de presente à minha tia, Miss Fanshawe. Como essa tia morreu recentemente, seus poucos pertences ficaram conosco, incluindo o quadro. Minha esposa gosta muito da obra, mas também se sente culpada. Ela acredita na possibilidade de Mrs. Lancaster dar muito valor àquela pintura e, sendo assim, sente que deveria devolvê-la.

— Ah, entendi — respondeu Mr. Eccles. — Muita consideração da parte de sua esposa, sem dúvida.

— Nunca se sabe como os idosos se sentem em relação aos seus próprios pertences — disse Tommy, com um sorriso simpático. — Pode ser que Mrs. Lancaster tenha ficado muito feliz de dar o quadro, já que minha tia o admirava tanto, mas, como ela faleceu pouco depois de ter recebido o presente, me parece, talvez, meio injusto que vá parar nas mãos de desconhecidos. O quadro não tem nenhum título específico. Representa uma casa em algum lugar do interior. Vai que é uma casa da família de Mrs. Lancaster?

— Claro, claro — falou Mr. Eccles —, mas não acho...

Após uma batida na porta, um funcionário entrou e pôs uma folha de papel na mesa de Mr. Eccles. O advogado deu uma olhada.

— Ah, sim, sim, agora me lembro. Sim, Mrs... — interrompeu-se e espiou o cartão de Tommy em sua mesa. — Beresford me ligou e conversamos brevemente. Eu a aconselhei a entrar em contato com o Southern Counties Bank, agência Hammersmith. É o único endereço que conheço. As cartas enviadas ao endereço do banco, aos cuidados de Mrs. Richard Johnson, seriam repassadas. Se não me engano, Mrs. Johnson é sobrinha ou prima distante de Mrs. Lancaster e foi quem tomou todas as providências comigo em relação à ida de Mrs. Lancaster para Sunny Ridge. Ela me pediu para investigar a fundo a instituição, já que só a conhecia por recomendação de uma amiga. Fizemos o que foi pedido e, posso lhe garantir, fomos muito minuciosos. O lugar era considerado excelente, e acredito que a parente de Mrs. Johnson, Mrs. Lancaster, passou muitos anos por lá e foi muito feliz.

— Mas ela foi embora de lá de forma meio repentina — sugeriu Tommy.

— Sim. Sim, acho que sim. Ao que parece, Mrs. Johnson voltou recentemente, e de forma inesperada, da África Oriental... como muita gente tem feito! Ela e o marido passaram muitos anos morando no Quênia, pelo que sei. Eles se organizaram e sentiram que teriam condições de cuidar da parente idosa. Infelizmente, não sei nada a respeito do paradeiro de Mrs. Johnson. Cheguei a receber uma carta dela, agradecendo-me e acertando as contas. Também informou que, caso houvesse a necessidade de entrar em contato, era para escrever aos cuidados do banco, já que ainda não tinha decidido onde moraria com o marido. Sinto muito, Mr. Beresford, mas é tudo o que sei.

Mr. Eccles falava de forma gentil, mas firme. Não demonstrava constrangimento nem desconforto. A determinação de sua voz, porém, era mais do que evidente. Depois, ele relaxou um pouco e suavizou o semblante.

— Não há motivo para se preocupar, Mr. Beresford — disse, de forma tranquilizadora. — Ou melhor, não vejo motivo para sua esposa se preocupar. Creio que Mrs. Lancaster já seja uma senhora bem idosa e, possivelmente, um pouco esquecida. É provável que nem se lembre mais desse quadro. Se não me engano, tem uns setenta e cinco ou setenta e seis anos. Nessa idade, é fácil esquecer, sabe?

— O senhor a conheceu pessoalmente?

— Não, não cheguei a conhecê-la.

— Mas conhecia Mrs. Johnson?

— Eu a encontrei nas ocasiões em que ela esteve aqui para me consultar a respeito das providências que estava tomando. Parecia uma mulher agradável e prática. Muito competente nos arranjos que estava fazendo. — Por fim, levantou-se e falou: — Lamento não poder ajudá-lo, Mr. Beresford.

Era uma despedida educada, mas firme.

Tommy voltou à Bloomsbury Street e procurou um táxi. Embora não fosse pesado, o pacote que carregava tinha um tamanho um tanto incômodo. Ele olhou por um momento para o prédio do qual acabara de sair. Um lugar respeitável, estabelecido. Não havia nada de errado ali, aparentemente nada esquisito em relação à Partingdale, Harris, Lockeridge & Partingdale, nada de errado com Mr. Eccles, nenhum sinal de alarme ou desânimo, nenhum momento de hesitação ou desconforto. Nos livros, a menção ao nome de Mrs. Lancaster ou Mrs. Johnson provocaria um sobressalto de culpa ou um olhar evasivo, pensou Tommy melancolicamente. Algo que mostrasse que os nomes causaram um impacto, que nem tudo estava bem. No entanto, na vida real, não era assim que as coisas aconteciam. Mr. Eccles era apenas um sujeito educado demais para demonstrar aborrecimento por conta do tempo desperdiçado com uma consulta como a que Tommy tinha acabado de fazer.

Mas, mesmo assim, *não gosto do Mr. Eccles*, pensou ele com seus botões. Então, lembrou-se vagamente do passado, de outras pessoas de que, por algum motivo, ele não tinha gostado. Muitas vezes esses pressentimentos — pois não passavam mesmo de pressentimentos — estavam certos, no fim das contas. Mas talvez fosse mais simples do que isso. Quem já lidou com muita gente na vida acaba desenvolvendo certa intuição, assim como um especialista em antiguidades sabe reconhecer por instinto uma falsificação antes mesmo de realizar testes e exames específicos. A conta simplesmente *não fecha*. O mesmo acontece com quadros. Pode acontecer também com um caixa de banco que recebe uma nota falsa.

"O sujeito parece correto", pensou Tommy. "Age corretamente, fala corretamente, só que, ainda assim..." Ele acenou freneticamente para um táxi, que lhe lançou um olhar frio e acelerou, passando direto. "Canalha", pensou.

Então, olhou a rua de cima a baixo, em busca de um motorista mais prestativo. Havia um bom número de pessoas na calçada. Algumas com pressa, outras a passeio, um homem olhando para uma placa de latão do outro lado da rua. Após um exame minucioso, ele se virou, e Tommy arregalou os olhos. Conhecia aquele rosto. Observou o homem caminhar até o final da rua, parar, virar e voltar. Alguém saiu do prédio atrás de Tommy e, naquele momento, o homem do outro lado da rua apertou um pouco o passo, ainda do outro lado, mas acompanhando o ritmo do sujeito que tinha acabado de sair pela porta. Tommy tinha quase certeza que o homem que saíra da Partingdale, Harris, Lockeridge & Partingdale era Mr. Eccles. No mesmo instante, um táxi se aproximou devagarinho. Tommy fez sinal e o veículo parou. Por fim, ele abriu a porta e entrou.

— Para onde?

Tommy hesitou por um instante, olhando para o pacote. Já estava prestes a informar um endereço, mas mudou de ideia e disse:

— Lyon Street, número 14.

Quinze minutos depois, chegou ao seu destino. Após pagar o táxi, tocou a campainha e perguntou por Mr. Ivor Smith. Assim que entrou em uma sala no segundo andar, um homem sentado à mesa de frente para a janela se virou e disse, levemente surpreso:

— Olá, Tommy! Que bom ver você. Quanto tempo. O que veio fazer aqui? Está só de passagem e veio rever os velhos amigos?

— Não é bem isso, Ivor.

— Imagino que esteja voltando da conferência.

— Sim.

— E imagino que tenha sido aquela mesma lenga-lenga de sempre. Ninguém chega a conclusão nenhuma e nada de útil vem à tona.

— Exato. Uma bela perda de tempo.

— Basicamente todo mundo passa boa parte do tempo ouvindo o falatório do velho Bogie Waddock, imagino. Que chatice. A cada ano fica pior.

— Pois é...

Tommy se sentou na cadeira que lhe foi oferecida, aceitou um cigarro e disse:

— Estava aqui pensando na remota possibilidade de você saber algo depreciativo a respeito de um tal de Mr. Eccles, advogado da firma Partingdale, Harris, Lockeridge & Partingdale.

— Ora, ora, ora — disse o homem chamado Ivor Smith, arqueando as sobrancelhas.

Eram sobrancelhas ótimas de se arquear. A parte próxima ao nariz subia, e a outra ponta, na bochecha, descia em uma extensão quase surpreendente. Com pouco esforço, davam-lhe o aspecto de um homem que havia levado um grande susto, mas, na verdade, não passava de um semblante bem comum no rosto de Ivor.

— Encontrou Eccles em algum lugar, foi?

— A questão é que não sei nada sobre ele — explicou Tommy.

— E você quer saber alguma coisa sobre ele?

— Quero.

— Hm... O que o levou a me procurar?

— Vi Anderson lá fora. Fazia um tempão que eu não o via, mas o reconheci. Estava de olho em alguém. Quem quer que fosse, estava no prédio de onde eu tinha acabado de sair.

Ali tem dois escritórios de advocacia e um de contabilidade. Claro que a pessoa em questão podia estar de passagem em qualquer uma dessas firmas, ou pode ser que trabalhe em uma delas. Mas vi um homem na rua que parecia ser Mr. Eccles. Aí fiquei pensando se, por coincidência, Anderson estaria de olho nele.

— Hm... — disse Ivor Smith. — Bem, Tommy, você sempre foi bom em adivinhar as coisas.

— Quem é Eccles?

— Você não sabe? Não faz a menor ideia?

— Não faço a menor ideia — confirmou Tommy. — Sem entrar em muitos detalhes, eu o procurei para obter informações sobre uma idosa que recentemente saiu de uma casa de repouso. Ele foi o advogado contratado para cuidar de tudo. Ao que parece, cumpriu suas obrigações com muito decoro e eficiência. Eu queria saber o endereço atual da velhinha. Ele disse que não tinha. Pode ser que não tenha mesmo... mas fiquei com a pulga atrás da orelha. Eccles é a única pista que eu tenho sobre o paradeiro da senhora.

— E você quer encontrá-la?

— Quero.

— Acho que não vou ser de muita utilidade. Eccles é um advogado muito respeitável, com uma grande renda e muitos clientes da mais alta reputação, trabalha para a aristocracia rural, para diferentes classes profissionais, soldados e marinheiros aposentados, generais e almirantes e por aí vai. É o suprassumo da respeitabilidade. A julgar pelo que você falou, imagino que ele esteja trabalhando estritamente dentro de suas atividades legais.

— Mas vocês estão... interessados nele — sugeriu Tommy.

— Sim, estamos muito interessados em Mr. James Eccles. — Ivor suspirou. — Faz pelo menos seis anos que temos interesse nele. Só que não avançamos muito.

— Que interessante — comentou Tommy. — Vou repetir a pergunta. Quem exatamente *é* Mr. Eccles?

166

— Você se refere às suspeitas que temos sobre ele? Bem, indo direto ao ponto, nós suspeitamos que ele seja um dos principais cérebros de atividades criminosas deste país.

— Atividades criminosas? — Tommy parecia espantado.

— Ah, sim, sim. Nada de mistério. Nada de espionagem ou contraespionagem. Não, simplesmente atividades criminosas. É um homem que, até onde sabemos, nunca cometeu um crime na vida. Nunca roubou nada, nunca falsificou nada, nunca desviou fundos. Não conseguimos encontrar nenhum tipo de prova contra ele. Mas, mesmo assim, sempre que há um grande roubo organizado, acabamos encontrando, em algum lugar dos bastidores, Mr. Eccles levando uma vida irrepreensível.

— Seis anos — repetiu Tommy, pensativo.

— Talvez até mais. Levamos um tempinho para identificar um padrão. Assaltos a bancos, roubos de joias particulares, todo tipo de situação em que havia bastante dinheiro envolvido. Os crimes seguiam o mesmo padrão. Não dava para deixar de desconfiar que houvesse uma só mente por trás de tudo. Aqueles que dirigiam e executavam os planos nunca precisavam planejar nada. Bastava ir ao lugar designado e obedecer às ordens, sem nunca ter que pensar. Alguém já pensava por eles.

— E o que levou vocês a suspeitarem de Mr. Eccles?

Ivor Smith balançou a cabeça, pensativo.

— Seria uma explicação muito longa. Ele é um homem que tem muitos amigos, que conhece muita gente. Joga golfe com certas pessoas, contrata outras para fazerem a manutenção do carro, conta com firmas de corretores da Bolsa que operam para ele. Há também empresas fazendo negócios irrepreensíveis nos quais o homem está envolvido. O plano está ficando mais claro, mas o papel de Mr. Eccles nisso tudo ainda não está muito evidente, exceto que sempre se ausenta em certas ocasiões. Acontece um grande assalto a banco, planejado à perfeição (e sem poupar despesas, diga-se de passagem), com uma fuga bem-executada e tudo o mais, e onde está Mr. Eccles? Em Monte Carlo, ou Zurique, ou talvez até pescando salmão na Noruega. Pode ter certeza de que Mr. Eccles nunca estará a menos de cem milhas do local do crime.

— E, mesmo assim, vocês desconfiam dele?

— Ah, sim. Na minha cabeça, não restam dúvidas. Mas se um dia vamos conseguir pegá-lo, aí já é outra história. O homem que cavou um túnel pelo chão de um banco, o cara que nocauteou o vigia noturno, o caixa que estava envolvido desde o início, o gerente de banco que deu as informações, nenhum deles conhece Mr. Eccles, provavelmente nunca o viram. Existe uma longa cadeia por trás disso tudo... e, ao que parece, ninguém conhece mais do que o elo ao lado.

— O bom e velho plano de células?

— Mais ou menos, mas há uma ideia original por trás. Algum dia teremos uma oportunidade. Alguém que não deveria saber de *nada* vai saber de *alguma coisa*. Pode ser uma informação boba e trivial, mas talvez seja a prova que faltava.

— Ele é casado? Tem família?

— Não, ele nunca assumiu esse tipo de risco. Mora sozinho com uma governanta, um jardineiro e um mordomo. Recebe convidados de modo discreto e acolhedor, e posso jurar que cada um que já pisou na casa dele está acima de qualquer suspeita.

— E não tem ninguém enriquecendo?

— Você tocou em um ponto importante, Thomas. Alguém *deveria* estar ficando rico. Alguém deveria ser *visto* ganhando muito dinheiro. Mas essa parte é muito bem pensada. Grandes vitórias em corridas de cavalo, investimentos em ações e títulos, coisas naturais, mas ousadas o suficiente para ganhar grandes somas de dinheiro, e, aparentemente, todas as transações são legítimas. Há muito dinheiro acumulado no exterior, em diferentes países e diferentes lugares. É uma grande e vasta máquina de fazer dinheiro... e o dinheiro está sempre circulando, indo de um lugar para o outro.

— Bem — disse Tommy —, boa sorte para vocês. Espero que peguem o culpado.

— Acho que vamos pegar mesmo, sabe? Um dia. Se conseguirmos tirá-lo da rotina, temos chance.

— E como vocês fariam isso?

— Com perigo — respondeu Ivor. — Fazendo com que ele se sinta em perigo, que desconfie que tenha alguém na cola dele. Deixando-o inseguro. Se o sujeito ficar inseguro, talvez faça alguma bobagem. Talvez cometa algum erro. É assim que se pega esse tipo de gente, entende? Se uma coisinha sai do planejado, mesmo o homem mais esperto do mundo, que nunca erra, acaba falhando. A esperança é essa. Agora, vamos ouvir sua história. Pode ser que eu tenha alguma informação útil.

— Não tem nada a ver com crime... apenas coisas insignificantes.

— Bem, conte-me.

Tommy contou a história sem se desculpar pela trivialidade. Sabia muito bem que Ivor não era do tipo que desprezava trivialidades. De fato, ele foi direto ao ponto que tinha levado Tommy até ali.

— E sua esposa sumiu, é isso?

— Não é do feitio dela.

— Isso é sério.

— Para mim, com certeza.

— Imagino. Só vi sua esposa uma vez. Ela é esperta.

— Quando está atrás de alguma pista, parece um cão farejador — disse Thomas.

— Não chegou a procurar a polícia?

— Não.

— Por que não?

— Bem, primeiro porque sou incapaz de acreditar que ela não esteja bem. Tuppence sempre está bem. Ela se joga de cabeça em qualquer pista que apareça. Talvez não tenha tido tempo de entrar em contato.

— Hmmm... Não gosto muito disso. Você disse que ela está procurando uma casa, né? *Talvez* isso seja interessante, porque, entre as várias pistas que seguimos e que, diga-se de passagem, não levaram a muita coisa útil, há uma espécie de rede de corretores de imóveis.

— Corretores de imóveis? — Tommy parecia surpreso.

— Sim. Corretores de imóveis comuns em cidades provincianas de diferentes partes da Inglaterra, mas nenhuma delas muito longe de Londres. A firma de Mr. Eccles faz muitos negócios com e para corretores. Às vezes, ele trabalha como advogado dos compradores, outras vezes, representa os vendedores, e utiliza várias imobiliárias em nome dos clientes. De vez em quando, nós nos perguntávamos por quê. Nada disso parece muito lucrativo, entende?

— Mas você acha que isso pode ter algum significado ou levar a alguma coisa?

— Bem, não sei se você se lembra do grande assalto ao London Southern Bank alguns anos atrás, mas havia uma casa no campo, uma casa isolada. Era o ponto de encontro dos ladrões. Ninguém os via muito por lá, mas era nessa casa que os materiais roubados eram escondidos. Os moradores locais começaram a falar do assunto e a se perguntarem quem eram aquelas pessoas que iam e vinham em horários incomuns. Todo mundo via um monte de carros chegando no meio da noite e depois indo embora. No interior, as pessoas se interessam pela vida dos vizinhos. Então, como era de se esperar, a polícia invadiu a casa, encontrou parte do que havia sido roubado e prendeu três homens, incluindo um que foi reconhecido e identificado.

— Bem, e isso não levou a nada?

— Não. Os caras não abriam a boca, tinham bons advogados. Receberam longas penas de prisão, mas, em menos de um ano e meio, todos já estavam em liberdade. Resgates muito bem planejados.

— Acho que me lembro de ter lido sobre isso. Um homem desapareceu do tribunal criminal para onde tinha sido levado por dois guardas.

— Isso. Tudo muito organizado e com fugas bem caras. Mas achamos que o responsável pela organização do esquema se deu conta do erro que havia cometido ao usar uma só casa por muito tempo, a ponto de despertar o interesse da vizinhança. Talvez alguém tenha pensado que seria melhor ter subsidiários que morassem em, digamos, *trinta* casas em *lugares diferentes*. As pessoas vêm e compram a casa: mãe e filha, por exemplo, uma viúva ou um militar aposentado com a esposa. Gente tranquila, discreta. Fazem algumas reformas no imóvel, contratam uma construtora local e fazem reparos no encanamento, talvez chamem uma empresa de Londres para cuidar da decoração. Cerca de um ano, um ano e meio depois, as circunstâncias mudam, os ocupantes da casa resolvem vendê-la e se mudam para o exterior. Algo do tipo. Tudo muito natural, sem nenhum problema. Durante o tempo em que moraram lá, pode ser que a casa tenha sido usada para propósitos inusitados! Só que ninguém suspeita de nada. Os moradores recebem visitas de amigos, mas com pouca frequência. Só de vez em quando. Certa noite, por exemplo, resolvem dar uma festa para um casal de idosos ou de meia-idade; ou quem sabe uma festa de quinze anos. Um vaivém de carros. Digamos que ocorram cinco grandes roubos em seis meses, mas o dinheiro passa de casa em casa ou é escondido em não só uma, mas cinco residências diferentes em cinco localidades distintas do interior do país. Por enquanto, tudo isso não passa de uma suposição, meu caro Tommy, mas estamos investigando. Vamos supor que a senhora que você mencionou abra mão de um quadro de certa casa e que seja uma propriedade *significativa*. E digamos que essa seja a casa que a sua esposa reconheceu em algum lugar e tenha ido lá investigar. Digamos ainda que alguém não queira que essa casa em particular seja investigada. Tudo pode estar interligado, sabe?

— Parece muito forçado.

— Ah, sim... concordo. Mas vivemos em tempos estranhos... Coisas inacreditáveis acontecem no nosso mundo.

Um tanto cansado, Tommy desceu do quarto táxi que pegava naquele dia e observou os arredores. O táxi o havia deixado em uma pequena rua sem saída que se aninhava discretamente sob uma das protuberâncias de Hampstead Heath. A rua parecia ter sido parte de algum tipo de "projeto artístico". As casas eram totalmente diferentes uma da outra. Aquela casa em particular parecia consistir em um grande estúdio com claraboias, anexado (como se fosse um abscesso) ao que parecia um pequeno conjunto de três cômodos. O acesso à residência era feito por uma escada verde. Tommy abriu o portãozinho, passou por uma trilha e, não vendo uma campainha, usou a aldrava. Como ninguém atendeu, ele esperou um pouco e, depois, recorreu à aldrava de novo, um pouco mais alto dessa vez.

A porta se abriu tão de repente que ele quase caiu para trás. Uma mulher surgiu na soleira. À primeira vista, Tommy teve a impressão de se tratar de uma das mulheres menos atraentes que já tinha visto na vida. O rosto era largo e achatado, tipo uma panqueca, com dois olhos enormes de cores completamente diferentes, um verde e o outro castanho, uma testa grande rodeada por uma cabeleira desgrenhada. Ela vestia um macacão roxo manchado de argila, e Tommy percebeu que a mão que segurava a porta era de uma beleza estrutural notável.

— Ah — disse ela. Sua voz era grave e bem bonita. — O que foi? Estou ocupada.

— Mrs. Boscowan?

— Sim. O que quer?

— Meu nome é Beresford. Gostaria de falar rapidamente com a senhora.

— Ah, não sei, não. Precisa mesmo? Do que se trata... é sobre um quadro? — perguntou, olhando o embrulho debaixo do braço de Tommy.

— Sim. Tem a ver com um dos quadros do seu marido.

— O senhor quer vendê-lo? Já tenho um monte. Não quero comprar mais nenhum. Leve-o para uma dessas galerias. Eles estão começando a comprar as obras dele agora. O senhor não tem cara de quem precisa vender quadros.

— Ah, não, não quero vender nada.

Tommy sentiu uma dificuldade extraordinária de conversar com aquela mulher em particular. Os olhos dela, embora fossem de cores diferentes, eram muito bonitos e, naquele momento, olhavam por cima do ombro de Tommy, com um ar de interesse peculiar, para um ponto a distância na rua.

— Por favor — disse ele. — Queria muito que a senhora me deixasse entrar. É difícil explicar.

— Se o senhor for pintor, não quero saber de conversa — avisou Mrs. Boscowan. — Acho os pintores sempre muito entediantes.

— Não sou pintor.

— Bem, o senhor certamente não tem cara de pintor. — Então, avaliou-o de cima a baixo. — Está mais para funcionário público — comentou, em tom de reprovação.

— Posso entrar, Mrs. Boscowan?

— Não sei. Espere.

Então, ela fechou a porta de forma um tanto abrupta. Tommy aguardou. Depois de mais ou menos quatro minutos, a porta se abriu novamente.

— Tudo bem — disse Mrs. Boscowan. — Pode entrar.

Ela foi na frente, conduzindo-o por uma escada estreita que levava ao grande estúdio. Em um canto havia uma escultura com um monte de ferramentas ao lado. Martelos e cinzéis. Havia também uma cabeça de argila. O lugar parecia ter sido recentemente devastado por uma gangue de vândalos.

— Nunca tem lugar para sentar aqui em cima — comentou ela.

Em seguida, tirou várias coisas de cima de um banquinho de madeira e o empurrou na direção de Tommy.

— Pronto. Sente-se aqui e fale comigo.

— Muita gentileza de sua parte me deixar entrar.

— É mesmo, mas o senhor parecia bem preocupado. Está preocupado com alguma coisa, não está?

— Sim, estou.

— Imaginei. O que o preocupa?

— Minha esposa — disse Tommy, surpreendendo-se com a própria resposta.

— Ah, preocupado com a esposa? Bem, isso não é algo incomum. Homens vivem se preocupando com a esposa. O que acontece? Ela fugiu com alguém ou está aprontando?

— Não. Nada do tipo.

— Está morrendo? Câncer?

— Não — respondeu Tommy. — É que eu não sei onde ela está.

— E o senhor acha que eu posso saber? Bem, é melhor me dizer o nome dela e me dar mais informações, se acha que posso encontrá-la. Mas, veja bem, não tenho certeza de que vou querer ajudá-lo. Esteja avisado.

— Graças a Deus — disse Tommy — é mais fácil conversar com a senhora do que imaginei que seria.

— O que o quadro tem a ver com isso? É um quadro, certo? Deve ser, pelo formato.

Tommy desfez o embrulho.

— É um quadro assinado por seu marido — explicou Tommy. — Quero que me diga o que souber sobre esta obra.

— Entendi. O que exatamente quer saber?

— Quando foi pintado e onde fica esse lugar.

Mrs. Boscowan olhou para Tommy e, pela primeira vez, demonstrou algum interesse.

— Bem, isso não é difícil — afirmou. — Sim, posso lhe contar tudo sobre o quadro. Foi pintado há cerca de quinze anos... Não, acho que foi há muito mais tempo. É uma das primeiras obras de meu marido. Deve ter sido há vinte anos.

— A senhora sabe onde fica? Esse lugar, quero dizer.

— Ah, sim, eu me lembro muito bem. Um belo quadro. Sempre gostei dele. Essa é a ponte arqueada e a casa, e o nome do lugar é Sutton Chancellor. Fica a mais ou menos sete ou oito milhas de Market Basing. A casa em si fica a cerca de duas milhas de Sutton Chancellor. Um lugar muito bonito. Isolado.

Então, ela se aproximou do quadro, inclinou-se e o observou de perto.

— Engraçado — comentou. — Sim, muito estranho. Agora estou na dúvida.

Tommy não prestou muita atenção.

— Qual é o nome da residência? — perguntou.

— Não consigo me lembrar. Chegou a mudar de nome várias vezes, sabe? Não sei o que aquela casa tinha. Se não me engano, aconteceram algumas tragédias por lá, então as pessoas que vieram depois mudaram o nome. Já foi chamada de Casa do Canal, ou à Beira do Canal. Teve uma época em que foi chamada de Casa da Ponte, depois Meadowside... ou Riverside.

— Quem morava lá... ou quem mora lá agora? A senhora sabe?

— Ninguém que eu conheça. Um homem e uma moça estavam lá quando vi a casa pela primeira vez. Iam nos fins de semana. Não eram casados, eu acho. A moça era dançarina. Talvez atriz... não, tenho quase certeza de que era dançarina mesmo. Bailarina. Muito bonita, mas burrinha. Simples, quase limitada. Lembro que William tinha uma queda por ela.

— Ele chegou a pintá-la?

— Não. Ele não costumava pintar pessoas. Às vezes, comentava que queria desenhá-las, mas nunca fazia muito a respeito disso. Sempre teve um fraco pelas moças.

— Eram eles que moravam lá quando seu marido pintou a casa?

— Sim, acho que sim. Mas nem sempre. Como disse, só iam nos fins de semana. Depois houve uma briga. Eles discutiram, eu acho, e ele foi embora e a deixou, ou ela que foi embora e o deixou. Eu não estava lá para saber. Na época, eu estava trabalhando em Coventry, fazia parte de um grupo. Pelo que me lembro, após esse episódio, ficou apenas uma governanta na casa, com uma criança. Não sei quem era a criança nem de onde veio, mas imagino que a governanta estivesse cuidando dela. Então, acho que aconteceu algo com a criança. A governanta a levou para algum lugar ou talvez tenha morrido. Por que o senhor quer saber sobre pessoas que moraram lá há vinte anos? Me parece uma bobagem.

— Quero saber o máximo de informações sobre a casa — disse Tommy. — Minha esposa saiu para procurá-la. Disse que a tinha visto da janela do trem em algum lugar.

— Isso aí — confirmou Mrs. Boscowan —, a linha do trem passa do outro lado da ponte. Imagino que dê para ver muito bem de lá. — Por fim, perguntou: — Por que ela queria encontrar essa casa?

Tommy lhe deu uma explicação muito resumida e ela o olhou com desconfiança.

— O senhor não saiu de um hospital psiquiátrico ou algo do tipo, né? — questionou Mrs. Boscowan. — Não está em liberdade condicional ou seja lá como se diz?

— Devo estar parecendo meio louco mesmo — admitiu Tommy —, mas é simples, de verdade. Minha esposa queria saber mais sobre a casa, então tentou fazer várias viagens de trem para descobrir onde a tinha visto. Bem, acho que conseguiu descobrir. Acho que foi até esse lugar aí... Chancellor alguma coisa?

— Sutton Chancellor. Era um vilarejo bem pacato. Mas, é claro, talvez tenha se desenvolvido bastante ou até mesmo se tornado uma dessas cidades-dormitório de hoje.

— Tudo pode acontecer, imagino — falou Tommy. — Tuppence chegou a ligar avisando a data que estaria de volta, mas não voltou. Quero saber o que aconteceu com ela. Acho que começou a investigar essa história da casa e talvez... talvez tenha se metido em perigo.

— O que tem de perigoso nisso?

— Não sei. Nenhum de nós sabia. Nem cheguei a pensar que poderia haver algum perigo nessa história, mas minha esposa, sim.

— Percepção extrassensorial?

— Talvez. Ela é meio assim. Tem pressentimentos. A senhora nunca ouviu falar ou conheceu uma tal de Mrs. Lancaster há vinte anos ou em qualquer momento até um mês atrás?

— Mrs. Lancaster? Não, acho que não. É o tipo de nome que a gente não esquece. Não. O que tem ela?

— Este quadro era dela, mas ela o deu de presente para uma tia minha. Depois, deixou o asilo em que morava sem mais nem menos. Os parentes a levaram embora. Tentei localizá-la, mas não é fácil.

— Quem tem mais imaginação, o senhor ou sua esposa? Acho que o senhor imaginou muitas coisas e está meio alterado, se me permite dizer.

— Ah, sim, fique à vontade — disse Tommy. — Meio alterado por nada, absolutamente nada. É isso que quer dizer, certo? Acho que tem razão.

— Não — retrucou Mrs. Boscowan, com a voz levemente diferente. — Eu não diria que é por nada.

Tommy lhe lançou um olhar intrigado.

— Tem uma coisa estranha nesse quadro — comentou ela. — Bem estranha. Eu me lembro muito bem desse quadro, sabe? Lembro-me da maioria das obras de William, embora sejam muitas.

— A senhora se lembra para quem o quadro foi vendido, se é que foi vendido?

— Não, disso eu não me lembro. Acho que foi vendido, sim. Ele vendeu vários quadros em uma das exposições. Datavam de três ou quatro anos antes desse e uns dois anos depois.

Muitos quadros foram vendidos. Quase todos. Mas não me lembro quem foram os compradores. Aí é pedir demais.

— Já sou muito grato por tudo o que a senhora conseguiu lembrar.

— O senhor ainda não me perguntou por que eu disse que havia algo estranho nesse quadro. Este quadro que está em sua posse.

— Quer dizer que o quadro não é do seu marido... outra pessoa o pintou?

— Ah, não. Esse é o quadro que William pintou, sim. Se não me engano, no catálogo consta como "Casa à beira do canal". Mas está diferente. Veja, tem algo de errado no quadro.

— O que há de errado?

Mrs. Boscowan esticou um dedo sujo de argila e apontou para um ponto logo abaixo da ponte que atravessava o canal.

— Aqui — disse. — Está vendo? Tem um barco amarrado debaixo da ponte, não?

— Tem, sim — respondeu Tommy, confuso.

— Bem, esse barco não estava aí, não da última vez que vi o quadro. William jamais pintou esse barco. Na exposição, *não havia barco nenhum.*

— Quer dizer que alguém, que não seu marido, pintou o barco ali depois?

— Sim. Estranho, né? Por que fizeram isso? Primeiro, fiquei surpresa de ver o barco ali, em um lugar onde não havia barco nenhum. Depois, tive certeza de que não foi pintado por William. Não foi *ele* que acrescentou esse detalhe. Outra pessoa fez isso. Quem? — Ela olhou para Tommy. — E por quê?

Tommy não tinha nenhuma resposta a oferecer. Olhou para Mrs. Boscowan. Sua tia Ada a teria chamado de desmiolada, mas ele não a via dessa maneira. Era uma mulher evasiva, tinha um jeito abrupto de saltar de um assunto para o outro. As coisas que dizia pareciam ter pouquíssima relação com o que tinha dito no minuto anterior. Era o tipo de pessoa, pensou Tommy, que talvez soubesse muito mais do que escolhia revelar. Será que amava o marido, tinha ciúmes dele ou o desprezava? Não havia nenhuma pista em seu comportamento ou em suas palavras. Mas Tommy tinha a sensação de que aquele barquinho pintado embaixo da ponte tinha lhe causado desconforto. Não gostara de ver o barco ali. De repente, se perguntou se a afirmação que ela fizera seria verdadeira. Será que realmente se lembrava, depois de tantos anos, se Boscowan havia ou não pintado um barco na ponte? Parecia um detalhe muito pequeno e insignificante. Se ela tivesse visto o quadro pela última vez um ano antes, tudo bem... mas, aparentemente, fazia muito mais tempo. E isso havia incomodado Mrs. Boscowan. Quando voltou a olhar para ela, viu que a mulher também o encarava, não de um jeito insolente, apenas pensativo. Muito, muito pensativo.

— O que vai fazer agora? — questionou ela.

Pelo menos a resposta para aquela pergunta era fácil. Tommy não tinha a menor dúvida do que faria.

— Vou voltar para casa hoje à noite e ver se minha esposa já retornou ou deu notícias. Caso contrário, amanhã irei a esse lugar — afirmou. — Sutton Chancellor. Espero encontrá-la por lá.

— Isso depende — disse Mrs. Boscowan.

— Depende de quê? — retrucou Tommy.

Mrs. Boscowan franziu a testa. Depois, murmurou, aparentemente para si mesma:

— Onde será que ela está?

— Onde será que *quem* está?

Mrs. Boscowan desviara o olhar, mas, em seguida, voltou a encará-lo.

— Ah, eu me referia à sua esposa. — Por fim, acrescentou: — Tomara que ela esteja bem.

— Por que não estaria? Diga-me, Mrs. Boscowan, existe algo de errado com aquele lugar... com Sutton Chancellor?

— Com Sutton Chancellor? Com o lugar? — Ela pensou um pouco. — Não, acho que não. Não com o *lugar*.

— Acho que eu me referia à casa — disse Tommy. — Essa casa perto do canal. Não o vilarejo de Sutton Chancellor.

— Ah, a casa. Era uma boa casa, na verdade. Feita para casais, sabe?

— Algum casal morou lá?

— Às vezes. Mas não com a frequência que deveria. Se uma casa é construída para casais, deveria ser habitada por casais.

— E não ser usada por outra pessoa para outros propósitos.

— O senhor é bem esperto — comentou Mrs. Boscowan.

— Entendeu o que eu quis dizer, não? Não se deve dar um uso diferente a uma casa pensada para outro propósito. A casa não gosta.

— A senhora sabe alguma coisa a respeito das pessoas que moraram lá nos últimos anos?

Ela balançou a cabeça.

— Não. Não. Não sei nada sobre a casa. Veja bem, nunca foi importante para mim.

— Mas a senhora está pensando em alguma coisa... quer dizer, em alguém, não?

— Estou — respondeu Mrs. Boscowan. — Acho que tem razão. Eu estava pensando em... alguém.

— Não pode me contar quem é?

— Não há muito o que dizer — afirmou Mrs. Boscowan.

— De vez em quando, sabe, a gente se pergunta onde certa pessoa está, o que aconteceu com ela ou como pode ter... mudado. É como uma sensação... — Ela agitou as mãos. — Gostaria de um arenque? — perguntou, sem mais nem menos.

— Um arenque? — repetiu Tommy, pego de surpresa.

— Bem, por acaso eu tenho uns dois ou três aqui. Achei que talvez o senhor devesse comer alguma coisa antes de pegar o trem. A estação é a Waterloo. Quer dizer, para ir até Sutton Chancellor. Antes era necessário fazer baldeação em Market Basing. Talvez ainda seja.

Era um convite a se retirar. Ele aceitou.

Capítulo 13

Albert e as pistas

Tuppence piscou os olhos. Sua visão estava um pouco embaçada. Tentou levantar a cabeça do travesseiro, mas se encolheu ao sentir uma dor aguda e desistiu. Fechou os olhos. Depois de um tempo, voltou a abri-los e piscou mais uma vez.

Com uma sensação de triunfo, reconheceu os arredores. "Estou em uma enfermaria de hospital", pensou. Satisfeita com o progresso mental até o momento, não tentou deduzir mais nada. Estava em uma enfermaria de hospital e a cabeça doía. Por que a cabeça doía e por que estava ali, não saberia dizer. "Acidente?", cogitou.

Havia enfermeiras rodeando as camas. Aquilo lhe parecia natural. Resolveu fechar os olhos e pensar com mais cautela. Uma vaga imagem de uma pessoa idosa com roupas clericais invadiu sua mente. "Pai?", disse Tuppence, desconfiada. "É meu pai?" Não dava para lembrar. Supôs que sim.

"Mas o que estou fazendo na cama de um hospital?", pensou Tuppence. "Quer dizer, sou enfermeira, então deveria estar de uniforme. Um uniforme do Destacamento de Ajuda Voluntária. Do V.A.D. Caramba."

Em seguida, uma enfermeira se materializou perto de sua cama.

— Está se sentindo melhor, querida? — perguntou, com uma alegria forçada. — Que bom, não é?

Tuppence não tinha muita certeza de que aquilo era bom mesmo. A enfermeira comentou algo sobre uma xícara de chá.

— Parece que sou uma paciente — disse Tuppence para si mesma, um tanto desgostosa. Permanecia deitada, desenterrando vários pensamentos e palavras soltas.

— Soldados — disse. — Destacamento de Ajuda Voluntária. É isso, claro. Eu sou uma V.A.D.

A enfermeira lhe trouxe um pouco de chá em um copo de alimentação e a ajudou a beber. A dor de cabeça voltou.

— Sou uma V.A.D., é isso — falou Tuppence em voz alta.

A enfermeira olhou para ela sem entender nada.

— Minha cabeça está doendo — declarou Tuppence.

— Vai melhorar logo, logo — afirmou a enfermeira.

Então, levou embora o copo e informou a uma freira enquanto se afastava:

— A número 14 acordou. Mas acho que está meio confusa.

— Ela disse alguma coisa?

— Disse que era VIP — respondeu a enfermeira.

A mulher prendeu a risada, indicando o que achava de pacientes sem importância que se consideravam VIPs.

— É o que veremos — disse a Irmã. — Vamos, enfermeira, não fique aí o dia inteiro com esse copo.

Tuppence permaneceu deitada no travesseiro e meio sonolenta. Ainda não tinha superado a fase de permitir que os pensamentos invadissem sua mente em uma procissão completamente sem nexo.

Sentia que uma pessoa específica deveria estar ali, alguém que ela conhecia muito bem. Havia algo muito estranho naquele hospital. Não era o hospital do qual se lembrava. Não era o hospital onde havia trabalhado como enfermeira. "Só havia soldados", disse a si mesma. "Na ala cirúrgica, eu ficava nas fileiras A e B." Ela abriu os olhos e deu mais uma olhada ao redor. Concluiu que nunca tinha visto aquele hospital e que não tinha nada a ver com casos cirúrgicos, militares ou não.

182

— Onde será que fica este hospital? — indagou Tuppence.
— Que lugar é este?

Tentou pensar em algum nome. Só conseguia se lembrar de Londres e Southampton.

A Irmã da enfermaria surgiu ao lado de sua cama.

— Espero que esteja se sentindo um pouco melhor.

— Estou bem — respondeu Tuppence. — O que aconteceu comigo?

— A senhora machucou a cabeça. Deve estar doendo um bocado, não?

— Está doendo, sim — confirmou Tuppence. — Onde estou?

— No Market Basing Royal Hospital.

Tuppence refletiu sobre a informação. Não significava nada para ela.

— Um clérigo de idade — disse Tuppence.

— Como?

— Nada. Eu...

— Ainda não conseguimos anotar seu nome na sua ficha técnica de alimentos — comentou a Irmã.

Já estava com uma caneta na mão, pronta para escrever, e olhou para Tuppence com curiosidade.

— Meu nome?

— Sim — disse a Irmã. — Para o registro — acrescentou, solícita.

Tuppence ficou em silêncio, pensativa. Seu nome. Qual era seu nome?

"Que tolice", pensou, "acho que esqueci. Mas devo ter um nome." De repente, uma sensação de alívio a dominou. O rosto do clérigo idoso surgiu em sua cabeça, e ela disse, com convicção:

— Claro. Prudence.

— P-R-U-D-E-N-C-E?

— Isso mesmo — confirmou Tuppence.

— Esse é seu nome de batismo. E o sobrenome?

— Cowley. C-O-W-L-E-Y.

— Que bom que resolvemos essa questão — disse a Irmã, e se retirou com ar de quem não precisava mais se preocupar com aquilo.

Tuppence sentiu-se ligeiramente satisfeita consigo mesma. Prudence Cowley. Prudence Cowley, do Destacamento de Ajuda Voluntária, e seu pai era um clérigo em... em algum vicariato, era tempo de guerra e... "Engraçado", pensou Tuppence, "acho que estou entendendo tudo errado. Parece que tudo isso aconteceu há muito tempo."

— A pobrezinha era sua filha? — murmurou.

Estava em dúvida. Será que foi ela que tinha acabado de dizer aquilo ou outra pessoa lhe perguntou?

A Irmã voltou.

— Seu endereço — pediu —, Miss... Miss Cowley ou Mrs. Cowley? A senhora perguntou sobre uma criança?

— A pobrezinha era sua filha? Alguém me perguntou isso ou fui eu que perguntei?

— Se eu fosse a senhora, acho que dormiria um pouco agora, querida.

Por fim, a Irmã se retirou e repassou as informações que havia obtido.

— Ela parece ter recuperado a consciência, doutor, e disse que se chama Prudence Cowley. Mas não se lembra do próprio endereço. Mencionou algo sobre uma criança.

— Paciência — disse o médico, com seu jeito despreocupado de sempre —, vamos lhe dar mais vinte e quatro horas. Ela está se recuperando bem da concussão.

Tommy se atrapalhou com a chave.

Antes que conseguisse usá-la, a porta se abriu, e Albert apareceu na entrada.

— E então — disse Tommy —, ela voltou?

Albert fez que não lentamente.

— Nenhuma notícia, nenhuma ligação, nenhuma carta... nenhum telegrama?

— Nada mesmo, senhor. Absolutamente nada. E ninguém entrou em contato. Eles estão sendo discretos... mas estão com ela. É o que eu acho. Eles estão com ela.

— Mas que raios você quer dizer com "Eles estão com ela?" — questionou Tommy. — É cada coisa que você lê... Quem a pegou?

— Bem, o senhor sabe o que quero dizer. A gangue.

— Que gangue?

— Uma dessas gangues que andam por aí com canivetes, talvez. Ou uma gangue internacional.

— Pare com essa patacoada — disse Tommy. — Sabe o que eu acho?

Albert lhe lançou um olhar interessado.

— Acho que é uma tremenda falta de consideração da parte dela não dar um jeito de entrar em contato.

— Ah, entendo o que o senhor quer dizer. Acho que é *possível* ver as coisas dessa forma, se isso o ajuda a se sentir melhor — acrescentou, desanimado. Em seguida, tirou o pacote dos braços de Tommy. — Vejo que trouxe o quadro de volta.

— Sim, eu trouxe o maldito quadro de volta. Totalmente inútil.

— Não conseguiu descobrir nada sobre ele?

— Não é bem assim — admitiu Tommy. — Descobri algumas informações, só não sei se terão alguma utilidade. — Então, acrescentou: — Imagino que Dr. Murray não tenha ligado, nem Miss Packard, de Sunny Ridge, né? Nenhuma notícia?

— Ninguém ligou, a não ser o verdureiro, para dizer que chegaram umas berinjelas ótimas. Ele sabe que a patroa adora berinjela, então sempre avisa. Mas avisei que ela não estava no momento. — Em seguida, acrescentou: — Preparei frango para o jantar.

— É incrível como você não consegue pensar em nada além de frango — comentou Tommy, curto e grosso.

— Dessa vez preparei o que chamam de *galeto*. Um pequenininho.

— Pode ser — respondeu Tommy.

O telefone tocou. Tommy pulou da cadeira na mesma hora e correu para atender.

— Alô... Alô?

— Mr. Thomas Beresford? — disse uma voz baixa e distante. — Pode atender uma ligação de Ivergashly?

— Sim.

— Por favor, aguarde na linha.

Tommy aguardou. Sua agitação foi diminuindo. Teve que esperar um tempo. Então, uma voz conhecida, firme e segura, se fez ouvir do outro lado da linha. A voz de sua filha.

— Alô, papai? É o senhor?

— Deborah!

— Sim. Por que está tão ofegante? Estava correndo?

Filhas, pensou Tommy. Sempre críticas.

— Fiquei assim depois de velho — comentou. — Como vai, Deborah?

— Ah, estou bem. Olha, pai, li uma notícia no jornal. Talvez o senhor tenha lido também. Fiquei com ela na cabeça. Era a respeito de alguém que sofreu um acidente e estava no hospital.

— É mesmo? Acho que não li essa notícia. Quer dizer, não que eu me lembre. Por que ficou com ela na cabeça?

— Bem... não parecia tão grave. Suponho que tenha sido um acidente de carro ou algo do tipo. A notícia dizia que a mulher, quem quer que fosse... uma senhora de idade... se identificou como Prudence Cowley, mas não conseguiram descobrir qual era o endereço dela.

— Prudence Cowley? Quer dizer...

— Pois é. E eu... só fiquei encucada. Esse *é* o nome da mamãe, não é? Ou melhor, era.

— Claro.

— Sempre esqueço do Prudence. A gente nunca pensa nela como Prudence, nem eu, nem o senhor, nem Derek.

— Não — disse Tommy. — Não mesmo. Não é o tipo de nome que associaríamos à sua mãe.

— Pois é. Só achei... bem estranho. Será que é alguma parente dela?

— Pode ser. Onde foi isso?

— Pelo que entendi, a mulher está em um hospital em Market Basing. Queriam mais informações sobre ela. Só fiquei pensando... bem, sei que é uma bobagem, deve haver uma infinidade de Cowleys e uma infinidade de Prudences. Mas achei melhor ligar e verificar. Apenas para me certificar de que mamãe está em casa, de que está bem e tudo mais.

— Entendi — disse Tommy. — Sim, entendi.

— E aí, papai, ela está em casa?

— Não, sua mãe não está em casa e não sei se ela está bem ou não.

— Como assim? — perguntou Deborah. — O que mamãe andou aprontando? Imagino que o senhor tenha ido a Londres, para aquela bobagem de reunião ultrassecreta, só para bater papo com os amigos e relembrar os velhos tempos.

— Você está certíssima. Voltei ontem à noite.

— E descobriu que mamãe não estava em casa... ou o senhor já sabia que ela não estava em casa? Vamos, papai, me conte. O senhor está preocupado. Sei bem quando está preocupado. O que mamãe andou fazendo? Está aprontando alguma, não? Seria tão bom se, nessa idade, ela aprendesse a sossegar um pouco...

— Ela estava preocupada — explicou Tommy. — Preocupada com algo que aconteceu relacionado à morte de sua tia-avó Ada.

— O que aconteceu?

— Bem, uma das pacientes da casa de repouso lhe disse algo. Ela ficou preocupada com essa velhinha. A senhora começou a falar um monte de coisas, e sua mãe ficou preocupada com algumas informações que ouviu. Então, quando fomos até a casa de repouso para separar os pertences de tia Ada, tentamos falar com a velhinha, mas parece que ela foi embora de uma hora para a outra.

— Bem, não é algo natural?

— Alguns parentes a levaram embora.

— Ainda acho muito natural — insistiu Deborah. — Por que mamãe ficou tão assustada?

— Cismou que alguma coisa poderia ter acontecido com essa senhora.

— Entendi.

— Resumo da ópera: a velhinha parece ter desaparecido. Tudo de forma bastante natural. Quer dizer, com o apoio de advogados, de bancos e tudo mais. Só que... não conseguimos descobrir onde ela está.

— Então mamãe saiu para procurá-la em algum lugar?

— Sim. E não voltou quando disse que ia voltar, há dois dias.

— E o senhor não teve nenhuma notícia dela?

— Não.

— Gostaria muito que o senhor cuidasse direito da mamãe — repreendeu Deborah.

— Ninguém jamais conseguiu cuidar dela direito — afirmou Tommy. — Nem você, Deborah, se chegarmos a esse ponto. Também foi assim na guerra, quando ela se envolveu com assuntos que não eram da conta dela.

— Mas agora é diferente. Ela já está *velha*. Deveria sossegar em casa e se cuidar. Imagino que esteja ficando entediada. É isso que está por trás de tudo.

— Hospital de Market Basing? — perguntou Tommy.

— Melfordshire. Fica a cerca de uma hora, uma hora e meia de Londres, se não me engano. De trem.

— Isso — disse ele. — E tem um vilarejo perto de Market Basing que se chama Sutton Chancellor.

— O que uma coisa tem a ver com a outra? — questionou Deborah.

— É uma longa história. Tem a ver com um quadro de uma casa perto de uma ponte e um canal.

— Não estou conseguindo ouvir direito — comentou Deborah. — Do que o senhor está falando?

188 · AGATHA CHRISTIE ·

— Deixe pra lá. Vou ligar para o hospital de Market Basing e tentar descobrir alguma coisa. Estou sentindo que é sua mãe, sim. Às vezes, quando uma pessoa tem uma concussão, acaba se lembrando primeiro da infância, e só depois vai voltando ao presente. Ela voltou a usar o nome de solteira. Pode ter sofrido um acidente de carro, mas não ficaria surpreso se alguém tivesse lhe dado uma pancada na cabeça. É o tipo de coisa que acontece mesmo com sua mãe. Ela se mete em confusões. Pode deixar que eu aviso o que descobrir.

Quarenta minutos depois, Tommy Beresford olhou para o relógio de pulso e suspirou de cansaço enquanto desligava o telefone. Albert apareceu.

— E o seu jantar, senhor? — perguntou. — O senhor não comeu nada, e lamento dizer que acabei me esquecendo daquele frango... Está todo queimado.

— Não quero comer — disse Tommy. — O que eu quero é uma bebida. Traga-me um uísque duplo.

— É pra já, senhor.

Pouco depois, Albert chegou com a bebida e a serviu para Tommy, que tinha se jogado na poltrona gasta, mas confortável, reservada para uso especial.

— E agora suponho que você queira saber de tudo — disse Tommy.

— Na verdade, senhor — falou Albert, como quem se desculpava —, já sei de quase tudo. Veja bem, como era uma questão que envolvia a patroa, tomei a liberdade de ouvir na extensão do quarto. Achei que o senhor não se importaria.

— Eu não o culpo — respondeu Tommy. — Na verdade, que bom que fez isso. Se eu tivesse que começar a explicar...

— Falou com todo mundo, não foi? O hospital, o médico e a enfermeira-chefe.

— Não há necessidade de repetir tudo — falou Tommy.

— Hospital de Market Basing — disse Albert. — Ela nunca falou uma palavra sobre esse lugar. Não deixou endereço nem nada.

— Tuppence não pretendia ficar nesse endereço — afirmou Tommy. — Pelo que pude entender, provavelmente deram uma pancada na cabeça dela em algum lugar isolado. Depois, alguém a levou de carro e a deixou na beira da estrada, para simular um acidente. — Então, acrescentou: — Acorde-me amanhã às seis e meia. Quero começar o dia cedo.

— Sinto muito pelo frango ter queimado de novo. Botei no forno para não esfriar e acabei me esquecendo.

— Deixe essa história de frango para lá. Sempre achei que eram aves bem idiotas, enfiando-se debaixo dos carros e cacarejando pra lá e pra cá. Enterre o corpo amanhã de manhã e faça um bom funeral.

— Ela não está à beira da morte, está, senhor? — perguntou Albert.

— Deixe de drama. Se tivesse escutado direito, saberia que Tuppence já voltou ao normal, que sabe quem é, ou era, e que sabe onde está. O hospital jurou que vão segurá-la por lá até eu chegar para cuidar dela. Não vão deixá-la escapar e sair por aí bancando a detetive.

— Falando em detetive... — disse Albert, hesitando com uma leve tosse.

— Não estou disposto a falar a respeito disso — retrucou Tommy. — Esqueça o assunto, Albert. Vá aprender contabilidade, jardinagem ou algo do tipo.

— Bem, eu só estava imaginando... Quer dizer, em relação às pistas...

— Que pistas?

— Fiquei pensando.

— É aí que mora o perigo. Quando resolvemos pensar.

— Pistas — repetiu Albert. — Aquele quadro, por exemplo. É uma pista, não?

Tommy percebeu que Albert tinha pendurado o quadro da casa do canal na parede.

— Se esse quadro for a pista de alguma coisa, o senhor acha que é uma pista de quê? — perguntou, levemente constrangido pela frase deselegante que acabara de proferir. — Quer dizer... qual é o significado? Deve significar alguma coisa. O que eu estava pensando — prosseguiu Albert —, se me permite dizer...

— Pode falar, Albert.

— Estava pensando naquela escrivaninha.

— Escrivaninha?

— Exato. Aquela que veio na mudança, junto com a mesinha, as duas cadeiras e as outras coisas. Era uma herança de família, pelo que o senhor disse, não?

— Eram pertences da minha tia Ada — explicou Tommy.

— Era disso que eu estava falando, senhor. É nesse tipo de lugar que encontramos pistas. Em escrivaninhas velhas. Antiguidades.

— Possivelmente — concordou Tommy.

— Sei que não é da minha conta, e provavelmente não deveria ter me intrometido, mas, durante a sua ausência, senhor, não resisti. Tive que dar uma olhada.

— Como é... Uma olhada na escrivaninha?

— Sim, só para ver se poderia haver alguma pista ali. Veja bem, escrivaninhas assim costumam ter gavetas secretas.

— Pode ser — disse Tommy.

— Pois é. Deve haver alguma pista escondida nela. Trancada na gaveta secreta.

— É uma ideia interessante — admitiu Tommy. — Mas, pelo que sei, não há motivo para minha tia Ada esconder algo em gavetas secretas.

— Quando se trata de senhoras de idade, nunca se sabe. Elas adoram guardar coisas. São como aquelas aves, tipo gralhas, ou pegas, não lembro qual das duas. Pode haver um testamento secreto, ou algo escrito com tinta invisível, ou então um tesouro. É sempre nesse tipo de lugar que se encontram tesouros ocultos.

— Sinto muito, Albert, mas terei que decepcioná-lo. Tenho quase certeza de que não há nada desse tipo naquela bela escrivaninha de família, que já pertenceu a meu tio William. Está aí outro homem que ficou rabugento na velhice, além de ser completamente surdo e ter um péssimo temperamento.

— Hoje cedo eu pensei que não custava dar uma olhada, certo? Até porque a escrivaninha precisava mesmo de uma limpeza. O senhor sabe o que acontece com os pertences antigos de senhoras de idade. Elas não costumam mexer muito neles... não quando sofrem de reumatismo e têm dificuldade de locomoção.

Tommy parou para refletir. Lembrou que ele e Tuppence tinham dado uma olhada rápida nas gavetas da escrivaninha, guardado o conteúdo, do jeito que estava mesmo, em dois envelopes grandes e retirado alguns novelos de lã, dois cardigãs, uma estola preta de veludo e três fronhas das gavetas de baixo, e então juntaram com as outras coisas para doação. Além disso, tinham dado uma olhada nos papéis que estavam nos envelopes assim que chegaram em casa, mas não havia nada de particular interesse.

— Nós olhamos o conteúdo, Albert. Passamos algumas noites vendo isso, na verdade. Encontramos uma ou duas cartas antigas bem interessantes, algumas receitas de presunto cozido, outras receitas para conservar frutas, algumas cartelas de racionamento, cupons e outras coisas dos tempos de guerra. Não havia nada de extraordinário.

— Ah, sim — disse Albert —, mas isso é apenas aquela papelada corriqueira. Não passam de coisas banais que todo mundo vai acumulando em escrivaninhas e gavetas. Estou me referindo a objetos realmente secretos. Sabe, quando eu era garoto, cheguei a trabalhar seis meses com um vendedor de antiguidades. Na maioria das vezes, eu o ajudava a fazer algumas falsificações. Mas foi assim que descobri as gavetas secretas. No geral, elas seguem o mesmo padrão. Três ou quatro tipos bem conhecidos com variações ocasionais. O senhor não acha melhor dar uma olhada? Quer dizer, não quis sair mexendo por conta própria na sua ausência. Seria muita presunção. — Ele olhou para Tommy com a expressão de um cachorrinho implorando.

— Vamos lá, Albert — falou Tommy, rendendo-se. — Vamos ser presunçosos.

"Um belo móvel", pensou Tommy ao lado de Albert, examinando a peça que havia herdado de tia Ada. "Conservado, belo polimento, o que mostra o capricho do trabalho artesanal de antigamente."

— Bem, Albert, fique à vontade. É seu momento de diversão. Mas não exagere.

— Ah, eu sempre fui cuidadoso. Nunca quebrei nada, nem usei facas ou coisas do tipo. Primeiro, abaixamos a tampa da frente e a apoiamos nesses dois suportes que saem. Isso mesmo, veja só, a tampa desce assim, e é aqui que sua tia se sentava. Tia Ada tinha uma linda peça de madrepérola em que guardava seu mata-borrão. Estava na gaveta da esquerda.

— Tem essas duas coisas — disse Tommy.

Então, puxou duas delicadas gavetas verticais, não muito fundas.

— Ah, sim, senhor. Dá para guardar papéis aí, mas não tem nada de muito secreto. O lugar mais comum é o pequeno compartimento do meio... Geralmente, no fundo, vemos uma pequena depressão e, ao deslizarmos para trás, encontramos um espaço. Mas existem outras maneiras e outros lugares. Essa escrivaninha é do tipo que tem um vão por baixo.

— Também não é muito secreto, né? Basta deslizar um painel...

— A questão é que nos passa a impressão de que já vimos tudo o que tínhamos que ver. Deslizamos o painel e guardamos nesse espaço tudo aquilo que queremos manter fora do alcance dos outros. Mas, como dizem, não para por aí. Porque, veja bem, há um pedacinho de madeira na frente, como se fosse uma bordinha. E dá para puxar, olhe.

— Sim — disse Tommy —, sim, estou vendo. Dá para puxar.

· UM PRESSENTIMENTO FUNESTO ·

193

— E temos um espaço secreto aí, logo atrás da fechadura central.

— Mas não tem nada dentro.

— Não — falou Albert —, que decepção. Se deslizarmos a mão pela cavidade, porém, de um lado para o outro, encontramos duas gavetinhas finas, uma no lado esquerdo e outra no direito. Temos um pequeno corte em semicírculo na parte de cima, e se enfiarmos o dedo ali... e puxarmos delicadamente... — Enquanto explicava, Albert girava o pulso tal qual um contorcionista. — Às vezes fica meio preso. Espere... espere... está saindo.

Ele foi puxando algo com o dedo, até a gavetinha surgir na abertura. Em seguida, tirou-a dali e a levou para Tommy, como um cão que traz um ossinho para o dono.

— Espere um minuto, senhor. Tem uma coisa aqui dentro, algo embrulhado em um envelope fino e comprido. Vejamos o outro lado.

Dito isso, trocou de mão e retomou suas manobras contorcionistas. Pouco depois, uma segunda gaveta surgiu e foi colocada ao lado da primeira.

— Também tem algo aqui dentro — comentou Albert. — Outro envelope fechado que alguém escondeu. Não tentei abrir nenhum deles... jamais faria isso — disse, adotando um tom de voz extremamente virtuoso. — Deixei essa tarefa para o senhor... mas insisto: podem ser *pistas*...

Juntos, eles retiraram o conteúdo das gavetas empoeiradas. Tommy pegou primeiro um envelope lacrado e enrolado, preso com um elástico que arrebentou ao primeiro contato.

— Parece valioso — comentou Albert.

Tommy deu uma olhada no envelope. Estava escrito "confidencial".

— Aí está — disse Albert. — "Confidencial." É uma pista.

Tommy retirou o conteúdo do envelope. Havia meia folha de papel, escrita em uma caligrafia trêmula e parcialmente apagada. Ele virou o papel de um lado para o outro enquanto Albert espiava por cima de seu ombro, respirando pesado.

— Receita de creme de salmão de Mrs. MacDonald — leu Tommy. — Entregue a mim por cortesia. Duas libras de salmão, um quartilho de creme de leite, um cálice de conhaque e um pepino fresco. — Após uma pausa, disse: — Sinto muito, Albert. Pelo menos é uma pista que nos levará a um ótimo prato, sem dúvida.

Albert emitiu sons que indicavam desgosto e decepção.

— Deixa pra lá. Vamos ver o outro. — sugeriu Tommy.

O próximo envelope fechado não parecia tão antigo. Havia dois sinetes de cera cinza-claros, ambos representando rosas silvestres.

— Muito bonito — comentou Tommy —, mas muito extravagante para o gosto de tia Ada. "Como fazer um bolo de carne", imagino.

Tommy abriu o envelope e arqueou as sobrancelhas. Dez notas de cinco libras cuidadosamente dobradas caíram dali.

— Notas fininhas — disse Tommy. — São as antigas. Das que usávamos na época da guerra, sabe? Papel de qualidade. Provavelmente não são mais aceitas hoje em dia.

— Dinheiro! — exclamou Albert. — Para que ela queria todo esse dinheiro?

— Ah, isso é o pé-de-meia de uma velhinha — explicou Tommy. — Tia Ada sempre teve um pé de meia. Anos atrás, chegou a comentar comigo que toda mulher deveria ter cinquenta libras em notas de cinco, para o que chamava de emergências.

— Bem, acho que ainda pode ser útil — comentou Albert.

— Talvez não estejam totalmente obsoletas. Posso tentar trocá-las no banco.

— Ainda tem mais um envelope — avisou Albert. — O que estava na outra gaveta...

O envelope seguinte era mais volumoso. Parecia haver mais coisa dentro e viam-se três sinetes vermelhos de aparência imponente. Do lado de fora, estava escrito, na mesma caligrafia trêmula: "Na ocasião de minha morte, o presente envelope deverá ser enviado, ainda lacrado, a meu advogado, Mr. Rockbury, da Rockbury & Tomkins, ou a meu sobrinho, Thomas Beresford. Não deve ser aberto por qualquer pessoa não autorizada".

Havia várias folhas de papel escritas com um letra bem apertada. A caligrafia era ruim, toda trêmula. Alguns trechos estavam ilegíveis. Com certa dificuldade, Tommy leu em voz alta:

— *Eu, Ada Maria Fanshawe, deixo registrado aqui certos assuntos que chegaram ao meu conhecimento e que me foram relatados por residentes da casa de repouso Sunny Ridge. Não posso garantir a veracidade das informações, mas parece haver motivos para acreditar que atividades suspeitas, possivelmente criminosas, estejam ocorrendo ou tenham ocorrido aqui. Elizabeth Moody, uma mulher bobinha, mas honesta, declara que reconheceu aqui um rosto conhecido do mundo do crime. Pode ser que alguém entre nós esteja administrando veneno. Prefiro aguardar mais um pouco antes de chegar a qualquer conclusão, mas ficarei de olho. Pretendo registrar todos os fatos que chegarem ao meu conhecimento. Talvez tudo isso não passe de um mal-entendido. Peço que meu advogado ou meu sobrinho, Thomas Beresford, façam uma investigação completa.*

— Viu só? — disse Albert, triunfante. — Eu disse! É uma PISTA!

Livro 4

A igreja é aqui, o campanário é lá

Abra as portas e toda a gente virá

Capítulo 14

Um exercício de raciocínio

— Acho que o que devemos fazer é pensar — disse Tuppence.
Após um feliz reencontro no hospital, Tuppence finalmente recebera alta. Naquele momento, a dupla inseparável compartilhava tudo o que sabia na sala de estar da melhor suíte do Lamb and Flag, em Market Basing.

— Não fique aí pensando demais — falou Tommy. — Você sabe muito bem o que o médico disse antes de lhe dar alta. Nada de preocupações, nada de esforço mental, pouca atividade física... Você precisa pegar leve.

— E o que é que estou fazendo agora? — retrucou ela. — Estou de pés para cima e a cabeça apoiada em dois travesseiros, não estou? E, quanto a pensar... pensar não necessariamente envolve esforço mental. Não estou fazendo nenhum cálculo matemático, estudando economia ou somando as despesas da casa. Pensar nada mais é do que descansar confortavelmente e deixar a mente aberta para o caso de surgir alguma coisa interessante ou importante. Enfim, você não acha melhor eu pensar um pouquinho de pés para cima e cabeça no travesseiro, em vez de partir para a ação de novo?

— Definitivamente não quero que você parta para a ação de novo — afirmou Tommy. — Isso está *fora de cogitação*. Entendeu? Tuppence, você precisa ficar de repouso. Vou fazer de tudo para não perder você de vista, porque não confio em você.

— Tudo bem. Fim do sermão. Agora, vamos pensar. Juntos. Não dê muita bola para o que os médicos lhe disseram. Se você entendesse de médicos tão bem quanto eu...

— Esqueça os médicos — disse ele —, você vai fazer o que *eu* mandar.

— Tudo bem. Pode ter certeza de que não estou disposta a fazer atividade física no momento. A questão é que precisamos trocar figurinhas. Descobrimos um monte de coisas. Essa história está mais confusa que dia de queima de estoque.

— O que você quer dizer com *coisas*?

— Ué, fatos. Todo tipo de fatos. Fatos até demais. E não só fatos... boatos, insinuações, lendas, fofocas. Eu me sinto revirando uma caixa cheia de serragem, tentando encontrar os brindes.

— Serragem é o termo certo — comentou Tommy.

— Não sei se está sendo debochado ou modesto — disse ela. — Enfim, você concorda comigo, né? Temos informações *demais*. Há algo certo e errado, coisas importantes e irrelevantes, e está tudo misturado. Não sabemos por onde começar.

— Eu sei — retrucou Tommy.

— Muito bem. Por onde vai começar?

— Pela pancada que você levou na cabeça.

Ela pensou a respeito do assunto.

— Não acho que seja um bom ponto de partida. Quer dizer, foi a última coisa que aconteceu, não a primeira.

— Mas é a primeira coisa que se passa na minha cabeça — disse Tommy. — Não vou tolerar ninguém batendo na minha esposa. E é um ponto de partida *real*. Não é imaginação. É um *fato* que *realmente* aconteceu.

— Concordo plenamente. Realmente aconteceu, e aconteceu comigo. Não vou me esquecer de jeito nenhum. Andei pensando nisso... quer dizer, desde que recuperei a capacidade de pensar.

— Você tem alguma ideia de quem fez isso?

— Infelizmente, não. Eu estava agachada olhando uma lápide e, de repente, *pimba*!

— Quem podemos listar como suspeitos?

— Imagino que deva ter sido alguém de Sutton Chancellor. Mas, mesmo assim, não me parece provável. Eu mal falei com o pessoal de lá.

— E o vigário?

— Impossível que tenha sido ele — garantiu Tuppence. — Primeiro porque é uma boa pessoa. Segundo porque não teria força para isso. E terceiro porque ele é asmático. Eu o teria ouvido se aproximar.

— Então, se você descarta o vigário...

— Você não descarta?

— Bem, sim, descarto. Como sabe, fui falar com ele. Já é vigário aqui há anos e todo mundo o conhece. Acho que um demônio encarnado até *poderia* se passar por vigário bonzinho, mas não por mais de uma semana. Muito menos por dez ou doze anos.

— Pois bem — prosseguiu Tuppence —, a próxima suspeita seria Miss Bligh. Nellie Bligh. Mas só Deus sabe por quê. Não é possível que ela tenha achado que eu estivesse tentando roubar uma lápide.

— Você acha que pode ter sido ela?

— Não tenho certeza. Ela é *capaz*, é claro. Se quisesse me seguir, ver o que eu estava fazendo e me dar uma pancada, conseguiria. E, assim como o vigário, estava lá... no local... Estava em Sutton Chancellor, entrando e saindo de casa para fazer uma série de atividades. Poderia ter me visto no cemitério, ter se aproximado de mim na pontinha dos pés por curiosidade, ter me visto examinando uma sepultura, ter sido contra aquilo por algum motivo específico e, por fim, acabou me dando uma pancada com um dos vasos de metal da igreja ou outra coisa que estivesse à mão. Só não me pergunte *por quê*. Não consigo imaginar o motivo.

— Quem mais? Mrs. Cockerell, é esse o nome?

— Mrs. Copleigh — corrigiu Tuppence. — Não, não poderia ter sido ela.

— Ora, por que tem tanta certeza? Ela mora em Sutton Chancellor, poderia ter visto você sair de casa e ido atrás.

— Ah, sim, claro, mas ela é muito tagarela.

— Não sei o que a tagarelice tem a ver com isso.

— Se você tivesse passado uma noite inteira a ouvindo falar, como eu passei, saberia que alguém que fala tanto assim, sem parar por um segundo, não pode ser uma mulher de ação também! Ela seria incapaz de me seguir sem abrir a boca.

Tommy refletiu sobre o assunto.

— Tudo bem — disse ele. — Você tem bom senso para essas coisas. Vamos descartar Mrs. Copleigh. Quem mais?

— Amos Perry — sugeriu Tuppence. — É o homem que mora na Casa do Canal. Eu tenho que chamá-la de Casa do Canal porque já teve um monte de nomes estranhos. Esse é o nome original. O marido da bruxa amiga. Tem algo de estranho nele. É um cara um tanto quanto simplório, mas grande e forte. Poderia muito bem dar uma pancada na cabeça de alguém se quisesse, e até acho possível que, em certas circunstâncias, ele realmente queira fazer isso... só não sei exatamente por que ia querer *me* dar uma pancada. É uma possibilidade mais plausível do que Miss Bligh, que me parece apenas uma daquelas mulheres chatas, mas eficientes, que se metem em tudo na paróquia. Não acho que ela seja do tipo que partiria para um ataque físico, a menos que fosse por algum motivo emocional fortíssimo. — Então, acrescentou, com um leve arrepio: — Fiquei com medo de Amos Perry quando o vi pela primeira vez, sabe? Ele me mostrou o jardim. De repente, senti que... bem, que eu não gostaria de contrariá-lo... nem encontrá-lo em uma rua escura à noite. Senti que ele é o tipo de homem que raramente partiria para a violência, mas que poderia ser agressivo se algo o levasse a isso.

— Muito bem — disse Tommy. — Amos Perry. Número um.

— E tem também a esposa dele — falou Tuppence lentamente. — A bruxa amiga. Ela me tratou bem e gostei dela... não queria que fosse ela... e nem acho que tenha sido, mas acho que está envolvida em alguma coisa... relacionada àquela casa. Essa é outra questão, Tommy. Nós não sabemos o que é realmente importante nessa história toda. Comecei a me perguntar se tudo não gira em torno daquela *casa*... se a *casa* não é o ponto central. O quadro... aquele quadro significa algo, não acha, Tommy? Suponho que deve significar.

— Sim — respondeu Tommy —, deve mesmo.

— Vim aqui para tentar encontrar Mrs. Lancaster... mas ninguém da região ouviu falar dela. Fiquei pensando se não interpretei tudo errado... Ainda tenho certeza de que ela estava em perigo, mas será que não era justamente *porque estava em posse daquele quadro*? Acho que *ela* nunca esteve em Sutton Chancellor, mas ganhou ou comprou um quadro de uma casa daqui. E esse quadro tem algum *significado*... de certa forma, é uma ameaça para alguém.

— Mrs. Chocolate... Mrs. Moody... Disse a tia Ada que reconheceu alguém lá em Sunny Ridge... alguém que tinha envolvimento com "atividades criminosas" — conjecturou Tommy. — Acho que as atividades criminosas têm relação com o quadro, com a casa do canal e com uma criança que talvez tenha sido morta lá.

— Tia Ada admirava o quadro de Mrs. Lancaster... e Mrs. Lancaster o deu a ela de presente... talvez tenha falado a respeito da obra... onde comprou, ou quem deu a pintura para ela, e onde ficava a casa...

— Mrs. Moody foi assassinada porque definitivamente reconheceu alguém que tinha "ligação com atividades criminosas".

— Me fale de novo de sua conversa com o Dr. Murray — pediu Tuppence. — Depois de lhe contar sobre Mrs. Chocolate, ele começou a falar sobre certos tipos de assassinos, dando exemplos de casos da vida real. Um caso foi o de uma mulher que dirigia um asilo. Eu me lembro vagamente de ter lido a respeito do assunto, mas não consigo me lembrar do nome da mulher. De todo modo, a ideia era fazer com que os idosos lhe entregassem todo o dinheiro que tinham, e então poderiam morar lá até morrerem, muito bem-alimentados e cuidados, sem nenhuma preocupação financeira. E eles de fato *viviam* muito felizes... só que, em geral, morriam em menos de um ano... tranquilamente, enquanto dormiam. Por fim, as pessoas começaram a desconfiar. Ela foi julgada e condenada por assassinato, mas não teve nenhum remorso e chegou a argumentar que o que tinha feito era, na verdade, um favor para aqueles velhinhos.

— Sim. Isso mesmo — disse Tommy. — Não consigo me lembrar do nome da mulher agora.

— Deixa pra lá — falou Tuppence. — E depois o médico citou outro caso. O de uma mulher que era empregada doméstica, cozinheira ou governanta. Trabalhava para diversas famílias. Às vezes, nada acontecia, mas outras vezes acontecia uma espécie de envenenamento em massa. Diziam que era intoxicação alimentar. Sintomas bem razoáveis. Algumas pessoas até se recuperavam.

— Ela preparava sanduíches — contou Tommy — e os embalava para os piqueniques. Era uma mulher muito simpática, muito dedicada. Quando aconteciam os casos de envenenamento em massa, ela também apresentava alguns dos sintomas. Provavelmente exagerava nos efeitos. Depois, ia embora e arranjava outro emprego, em outra região totalmente diferente da Inglaterra. Isso se estendeu por anos.

— Isso mesmo — confirmou Tommy. — Acho que ninguém nunca conseguiu entender *por que* ela fazia isso. Será que tinha desenvolvido um vício? Força do hábito? Ela se divertia assim? Ninguém nunca soube. Ao que parece, não guardava rancor das pessoas cujas mortes ela causara. Será que tinha um parafuso a menos?

— Suponho que sim, embora provavelmente algum psiquiatra faria uma longa análise e diria que tudo estava relacionado a um canário de uma família que ela havia conhecido anos antes, na infância, e que lhe introjetara algum tipo de trauma. Enfim, algo nessa linha.

— O terceiro caso foi ainda mais estranho — afirmou ele.
— Uma francesa. Uma mulher que havia sofrido terrivelmente

com a perda do marido e do filho. Devastada, ela passou a ser conhecido como o Anjo da Misericórdia.

— Disso — comentou Tuppence — eu me lembro. As pessoas a chamavam de anjo de qualquer que fosse o nome do vilarejo. *Givon*, ou algo do tipo. Ela visitava os vizinhos e cuidava deles quando ficavam doentes. Sobretudo das crianças. Cuidava delas com toda a devoção do mundo. Porém, mais cedo ou mais tarde, após uma aparente melhora, elas pioravam muito e morriam. A mulher passava horas chorando e ficava aos prantos no funeral, e aí todo mundo dizia que não sabia o que seria deles sem o anjo que havia cuidado de seus entes queridos e feito tudo o que pôde.

— Por que você quer repassar todos esses casos, Tuppence?

— Porque fiquei pensando se o Dr. Murray não tinha algum motivo para falar deles.

— Quer dizer que ele conectou...

— Acredito que ele tenha conectado três casos clássicos bem conhecidos e os testou, como se fossem luvas, para ver se por acaso se encaixariam em alguém lá de Sunny Ridge. Acho que, de certa forma, qualquer um serviria. Miss Packard se encaixaria no primeiro caso... a eficiente diretora de uma casa de repouso.

— Você tem mesmo uma implicância com aquela mulher. Eu sempre gostei dela.

— Eu me arrisco a dizer que muita gente já simpatizou com assassinos — ponderou Tuppence. — É como os golpistas e os trapaceiros, que sempre parecem ser pessoas de confiança. Aposto que os assassinos são sempre bastante simpáticos e particularmente bondosos. Enfim, Miss Packard *é* muito eficiente e tem todos os meios à disposição para causar uma morte natural, sem levantar suspeitas. E só alguém como Mrs. Chocolate poderia desconfiar dela, justamente por ser meio maluca e entender de pessoas malucas, ou talvez já a tenha encontrado em outro lugar.

— Acho que Miss Packard não lucraria com a morte de suas hóspedes.

— Não sabemos — retrucou Tuppence. — Seria mais inteligente *não* se beneficiar de todas. Talvez só de uma ou outra, as mais ricas, para arrancar bastante dinheiro delas, mas também é importante ter algumas mortes naturais, em que não se ganha nada. Então, acho que existe a possibilidade de o Dr. Murray ter pensado em Miss Packard e dito para si mesmo: "Bobagem, estou imaginando coisas". Mesmo assim, não conseguiu superar essa ideia. O segundo caso que ele mencionou se encaixaria em uma empregada doméstica, cozinheira ou até mesmo uma enfermeira. Alguém que trabalhe no local, uma mulher confiável e de meia-idade, mas com um parafuso a menos. Talvez guardasse rancor ou tivesse algum desafeto entre as pacientes. Não podemos ficar chutando, porque acho que nós não conhecemos ninguém o suficiente...

— E o terceiro caso?

— O terceiro é mais difícil — admitiu Tuppence. — Alguém devoto. Dedicado.

— Talvez ele só tenha incluído esse por via das dúvidas — sugeriu Tommy, acrescentando: — E aquela enfermeira irlandesa?

— Aquela simpática, a quem demos a estola de pele?

— Sim, a de que tia Ada gostava. Parecia adorar todo mundo, ficava triste quando alguém morria. Estava muito preocupada quando conversou com a gente, não estava? Você chegou a comentar isso comigo... Estava para sair da casa de repouso e não nos contou o motivo.

— Talvez ela fosse do tipo neurótico. Enfermeiras não devem ser muito compassivas. É ruim para os pacientes. Elas são treinadas para serem frias, eficientes e inspirarem confiança.

— Com a palavra, a enfermeira Beresford — disse Tommy, com um sorriso.

— Mas, voltando ao quadro — prosseguiu ela. — Vamos nos concentrar no quadro, porque achei muito interessante o que você me contou sobre Mrs. Boscowan, no dia em que foi visitá-la. Ela parece... parece *interessante*.

— Era interessante mesmo — afirmou Tommy. — Acho que é a pessoa mais interessante que encontramos até agora nesse caso inusitado. Do tipo que parece *saber* das coisas, mas não por pensar nelas. Era como se soubesse de algo que eu não sabia sobre esse lugar, algo que talvez você também não saiba. Mas ela sabe de *alguma coisa*.

— Foi esquisito o que ela disse sobre o barco — comentou Tuppence. — Que não tinha um barco ali antes. Por que você acha que agora tem?

— Ah, eu não sei.

— Havia algum nome pintado no barco? Não me lembro de ter visto... mas, por outro lado, nunca olhei muito de perto.

— Está escrito *Waterlily*.

— Um nome muito apropriado para um barco... Isso me lembra alguma coisa, mas o que será?

— Não faço ideia.

— E ela tinha certeza absoluta de que o marido não pintou aquele barco... Pode ser que ele tenha acrescentado depois.

— Ela disse que *não*. Foi bem enfática.

— É claro — continuou Tuppence —, existe outra possibilidade que ainda não abordamos. Em relação à pancada que eu levei, quer dizer... o desconhecido... alguém que talvez tenha me seguido desde Market Basing naquele dia para ver o que eu estava tramando. Até porque andei fazendo um monte de perguntas. Fui a várias imobiliárias, Blodget & Burgess e tudo o mais. Eles ficavam tentando me desencorajar a comprar a casa. Foram evasivos. Mais evasivos do que o normal. O mesmo tipo de reação que recebemos quando tentamos descobrir para onde Mrs. Lancaster tinha ido. Advogados e bancos, um proprietário incomunicável por estar no exterior. É o mesmo *padrão*. Aí, eles mandam alguém seguir meu carro, querem ver o que estou fazendo e, em dado momento, levo a pancada na cabeça. O que nos leva à lápide no cemitério. Por que não queriam que eu olhasse as lápides antigas? Já estavam todas remexidas, de qualquer maneira...

provavelmente um grupo de jovens, cansados de destruir cabines telefônicas, resolveu se divertir profanando o cemitério atrás da igreja.

— Você disse que havia palavras pintadas... ou esculpidas de forma grosseira, não?

— Sim... escritas com um cinzel, se não me engano. Alguém que desistiu no meio do trabalho. O nome... Lily Waters... e a idade... 7 anos. Isso foi feito direitinho... e depois, outras palavras soltas... "Quem...", e então "machucar um destes...". E... "Mó".

— Parece familiar.

— É para parecer mesmo. Com certeza bíblico... mas escrito por alguém que não se lembrava muito bem das palavras...

— Muito estranho... essa história toda.

— E por que alguém se importaria... Eu só estava tentando ajudar o vigário... e o pobre homem que estava tentando encontrar a filha desaparecida... E lá vamos nós... de volta ao tema da criança desaparecida. Mrs. Lancaster falou sobre a pobre criança emparedada atrás da lareira, e Mrs. Copleigh falou aos montes sobre freiras emparedadas, crianças assassinadas, uma mãe que matou o próprio bebê, um amante, um bebê ilegítimo e um suicídio... Um amontoado de histórias antigas, boatos, fofocas e lendas. Ainda assim, Tommy, um fato era concreto... não se trata de boato ou lenda...

— Do que você está falando?

— Uma velha boneca de pano caiu pela chaminé da Casa do Canal... uma boneca de criança. Já estava lá há muito, muito tempo, toda suja de fuligem e entulho.

— Pena que ela não está aqui — comentou Tommy.

— Eu a peguei — informou Tuppence, triunfante.

— Você pegou a boneca?

— Sim. Fiquei assustada com isso, sabe? Aí tive a ideia de trazê-la comigo para dar uma olhada. Não é como se alguém a quisesse. Imagino que os Perry iam jogá-la no lixo mesmo. Estou com ela aqui.

Então, Tuppence se levantou do sofá, revirou a mala e voltou com um objeto embrulhado em jornal.

— Aqui, Tommy, dê uma olhada.

Com certa curiosidade, Tommy desembrulhou o jornal e retirou cuidadosamente os restos de uma boneca. Braços e pernas pendiam do corpo, fragmentos de roupas cediam ao toque. O corpo parecia feito de uma camurça muito fina, com enchimento de serragem, mas estava um tanto murcho, pois a serragem já tinha saído por alguns furinhos. Enquanto ele manuseava a boneca, com todo o cuidado do mundo, o corpo se desintegrou sem mais nem menos, abrindo uma grande fenda por onde jorrou bastante serragem junto com pedrinhas que se espalharam pelo chão. Tommy começou a recolhê-las com cuidado.

— Meu Deus — disse a si mesmo. — Meu Deus!

— Que estranho — comentou Tuppence —, está cheio de pedrinhas. Será que é da chaminé? Restos de reboco ou algo do tipo?

— Não — respondeu Tommy. — Essas pedrinhas estavam *dentro* do corpo.

Ao terminar de recolher a sujeira, enfiou o dedo na carcaça da boneca, e mais pedrinhas caíram. Resolveu levá-las à janela para examiná-las com mais nitidez. Tuppence o observava sem entender nada.

— Que engraçado, encher uma boneca de pedrinhas — refletiu ela.

— Bem, não é qualquer tipo de pedra. Imagino que deva haver um bom motivo para isso.

— Como assim?

— Dê uma olhada. Pegue algumas.

Tuppence pegou algumas pedrinhas da mão dele, intrigada.

— São só pedrinhas — disse ela. — Algumas são grandes, outras pequenas. Por que está tão animado?

— Porque, Tuppence, estou começando a entender as coisas. Não são meras pedrinhas, minha querida, são *diamantes*.

Capítulo 15

Uma noite no vicariato

— Diamantes! — exclamou Tuppence, arfando.

Desviando o olhar para as pedrinhas que ainda segurava na mão, ela disse:

— Essas coisinhas empoeiradas são mesmo *diamantes*? Tommy assentiu.

— Agora tudo está começando a fazer sentido, Tuppence. Tudo se encaixa. A Casa do Canal. O quadro. Espere até Ivor Smith ficar sabendo dessa boneca. Ele já está com um buquê de flores à sua espera, Tuppence…

— Por quê?

— Por ajudar a desmantelar uma grande quadrilha de criminosos!

— Você e esse seu Ivor Smith! Imagino que foi com ele que você esteve essa última semana inteira, abandonando-me nos meus últimos dias de convalescença naquele hospital péssimo… justo quando eu precisava de uma boa conversa e uma dose de ânimo.

— Eu apareci nos horários de visita praticamente todos os dias.

— Mas não me contou muita coisa.

— Aquela freira mal-humorada me avisou que não era para deixar você agitada. Mas Ivor em pessoa vem para cá depois de amanhã, e combinamos uma pequena recepção à noite no vicariato.

— Quem vem?

— Mrs. Boscowan, um dos grandes proprietários de terras da região, sua amiga Miss Nellie Bligh, o vigário, você e eu, é claro...

— E Mr. Ivor Smith... qual é o nome verdadeiro dele?

— Que eu saiba, é Ivor Smith mesmo.

— Você é sempre tão cauteloso... — disse Tuppence, rindo de repente.

— Qual é a graça?

— Só estava aqui pensando que adoraria ter visto você e Albert descobrindo gavetas secretas na escrivaninha de tia Ada.

— O crédito é todo do Albert. Ele me deu uma verdadeira aula sobre o tema. Aprendeu tudo na juventude, com um vendedor de antiguidades.

— Engraçado sua tia Ada realmente ter deixado um documento secreto desse tipo, todo lacrado. Não sabia de nada, mas estava disposta a acreditar que havia alguém perigoso em Sunny Ridge. Será que ela sabia que era Miss Packard?

— Isso não passa de uma suposição sua.

— E uma ótima suposição, se estamos à procura de uma quadrilha criminosa. Eles precisariam de um lugar respeitável e bem gerido como Sunny Ridge, com um criminoso competente no comando. Alguém devidamente qualificado para ter acesso às drogas sempre que fosse necessário. E, ao aceitar qualquer morte que ocorresse como natural, influenciaria o médico a acreditar que estava tudo bem.

— Você amarrou todas as pontas, mas a verdade é que só começou a desconfiar de Miss Packard porque não gostou dos dentes dela...

— "Para te comer melhor" — disse Tuppence, pensativa.

— E quer saber de outra coisa, Tommy? Vamos supor que esse quadro... o quadro da Casa do Canal... *nunca tenha pertencido a Mrs. Lancaster...*

— Mas a gente sabe que pertenceu.

Tommy a encarou.

— Não, não sabemos. Quem nos deu essa informação foi Miss Packard... Foi ela que disse que Mrs. Lancaster deu o quadro de presente a tia Ada.

— Mas por que... — Tommy se interrompeu.

— Talvez seja por isso que Mrs. Lancaster tenha sido levada embora... para que não pudesse nos contar que o quadro não era dela, e que ela não o deu para tia Ada.

— Acho uma ideia forçada.

— Pode até ser... Mas o quadro foi pintado em Sutton Chancellor. A casa do quadro fica em Sutton Chancellor. Temos motivos para acreditar que a casa é, ou foi, usada de esconderijo por uma associação criminosa. Mr. Eccles supostamente é o homem por trás dessa quadrilha. Mr. Eccles foi o responsável por enviar Mrs. Johnson para levar Mrs. Lancaster embora. Acho que Mrs. Lancaster nunca esteve em Sutton Chancellor, nunca esteve na Casa do Canal e nunca teve um quadro dessa casa... mas acredito que ela tenha ouvido alguém em Sunny Ridge falando sobre isso... Mrs. Chocolate, talvez? Então, começou a tagarelar sobre o assunto, e alguém se sentiu ameaçado, então ela teve que ser levada de lá. E um dia eu vou encontrá-la! Pode apostar, Tommy.

— A Busca de Mrs. Thomas Beresford.

— A senhora está muito bem, se me permite dizer, Mrs. Tommy — comentou Mr. Ivor Smith.

— Já estou me sentindo perfeitamente bem — afirmou Tuppence. — Bobeira da minha parte ter me deixado atingir dessa forma.

— A senhora merece uma medalha, ainda mais por essa história da boneca. Como consegue se envolver com essas coisas, isso eu realmente não sei!

— É um cão farejador da melhor qualidade — disse Tommy. — Bota o focinho na pista e vai até o fim.

— Espero que não me deixem de fora do evento hoje à noite — insinuou Tuppence, desconfiada.

— Claro que não. Já conseguimos elucidar algumas coisas. Não sei nem dizer o quanto sou grato a vocês dois. Veja bem, nós estávamos progredindo em relação a essa organização criminosa incrivelmente astuta, que foi responsável por uma quantidade absurda de roubos nos últimos cinco ou seis anos. Como eu contei ao Tommy quando ele veio me perguntar se eu sabia algo a respeito do nosso advogado espertinho, Mr. Eccles, já suspeitávamos dele há um bom tempo, mas o sujeito não é do tipo que deixa rastros. Cuidadoso até demais. Trabalha como advogado... um negócio legítimo com clientes mais do que legítimos.

"Como eu havia comentado com Tommy, um detalhe importante dessa história eram esses imóveis. Casas respeitáveis com pessoas respeitáveis morando nelas. Moravam lá por um curto período... e depois iam embora.

"Agora, graças à senhora, Mrs. Tommy, e sua investigação sobre chaminés e pássaros mortos, definitivamente encontramos uma dessas casas. O local em que parte do saque estava escondida. É um sistema bem engenhoso, sabe? Transformar joias ou outros itens parecidos em pacotes de diamante bruto, escondê-los e, um tempo depois, quando a poeira do roubo baixasse, enviá-los para o exterior de avião ou de barco."

— E os Perry? Eles têm envolvimento nisso? Espero que não.

— Não dá para ter certeza — disse Mr. Smith. — Não, não dá para ter certeza. Acho provável que Mrs. Perry, pelo menos, saiba de alguma coisa, ou certamente já soube no passado.

— Quer dizer que ela de fato faz parte da quadrilha?

— Pode não ser bem assim. Pode ser que eles tenham algum tipo de controle sobre Mrs. Perry.

— Que tipo de controle?

— Bem, que isso não saia daqui. Sei que vocês são discretos e não vão contar para ninguém. A polícia local sempre suspeitou que o marido, Amos Perry, pudesse ser o responsável por uma onda de assassinatos de crianças que aconteceu há muitos anos. Ele não é mentalmente saudável. Segundo os médicos, ele *podia* facilmente ter tido uma compulsão por assassinar crianças. Nunca houve uma evidência concreta, mas talvez sua esposa sempre tivesse se preocupado demais em lhe providenciar álibis. Se for o caso, a quadrilha pode ter visto uma chance de controlá-la e de colocá-la como inquilina em parte de uma casa onde sabiam que ela ficaria de boca fechada. Talvez realmente tivessem uma prova que pudesse incriminar Amos Perry. A senhora os conheceu... O que achou dos dois, Mrs. Tommy?

— Gostei *dela* — disse Tuppence. — Achei que ela... Bem, eu a chamo de bruxa amiga, daquelas que usam a magia para o bem.

— E ele?

— Senti medo dele. Não o tempo todo, uma ou duas vezes. De repente, ele me pareceu grande e assustador. Só por alguns minutos. Não sabia ao certo o que me assustava, mas fiquei assustada. Acho que, como o senhor disse, senti que ele não batia muito bem da cabeça.

— Tem muita gente assim — afirmou Mr. Smith. — E, muitas vezes, não são pessoas nem um pouco perigosas. Mas nunca se sabe, não dá para ter certeza.

— O que vamos fazer no vicariato esta noite?

— Vamos fazer perguntas. Ver pessoas. Descobrir possíveis informações úteis.

— O Major Waters vai? — perguntou Tuppence. — O homem que escreveu ao vigário para falar sobre a filha.

— Ao que parece, essa pessoa não existe! Havia um caixão enterrado onde a antiga lápide tinha sido retirada... um caixão de criança, revestido de chumbo... E estava cheio de itens roubados. Joias e objetos de ouro de um roubo que aconteceu perto de St. Albans. A carta para o vigário tinha o objetivo de descobrir o que havia acontecido com o túmulo. O vandalismo dos jovens da região complicou as coisas.

— Eu sinto muito, muito mesmo, minha querida — disse o vigário, indo ao encontro de Tuppence de mãos estendidas.

— Sim, querida, fiquei muito chateado que isso tenha acontecido com a senhora, que foi tão gentil ao me ajudar. Senti, senti de verdade, que a culpa foi toda minha. Eu não deveria ter deixado a senhora ir fuçar as lápides, embora realmente não tivéssemos nenhum motivo para acreditar... nenhum motivo mesmo... que um bando de vândalos...

— Não se preocupe, senhor — disse Miss Bligh, aparecendo de repente ao seu lado. — Tenho certeza de que Mrs. Beresford sabe que nada disso tem a ver com o *senhor*. Foi realmente muito gentil da parte dela oferecer ajuda, mas são águas passadas e ela já está bem de novo. Não está, Mrs. Beresford?

— Com certeza — respondeu Tuppence, um pouco irritada com a atitude de Miss Bligh, que respondera sobre sua saúde com tanta certeza.

— Venha, sente-se aqui e ponha uma almofada nas costas — sugeriu Miss Bligh.

— Não preciso de almofada — retrucou Tuppence, recusando-se a aceitar a cadeira que a mulher insistia em lhe oferecer.

Em vez disso, sentou-se numa cadeira reta e bem desconfortável do outro lado da lareira.

Em seguida, houve uma forte batida na porta, e todos pularam de susto. Miss Bligh saiu apressada.

— Não se preocupe, senhor — afirmou. — Eu atendo.

— Por gentileza.

Era possível ouvir vozes baixas vindo do corredor. Por fim, Miss Bligh voltou com uma mulher grande de vestido de brocado e, atrás dela, um homem muito alto e magro, de aparência cadavérica. Tuppence o encarou. Vestia uma capa preta e o rosto fino e ossudo parecia ser de outro século. "Poderia muito bem ter saído direto de uma tela de El Greco", pensou Tuppence.

— Que bom vê-lo! — disse o vigário, e então se virou. — Deixe-me apresentar Sir Philip Starke, Mr. e Mrs. Beresford. Mr. Ivor Smith. Ah! Mrs. Boscowan. Não a vejo há muitos e muitos anos... Mr. e Mrs. Beresford.

— Eu e Mr. Beresford já nos conhecemos — disse Mrs. Boscowan. Em seguida, olhou para Tuppence. — Como vai? Prazer em conhecê-la. Ouvi dizer que sofreu um acidente.

— É verdade. Mas já estou bem agora.

Terminadas as apresentações, Tuppence recostou-se na cadeira. De repente, foi dominada pelo cansaço, algo que parecia estar acontecendo com mais frequência do que antes, mas Tuppence se convenceu de que era resultado da concussão. Sentada em silêncio, de olhos semicerrados, analisava atentamente todos os presentes. Não estava escutando a conversa, só observava. Tinha a sensação de que alguns personagens daquele drama — o drama em que inadvertidamente se envolvera — estavam reunidos ali, como se estivessem em uma encenação. As peças estavam se encaixando, formando um núcleo compacto. Com a chegada de Sir Philip Starke e Mrs. Boscowan, era como se dois personagens, até o momento não revelados, de repente se apresentassem. Estiveram ali o tempo todo, por assim dizer, fora do círculo fechado, mas tinham acabado de entrar. De alguma maneira, estavam envolvidos. Compareceram esta noite... por quê? Alguém os convidara? Ivor Smith? Será que ele exigiu a presença dos dois ou pediu com jeitinho? Ou talvez eles fossem tão desconhecidos para Ivor quanto eram para Tuppence. Ela pensou: "Tudo isso começou em Sunny Ridge, mas Sunny Ridge não é o X da questão. Era Sutton Chancellor, e sempre tinha sido. As coisas aconteceram ali. E não foi recentemente. Já fazia um bom tempo. Acontecimentos que nada tinham a ver com Mrs. Lancaster... mas Mrs. Lancaster acabara se envolvendo sem saber. Então, onde ela está agora?"

Tuppence sentiu um leve calafrio.

"Pode ser que ela esteja *morta*...", cogitou.

Se fosse o caso, Tuppence sentiria ter fracassado. Havia iniciado sua busca preocupada com Mrs. Lancaster, acreditando que ela corria perigo, e decidira encontrá-la, protegê-la.

"E, se ela não estiver morta, ainda vou protegê-la!", pensou.

Sutton Chancellor... Foi onde toda aquela história perigosa e sugestiva começara. A casa perto do canal fazia parte disso.

Talvez fosse o centro de tudo, ou seria Sutton Chancellor em si? Um lugar onde as pessoas moraram, chegaram, partiram, fugiram, desapareceram e reapareceram. Como Sir Philip Starke.

Sem virar a cabeça, Tuppence olhou para ele. Não sabia nada a respeito daquele homem, a não ser o que Mrs. Copleigh lhe contara em seu monólogo sobre os moradores. Um sujeito calmo, estudado, botânico, dono de indústria, ou pelo menos alguém que tinha grande participação na indústria. Portanto, um homem rico... e um homem que adorava crianças. Ali estava ela, de volta ao mesmo tema de sempre. Crianças. A casa perto do canal, o pássaro na chaminé, a boneca que tinha caído ali, escondida por alguém. Uma boneca que continha em seu interior um punhado de diamantes, produtos de um crime. A casa era uma das sedes de uma grande organização criminosa. Mas aconteceram crimes mais sinistros que roubos. Mrs. Copleigh dissera: "Sempre imaginei que *ele* poderia ter feito isso".

Sir Philip Starke. Assassino? Por trás das pálpebras semicerradas, Tuppence o estudava com a clara convicção de que estava tentando descobrir se ele se encaixava em sua concepção de assassino — e, pior ainda, assassino de crianças.

Perguntou-se quantos anos ele tinha. Pelo menos uns setenta, talvez mais. Um rosto ascético e cansado. Sim, com certeza ascético. Definitivamente um rosto torturado. Aqueles olhos grandes e escuros. Olhos de El Greco. O corpo macilento.

Por que ele havia comparecido esta noite? Tuppence ficou curiosa. Resolveu olhar para Miss Bligh. Estava inquieta na cadeira, levantando-se de tempos em tempos para empurrar uma mesa para perto de alguém, oferecer uma almofada, mudar a posição das caixas de cigarro e fósforos. Irrequieta, desconfortável. Olhava para Philip Starke. Toda vez que relaxava, olhava para ele.

"Devoção canina", pensou Tuppence. "Deve ter sido apaixonada por ele em algum momento. De certa forma, talvez ainda seja. Ninguém deixa de amar alguém só porque fica velho. Pessoas como Derek e Deborah acreditam que sim.

Não conseguem imaginar ninguém que não seja jovem apaixonado por outra pessoa. Mas acho que ela... acho que ainda está apaixonada por ele, perdidamente apaixonada. Por acaso não falaram... Foi Mrs. Copleigh ou o vigário que disse que Miss Bligh tinha sido secretária dele quando moça, e que ainda cuidava dos seus assuntos aqui?"

"Bem", pensou Tuppence, "isso é bastante natural. Secretárias muitas vezes se apaixonam pelo chefe. Então, digamos que Gertrude Bligh tenha amado Philip Starke. Essa informação seria útil de alguma forma? Será que Miss Bligh sabia ou suspeitava que, por trás da personalidade calma e ascética daquele homem, havia uma insanidade tenebrosa? *Sempre adorou crianças...*"

"Na minha opinião, ele gostava demais de crianças", dissera Mrs. Copleigh.

Certas coisas realmente nos afetam. Talvez fosse por isso que o sujeito parecesse tão atormentado.

"A menos que sejamos patologistas, psiquiatras ou algo do tipo, não sabemos nada sobre assassinos loucos", pensou Tuppence. "*Por que* eles sentem vontade de matar crianças? O que lhes dá esse impulso? Será que se arrependem depois? Ficam enojados, desesperadamente infelizes, aterrorizados?"

Naquele momento, ela percebeu que Sir Philip Starke a encarava. Seus olhos encontraram os dela e pareciam dar um recado.

"Você está pensando em mim", diziam. "Sim, o que está pensando é verdade. Sou um homem atormentado."

Essa descrição era perfeita... Ele era um homem atormentado.

Tuppence desviou o olhar e se concentrou no vigário. Gostava dele. Era um querido. Será que ele sabia de alguma coisa? Talvez, pensou Tuppence, ou talvez estivesse vivendo num emaranhado de maldade sem desconfiar. As coisas aconteciam ao seu redor, mas ele não sabia de nada, pois tinha aquele traço inquietante da ingenuidade.

Mrs. Boscowan? Era difícil de entendê-la. Uma mulher de meia-idade, de personalidade forte, como dissera Tommy, mas aquilo não parecia suficiente. Como se Tuppence a tivesse invocado, Mrs. Boscowan se levantou de repente.

— Posso subir e me lavar? — perguntou.

— Ah, é claro! — Miss Bligh levantou-se na mesma hora. — Eu levo a senhora lá em cima. Tudo bem, senhor?

— Sei onde fica — respondeu Mrs. Boscowan. — Não tem problema. Mrs. Beresford?

Tuppence levou um leve susto.

— Vou lhe mostrar onde ficam as coisas — anunciou. — Venha.

Obediente como uma criança, Tuppence se levantou. Não pensava assim, mas sabia que tinha sido convocada e, quando Mrs. Boscowan convocava alguém, só restava obedecer.

Àquela altura, Mrs. Boscowan já havia saído pela porta em direção ao hall, e Tuppence a seguiu. A mulher começou a subir a escada... e Tuppence subiu também.

— O quarto de hóspedes fica no topo da escada — avisou Mrs. Boscowan. — Está sempre preparado. Tem um banheiro anexo.

Ela abriu a porta no fim da escada, entrou e acendeu a luz. Tuppence a acompanhou.

— Que bom que a encontrei aqui — comentou Mrs. Boscowan. — Estava torcendo para isso. Fiquei preocupada com a senhora. Seu marido contou?

— Pelo que entendi, a senhora disse algo para ele — respondeu Tuppence.

— Sim, eu estava preocupada. — Então, fechou a porta, isolando-as em um espaço privado para conversarem a sós.

— A senhora já teve a sensação de que Sutton Chancellor é um lugar perigoso? — perguntou Emma Boscowan.

— Para mim, foi mesmo — disse Tuppence.

— Pois é. Por sorte, não foi pior, mas... sim, acho que entendo.

— A senhora sabe de alguma coisa — deduziu Tuppence. — A senhora sabe alguma coisa sobre essa história toda, não sabe?

— De certa forma, eu sei, e de certa forma, não — respondeu Emma Boscowan — Às vezes temos instintos, pressentimentos, sabe? Quando se revelam verdadeiros, é preocupante. Toda essa história de quadrilha criminosa me parece extraordinária. Não parece ter nada a ver com... — Então, parou de falar abruptamente. — Quer dizer, nada mais é do que uma dessas coisas que acontecem... que sempre aconteceram, na verdade. Mas eles são muito organizados agora, como empresas. Não há nada de perigoso nisso, não na parte criminal. Estou falando da *outra* parte. É saber exatamente onde está o perigo e como se proteger dele. A senhora precisa ter cuidado, Mrs. Beresford, precisa mesmo. É uma dessas pessoas que se jogam de cabeça nas coisas, mas não é seguro agir assim neste lugar. Não aqui.

Tuppence falou lentamente:

— Minha velha tia... ou melhor, tia do Tommy, não minha... alguém lhe disse que, na casa de repouso onde ela morreu... que havia um assassino.

Emma assentiu, devagar.

— Houve duas mortes naquela casa de repouso — continuou Tuppence —, e o médico está desconfiado.

— Foi isso que atiçou seu interesse?

— Não, me interessei antes de saber disso.

— Se tiver tempo, poderia me contar rapidamente... o mais rápido que puder, porque alguém pode nos interromper... o que aconteceu naquele asilo, casa de repouso ou seja lá o que for... que despertou seu interesse?

— Sim, posso contar rapidamente — respondeu Tuppence. E assim o fez.

— Entendi — disse Emma Boscowan. — E a senhora não sabe onde essa velhinha, essa tal de Mrs. Lancaster, está agora?

— Não, não sei.

— Acha que ela morreu?

— Acho que... é possível.

— Por saber de alguma coisa?

— Sim. Ela sabia de alguma coisa. De algum assassinato. Talvez de uma criança que foi assassinada.

— Ela deve ter se confundido nesse ponto — sugeriu Mrs. Boscowan. — Talvez ela tenha misturado as histórias. A velhinha que você mencionou, quero dizer. Ela confundiu a história da criança com outra, algum outro tipo de assassinato.

— Pode ser. Pessoas de idade às vezes se confundem. Mas *havia* um assassino de crianças à solta por aqui, não havia? Pelo menos foi o que disse a mulher com quem me hospedei.

— Aconteceram vários assassinatos de crianças nesta região do país, sim. Só que foi há muito tempo, sabe? Não tenho certeza de quando. O vigário não saberia dizer. Ele não estava aqui na época. Mas Miss Bligh estava. Sim, sim, ela já devia estar aqui. Devia ser bem nova na época.

— Suponho que sim. Ela sempre foi apaixonada por Sir Philip Starke? — perguntou Tuppence.

— A senhora percebeu, foi? Acho que sim. Completamente dedicada a ele, mais do que idolatria. William e eu notamos isso quando viemos ao vilarejo pela primeira vez.

— O que trouxe vocês aqui? Moraram na Casa do Canal?

— Não, nunca moramos lá. Ele gostava de pintar a casa. Pintou várias vezes. O que aconteceu com o quadro que seu marido me mostrou?

— Ele o levou de volta para casa — respondeu Tuppence. — Chegou a me contar o que a senhora disse a respeito do barco... que seu marido não o pintou... o barco chamado *Waterlily*...

— Pois é. Não foi meu marido que pintou. Quando vi o quadro pela última vez, não havia nenhum barco ali. Alguém pintou depois.

— E o batizou de *Waterlily*... E um homem que não existe, Major Waters... escreveu perguntando a respeito do túmulo de uma criança... chamada Lilian... mas não havia nenhuma criança enterrada naquele túmulo, apenas um caixão infantil, cheio de itens de um grande roubo. A inclusão do barco deve ter sido uma mensagem... uma mensagem para indicar onde os itens roubados estavam escondidos... Tudo parece estar conectado ao crime...

— Parece, de fato... mas não temos como saber o que... Emma Boscowan parou de falar abruptamente.

— Ela está vindo nos procurar — disse às pressas. — Vá para o banheiro...

— Quem?

— Nellie Bligh. Entre no banheiro e tranque a porta.

— Mas que mulher abelhuda — comentou Tuppence, escondendo-se no banheiro.

— Chega a ser mais que isso — explicou Mrs. Boscowan. Miss Bligh abriu a porta e entrou, animada e prestativa.

— Ah, espero que tenha encontrado tudo de que precisava! — disse. — Havia toalhas limpas e sabonete, não? Mrs. Copleigh sempre vem arrumar, mas eu preciso conferir se está fazendo tudo direito.

Mrs. Boscowan e Miss Bligh desceram a escada juntas. Tuppence juntou-se a elas assim que chegaram à porta da sala de estar. Sir Philip Starke se levantou assim que a viu chegar, ajeitou a cadeira dela e se sentou ao seu lado.

— Está do seu agrado, Mrs. Beresford?

— Sim, obrigada — respondeu Tuppence. — Está bem confortável.

— Eu lamento... — A voz dele tinha um vago encanto, misturado a um tom meio fantasmagórico, distante, sem ressonância, mas com uma profundidade curiosa. — Pelo acidente. É uma tristeza... a quantidade de acidentes que acontecem hoje em dia.

Enquanto os olhos de Philip Starke percorriam o rosto dela, Tuppence pensou: "Está me avaliando, assim como fiz com ele". Chegou a olhar de relance para Tommy, mas o marido estava conversando com Emma Boscowan.

— O que a trouxe a Sutton Chancellor, Mrs. Beresford?

— Ah, estávamos começando a procurar uma casa de campo — disse ela. — Meu marido estava fora, participando de um congresso, e tive a ideia de dar uma voltinha pelo interior... só para ver o que havia de oferta e quanto custava, sabe?

— Ouvi dizer que a senhora foi ver a casa perto da ponte do canal.

— Fui, sim. Eu já tinha reparado nela uma vez, passando de trem. Uma casa belíssima... vista de fora.

— Sim. Mas imagino que até a parte externa precise de muitos reparos, no telhado e tudo mais. Não é tão bonita do outro lado, né?

— Não. Achei uma forma estranha de se dividir um imóvel.

— Pois é, as pessoas têm umas ideias mirabolantes, né?

— O senhor nunca morou nela, morou? — perguntou Tuppence.

— Não, não. Houve um incêndio na minha casa há muitos anos. Sobrou apenas uma parte dela. Imagino que a senhora já tenha visto, ou que alguém tenha lhe mostrado. Fica acima deste vicariato, sabe, lá na colina. Pelo menos é o que chamam de colina nesta parte do mundo. Nunca foi nada de extraordinário. Meu pai a construiu por volta de 1890. Uma mansão imponente. Com sobreposições góticas, um toque de Balmoral. Os arquitetos de hoje em dia voltaram a admirar esse estilo, mas há quarenta anos causava arrepios. Tinha tudo que uma casa nobre deveria ter. — Seu tom era levemente irônico. — Sala de bilhar, solário, um salão para as senhoras, uma sala de jantar gigantesca, salão de baile, cerca de catorze quartos. E já chegou a ter, ou assim eu imagino, uma equipe de catorze empregados para cuidar de tudo.

— Pelo visto, o senhor mesmo nunca gostou dela.

— Nunca. Fui uma decepção para meu pai. Ele era um empresário muito bem-sucedido. Torcia para que eu seguisse seus passos, só que não o fiz. Ele me tratava muito bem. Me proporcionava uma boa renda, ou pensão, como se dizia... e me deixou seguir meu próprio caminho.

— Ouvi dizer que o senhor era botânico.

— Ah, era um dos meus maiores passatempos. Cheguei até a fazer viagens em busca de flores silvestres, especialmente nos Bálcãs. A senhora já foi aos Bálcãs atrás de flores silvestres? É um lugar maravilhoso para elas.

— Parece muito tentador. Após as suas viagens, o senhor voltava para cá?

— Já faz muitos anos que não moro aqui. Na verdade, nunca mais voltei a morar aqui desde que minha esposa morreu.

— Ah — disse Tuppence, levemente constrangida. — Ah, eu... sinto muito.

— Já faz um bom tempo. Ela morreu antes da guerra. Em 1938. Era uma mulher linda — comentou.

— O senhor ainda tem fotos dela na sua casa aqui?

— Ah, não, a casa está vazia. Todos os móveis, quadros e outras coisas foram enviados para um depósito. Restaram só um quarto, um escritório e uma sala onde meu agente ou eu ficamos quando precisamos vir para cá para cuidar de assuntos relacionados à propriedade.

— Nunca foi vendida?

— Não. Ouvi rumores de que iam desenvolver algum empreendimento no terreno. Não sei. Não que eu tenha jeito para isso. Meu pai tinha esperança de estar começando uma espécie de domínio feudal. Eu deveria sucedê-lo, depois meus filhos me sucederiam e assim por diante. — Após uma pausa, continuou: — Mas Julia e eu nunca tivemos filhos.

— Ah, entendi — disse Tuppence em voz baixa.

— Então, não há nada que me traga a este vilarejo. Na verdade, quase nunca venho. Tudo que precisa ser feito aqui, Nellie Bligh resolve para mim — explicou ele, sorrindo para a mulher. — Ela tem sido uma secretária incrível. Ainda cuida dos meus negócios e de assuntos do tipo.

— O senhor nunca vem aqui, mas também não quer vender a casa? — questionou Tuppence.

— Há um ótimo motivo para isso — comentou Philip Starke, esboçando um sorriso discreto. — Talvez, no fim das contas,

224   · AGATHA CHRISTIE ·

eu tenha herdado um pouco do tino comercial do meu pai. Veja bem, o valor da terra tem aumentado muito. É um investimento melhor do que o dinheiro que eu ganharia com a venda. Valoriza a cada dia. Quem sabe em algum momento não surja uma grande cidade-dormitório por aqui.

— Assim o senhor ficará rico?

— Assim vou ficar ainda mais rico do que já sou — corrigiu Sir Philip. — E olha que já sou bem rico.

— O que o senhor faz na maior parte do tempo?

— Viajo e cuido de negócios em Londres. Tenho uma galeria de arte por lá. Sou, de certa forma, um vendedor de quadros. Essas atividades são interessantes. Ocupam nosso tempo... até o momento em que uma mão pousa no nosso ombro e diz: "Pode ir".

— Não diga uma coisa dessas — falou Tuppence. — Chega a me dar arrepios.

— Não há motivo para isso. Acho que a senhora ainda tem muitos anos de vida pela frente, Mrs. Beresford, e uma vida muito feliz.

— Bem, estou muito feliz no momento — disse ela. — Mas um dia vou ter todas aquelas dores e problemas da velhice. Surdez, cegueira, artrite e por aí vai.

— Provavelmente não serão um problema tão grande quanto a senhora imagina. Se me permite dizer, sem querer ser rude, mas a senhora e seu marido parecem ter uma vida muito feliz juntos.

— Ah, temos mesmo — confirmou Tuppence. — Acho que, na verdade, não existe nada melhor na vida do que ser feliz no casamento, né?

No instante seguinte, ela se arrependeu de ter proferido aquelas palavras. Ao olhar para o homem à sua frente, que havia sofrido por tantos anos e talvez ainda sofresse pela perda da amada esposa, Tuppence sentiu ainda mais raiva de si mesma.

Capítulo 16

A manhã seguinte

Era a manhã seguinte ao encontro.

Ivor Smith e Tommy interromperam a conversa e olharam um para o outro, depois olharam para Tuppence. Tuppence, por sua vez, encarava a lareira. Parecia distraída.

— Em que pé estamos? — perguntou Tommy.

Com um suspiro, ela deixou os devaneios de lado e encarou os dois.

— Para mim, as coisas ainda estão muito confusas — disse. — Qual era a ideia por trás do encontro de ontem à noite? O que significou tudo aquilo? — Então, olhou para Ivor Smith. — Suponho que significava alguma coisa para vocês dois. Vocês sabem em que pé estamos?

— Eu não iria tão longe — respondeu Ivor. — Não estamos todos atrás da mesma coisa, estamos?

— Não mesmo — respondeu Tuppence.

Os dois a encararam, intrigados.

— Tudo bem — prosseguiu ela. — Sou uma mulher obcecada. *Eu quero encontrar Mrs. Lancaster.* Quero ter certeza de que essa senhorinha está bem.

— Primeiro terá que encontrar Mrs. Johnson — indicou Tommy. — Você jamais vai encontrar Mrs. Lancaster se não descobrir onde está Mrs. Johnson.

— Mrs. Johnson — repetiu Tuppence. — Sim, será que... Mas acredito que essa parte não o interesse — disse a Ivor Smith.

— Ah, me interessa, Mrs. Tommy. Ô, se interessa.

— E Mrs. Eccles?

Ivor sorriu.

— Acho que em breve ele receberá o que merece. Mesmo assim, eu não apostaria nisso. Estamos falando de um homem que encobre o próprio rastro com uma engenhosidade impressionante. A ponto de chegarmos a imaginar que não havia rastro nenhum. — Então, acrescentou em voz baixa, pensativo: — Um grande administrador. Um grande planejador.

— Sobre ontem à noite... — começou Tuppence, mas hesitou. — Posso fazer algumas perguntas?

— Pode, sim — disse Tommy. — Mas não conte com respostas muito satisfatórias do velho Ivor aqui.

— Sir Philip Starke. Onde ele entra nessa história? — quis saber ela. — Não me parece um criminoso... a menos que fosse do tipo que...

Ela se interrompeu, para não reproduzir as suposições fantasiosas de Mrs. Copleigh em relação a assassinatos de crianças...

— Sir Philip Starke é uma valiosa fonte de informações — respondeu Ivor Smith. — Ele é o maior proprietário de terras da região... e de outras regiões da Inglaterra também.

— Em Cumberland?

Ivor Smith olhou para Tuppence com atenção.

— Cumberland? Por que a menção a Cumberland? O que a senhora sabe a respeito de Cumberland, Mrs. Tommy?

— Nada. Por algum motivo, me passou pela cabeça. — Então, franziu a testa, aparentemente perplexa. — E uma rosa listrada de vermelho e branco na lateral de uma casa... uma dessas rosas antigas. — Por fim, balançou a cabeça. — Sir Philip Starke é o dono da Casa do Canal?

— É dono da terra. Aliás, é dono de boa parte das terras por aqui.

— Sim, ele me disse ontem à noite.

— Por meio dele, descobrimos muitas informações sobre arrendamentos e contratos de aluguel que foram habilmente ocultados por complexidades legais...

— Aqueles corretores de imóveis com que falei na praça em Market Basing... Tem algo de suspeito neles ou foi só impressão minha?

— Não foi impressão. Vamos visitá-los esta manhã. Temos umas perguntinhas bem incômodas a fazer.

— Que bom — disse Tuppence.

— Estamos indo muito bem. Desvendamos o grande assalto ao correio de 1965, os roubos em Albury Cross e o caso do trem irlandês. Encontramos parte dos itens roubados. Os criminosos criavam esconderijos bem engenhosos nessas casas. Um novo banheiro em uma, uma área de serviço construída em outra... alguns cômodos um pouco menores que o normal, para caber um nicho interessante. Ah, sim, já descobrimos muita coisa.

— Mas e as *pessoas*? — questionou Tuppence. — Digo, as pessoas que arquitetavam tudo, que comandavam as atividades... além de Mr. Eccles. Deve haver outros envolvidos.

— Ah, sim. Havia algumas pessoas... O dono de uma boate, convenientemente localizada perto da estrada M1. Chamavam-no de Sorriso. Espertinho que só. E uma mulher conhecida como Killer Kate... Mas isso já faz tempo... é uma de nossas criminosas mais interessantes. Uma moça bonita, mas de sanidade mental duvidosa. Acabaram se livrando dela... poderia representar um perigo para eles. Era uma organização estritamente comercial... Só queriam saber de lucrar, não de matar.

— E a Casa do Canal era um dos esconderijos deles?

— Em algum momento, foi. O nome da propriedade na época era Ladymead. A casa já teve um monte de nomes diferentes ao longo do tempo.

— Só para dificultar mais as coisas — falou Tuppence. — Ladymead. Será que tem ligação com algo específico?

— Por que teria?

— Bem, na verdade, não tem — respondeu ela. — Só comecei a ficar encucada de novo, sabe como é. O problema é que, a essa altura do campeonato, eu mesma já não sei mais o que quero dizer. E tem o quadro também. Boscowan o pintou e aí alguém foi lá e pintou um barco por cima, com um nome...

— *Tiger Lily.*

— Não, *Waterlily.* E a esposa afirma que não foi ele que pintou.

— E teria como ela saber?

— Creio que sim. Quando alguém se casa com um pintor, ainda mais sendo artista também, acaba reconhecendo um estilo de pintura diferente. Essa mulher me assusta um pouco.

— Quem? Mrs. Boscowan?

— Isso. Ela é imponente, sabe? Intimidadora.

— Talvez. Sim.

— Ela sabe das coisas, mas não tenho certeza de que sabe porque *de fato* sabe, entende? — comentou Tuppence.

— Não — disse Tommy com firmeza.

— Bem, há uma maneira de saber as coisas. O outro jeito é meio que uma sensação.

— Esse é mais o seu estilo, Tuppence.

— Diga o que quiser — retrucou ela, seguindo sua própria linha de raciocínio —, mas tudo parece girar em torno de Sutton Chancellor. Em torno de Ladymead, Casa do Canal ou seja lá como vão chamá-la. E em torno de todas as pessoas que já moraram lá, hoje e no passado. Certos acontecimentos datam de muito tempo atrás.

— Está pensando em Mrs. Copleigh.

— De forma geral — disse Tuppence —, acho que Mrs. Copleigh acrescentou um monte de detalhes que só complicaram ainda mais as coisas. Suponho que ela tenha feito confusão com a ordem cronológica também.

— Acontece mesmo com quem mora no campo — comentou Tommy.

— Sei disso — retrucou Tuppence. — Afinal, fui criada em um vicariato do interior. Eles datam as coisas com base nos acontecimentos, não nos anos. Não dizem: "Isso aconteceu em 1930", ou "Foi em 1925". Dizem: "Isso aconteceu no ano seguinte ao incêndio do velho moinho", ou "Aquilo foi depois que o raio atingiu o carvalho e matou o fazendeiro James", ou "Foi no ano da epidemia de poliomielite". Então, naturalmente, suas lembranças não seguem uma sequência específica. Tudo fica bem difícil — acrescentou. — Só temos acesso a fragmentos isolados que surgem aqui e ali. Claro, a questão é que estou ficando velha — disse Tuppence, com o ar de alguém que de repente faz uma descoberta importante.

— A senhora é uma eterna garota — falou Ivor, galanteador.

— Não seja bobo — retrucou Tuppence em tom mordaz. — Estou ficando velha porque também me lembro das coisas desse mesmo jeito. Voltei a ser primitiva na forma de usar a memória. — Em seguida, levantou-se e caminhou pela sala. — Que hotel irritante — comentou. Entrou no quarto e voltou balançando a cabeça. — Não tem Bíblia nenhuma aqui — disse ela.

— Bíblia?

— Sim. Sabe, nos hotéis antigos sempre tem uma Bíblia na mesinha de cabeceira. Suponho que seja para que possamos ser salvos a qualquer momento, dia ou noite. Pois é, neste hotel não tem.

— Você quer uma Bíblia?

— De certa forma, eu quero. Fui criada corretamente e conhecia a Bíblia muito bem, como qualquer boa filha de clérigo. Porém, nos tempos de hoje, a gente acaba esquecendo. Ainda mais porque não leem mais as passagens direito nas igrejas. Usam uma versão nova, com uma linguagem tecnicamente correta e uma boa tradução, mas totalmente diferente de como era antes. — E então acrescentou: — Enquanto vocês dois vão falar com os corretores, eu vou de carro a Sutton Chancellor.

230

— Para quê? Eu te proíbo — disse Tommy.

— Bobagem... Não vou investigar nada. Vou só dar um pulo na igreja e olhar a Bíblia. Se for uma versão moderna, eu peço ao vigário. Ele deve ter uma Bíblia, não? Digo, daquelas antigas. A Versão Autorizada.

— Para que você quer a Versão Autorizada?

— Quero apenas refrescar a memória em relação àquelas palavras que estavam gravadas na lápide da criança... Fiquei interessada.

— Tudo bem, mas não confio em você, Tuppence... Não confio que você não vai se meter em encrenca assim que sair de perto de mim.

— Eu lhe dou a minha palavra de que não vou mais ficar bisbilhotando em cemitérios. Vou só à igreja e ao escritório do vigário numa manhã ensolarada... Quer programa mais inofensivo?

Tommy a olhou em dúvida e, por fim, cedeu.

Depois de parar o carro ao lado do portão da igreja em Sutton Chancellor, Tuppence olhou ao redor com cuidado antes de entrar no recinto. Desenvolvera a desconfiança natural de quem já tinha sofrido sérios danos físicos em determinado local. Daquela vez, porém, não parecia haver nenhum possível agressor à espreita atrás das lápides.

Ao entrar na igreja, viu uma senhora mais velha ajoelhada, lustrando objetos de metal. Tuppence seguiu na ponta dos pés até o púlpito e inspecionou o volume que se encontrava ali. A senhora levantou a cabeça e lhe lançou um olhar de reprovação.

— Não vou roubar nada — garantiu Tuppence.

Em seguida, fechando o livro com cuidado, saiu da igreja na ponta dos pés.

Queria dar uma olhada no lugar onde as escavações recentes haviam ocorrido, mas prometeu a si mesma que não faria isso.

— *Quem machucar* — murmurou, pensativa. — Talvez fosse isso, mas, se for o caso, teria que estar se referindo a alguém...

Então, voltou ao carro e percorreu o curto trajeto até o vicariato, desceu e caminhou até a porta da frente. Tocou a campainha, mas não ouviu nenhum som lá dentro.

— Deve estar com defeito — falou Tuppence, conhecendo bem o funcionamento das campainhas de vicariato.

Resolveu empurrar a porta, que logo se abriu.

Ficou parada no hall. Na mesinha, um envelope grande com um selo estrangeiro ocupava quase todo o espaço. Tinha a inscrição impressa de uma Sociedade Missionária da África.

"Que bom que não sou missionária", pensou ela.

Por trás daquele pensamento vago, havia outra coisa, algo relacionado a uma mesa de hall em algum lugar, algo do qual deveria se lembrar... Flores? Folhas? Alguma carta ou pacote?

Naquele momento, o vigário saiu pela porta à esquerda.

— Ah — disse ele. — Quer falar comigo? Eu... ah, é Mrs. Beresford, né?

— Isso mesmo — respondeu Tuppence. — Para dizer a verdade, vim perguntar se por acaso o senhor não teria uma Bíblia.

— Bíblia — respondeu o vigário, hesitante, o que Tuppence estranhou. — Uma Bíblia.

— Achei que provavelmente o senhor teria uma — comentou ela.

— Claro, claro. Na verdade, acho que tenho várias. Tenho um Testamento Grego — falou, esperançoso. — Não é isso que a senhora quer, né?

— Não. Quero a Versão Autorizada — disse com firmeza.

— Meu Deus — comentou o vigário. — Claro, deve haver várias na casa. Sim, várias. Não usamos mais essa versão na igreja atualmente, sinto dizer. Temos que acatar as ideias do bispo, sabe, e o bispo é a favor da modernização, pensando no público jovem e tudo mais. Eu acho uma pena. Tenho tantos livros na minha biblioteca que alguns acabam ficando

232 · AGATHA CHRISTIE ·

escondidos atrás dos outros. Mas *acho* que consigo encontrar o que a senhora quer. *Acho.* Caso contrário, é só pedir a Miss Bligh. Ela está por aí em algum lugar, organizando os vasos para as crianças fazerem os arranjos de flores silvestres no Cantinho das Crianças da igreja.

Por fim, deixou Tuppence no hall e voltou para o cômodo de onde tinha saído.

Tuppence não o seguiu. Permaneceu no hall, franzindo a testa e pensando.

De repente, levantou a cabeça quando a porta do fundo do hall se abriu e Miss Bligh entrou. A mulher segurava um vaso de metal muito pesado.

Naquele momento, a ficha caiu.

— É claro — disse Tuppence —, *é claro.*

— Ah, posso ajudar? Eu... Ah, é Mrs. Beresford.

— Sim — respondeu Tuppence, e acrescentou: — E a senhora *é Mrs. Johnson, não é?*

O vaso pesado caiu no chão. Tuppence se abaixou, pegou-o e ficou avaliando o peso na mão.

— Uma arma muito útil — falou, deixando-o de lado. — Perfeita para atacar alguém por trás. Foi o que a senhora fez comigo, não foi, *Mrs. Johnson?*

— Eu... eu... O que disse? Eu... eu... eu nunca...

Mas Tuppence não tinha mais nada a fazer ali. Já tinha visto o efeito de suas palavras. Na segunda menção ao nome de Mrs. Johnson, Miss Bligh se entregara de maneira inconfundível. Estava trêmula e em pânico.

— Outro dia, havia uma carta na sua mesa endereçada a uma tal de Mrs. Yorke, em Cumberland. — comentou Tuppence — Foi para lá que a senhora a levou, não foi, Mrs. Johnson, quando a tirou de Sunny Ridge? É lá que ela está agora. Mrs. Yorke ou Mrs. Lancaster... qualquer um dos dois serve... York e Lancaster, como a rosa listrada de vermelho e branco no jardim dos Perry...

Então, virou-se depressa e saiu da casa, deixando Miss Bligh no hall, ainda apoiada no corrimão, boquiaberta. Tuppence apertou o passo até chegar ao portão, entrou no carro e foi embora. Olhou em direção à porta da frente, mas ninguém apareceu. Ela passou pela igreja e seguiu em direção a Market Basing, mas, de repente, mudou de ideia. Deu meia-volta, retornou pelo mesmo caminho e pegou a estradinha da esquerda, que levava à ponte da Casa do Canal. Abandonou o carro e espiou por cima do portão para ver se algum dos Perry estava no jardim, mas não havia nem sinal deles. Em seguida, passou pelo portão e seguiu até a porta dos fundos. Também estava fechada, bem como as janelas.

Tuppence ficou aborrecida. Talvez Alice Perry tivesse ido a Market Basing fazer compras. Queria muito falar com ela. Bateu na porta, primeiro delicadamente, depois com força. Ninguém apareceu. Chegou a girar a maçaneta, mas a porta não abriu. Estava trancada. Por fim, ficou ali parada, indecisa.

Queria muito fazer algumas perguntas a Alice Perry. Era bem possível que estivesse em Sutton Chancellor. Talvez Tuppence devesse voltar para lá. O problema da Casa do Canal era que nunca parecia haver ninguém por perto e quase não havia movimento na ponte. Não havia ninguém a quem ela pudesse perguntar onde os Perry poderiam estar naquela manhã.

Capítulo 17

Mrs. Lancaster

Tuppence estava parada com o semblante sério, até que, de repente, a porta se abriu de maneira brusca. Ela cambaleou para trás com o susto. Quem agora a encarava era a última pessoa no mundo que ela esperava encontrar. Ali na porta, com as mesmas roupas que havia usado em Sunny Ridge e com o mesmo sorriso vago e singelo, estava Mrs. Lancaster em pessoa.

— Ah — disse Tuppence.

— Bom dia. Estava esperando por Mrs. Perry? — indagou Mrs. Lancaster. — Hoje é dia de compras, sabe? Tem sorte que pude atendê-la. Levei um tempo até encontrar a chave. Acho que essa deve ser só uma cópia, não é? Mas, por favor, entre. Talvez queira uma xícara de chá ou algo do tipo.

Como se estivesse em um sonho, Tuppence atravessou a entrada. Mrs. Lancaster, ainda com o ar gentil de anfitriã, conduziu-a até a sala de estar.

— Por favor, sente-se — disse ela. — Acho que não sei onde ficam as xícaras e os outros utensílios. Estou aqui faz apenas um ou dois dias. Deixe-me procurar... Mas conte-me, certamente já nos encontramos antes, não é mesmo?

— Sim — respondeu Tuppence —, quando a senhora estava em Sunny Ridge.

— Sunny Ridge, hum, Sunny Ridge... Isso me lembra alguma coisa. Ah, claro, a querida Miss Packard. Isso mesmo, é um lugar muito agradável.

— A senhora foi embora de repente, não?

— As pessoas são tão meticulosas — respondeu Mrs. Lancaster. — Vivem nos apressando. Ninguém nos dá tempo para *organizar* ou *arrumar qualquer coisa* da maneira correta. Imagino que tenham boa intenção, é claro. Tenho muito apreço pela querida Nellie Bligh, mas ela é uma mulher muito exigente. Sabe, às vezes acho que... — acrescentou Mrs. Lancaster, aproximando-se de Tuppence. — Acho que ela é um pouco... — Ela fez um gesto expressivo, batendo o dedo na testa. — Claro, *não é raro* que isso aconteça. Principalmente com solteironas. Mulheres que nunca se casaram, sabe? Ajudam muito nos trabalhos de caridade na igreja e atividades relacionadas, mas costumam ter comportamentos estranhos às vezes. Os vigários são os que mais sofrem. É comum que essas mulheres achem que estão sendo pedidas em casamento pelo vigário, sendo que eles jamais cogitariam algo do tipo. Ah, pobre Nellie. Tão sensata em certos aspectos. Ela tem sido uma maravilha para a paróquia daqui. E sempre foi uma secretária de primeira. Mas, mesmo assim, de vez em quando surge com umas ideias um tanto curiosas. Como no dia em que me buscou de supetão na agradável Sunny Ridge para me levar até Cumberland, um lugar tão deprimente. E depois, novamente, me trazendo para cá.

— A senhora está morando aqui? — perguntou Tuppence.

— Não sei se chega a esse ponto. É uma situação um tanto quanto peculiar. Estou aqui há apenas dois dias.

— Antes disso a senhora esteve em Rosetrellis Court, em Cumberland?

— Isso, acredito que era esse o nome do lugar. Não é um nome tão bonito quanto Sunny Ridge, concorda? Na verdade, eu nem cheguei a me acomodar por lá, se é que me entende. E a administração do local não era lá essas coisas. O serviço era ruim e o café era de uma marca qualquer. Mesmo assim, eu estava começando a me acostumar e conheci algumas pessoas interessantes. Uma delas chegou a conviver com minha tia anos atrás, na Índia. Não é maravilhoso quando encontramos essas *conexões*?

— Deve ser — concordou Tuppence.

Mrs. Lancaster prosseguiu, entusiasmada.

— Agora, pensando bem, você foi a Sunny Ridge, mas não para se hospedar, certo? Se não me engano, foi encontrar uma das hóspedes de lá.

— A tia do meu marido — confirmou Tuppence. — Miss Fanshawe.

— Ah, sim. É claro. Agora me lembro. Não houve também uma situação envolvendo sua filha atrás da chaminé?

— Não — disse Tuppence —, não era minha filha.

— Mas é por isso que você veio até aqui, não é? Estão com problemas na chaminé. Um pássaro ficou preso lá. Este lugar está precisando de vários reparos. Não gosto *nem um pouco* de estar aqui. Não mesmo, e direi isso a Nellie assim que a vir de novo.

— A senhora está dividindo o quarto com Mrs. Perry?

— Mais ou menos. Promete guardar segredo?

— Claro — respondeu Tuppence —, pode confiar em mim.

— Não é bem aqui que estou hospedada. Quer dizer, não nesta parte da casa. Esta é a área dos Perry. — Ela se aproximou. — Há uma outra parte, lá no andar de cima. Venha comigo, eu lhe mostro.

Tuppence se levantou. Era como se estivesse em um sonho bem peculiar.

— Deixe-me trancar a porta primeiro, é mais seguro — anunciou Mrs. Lancaster.

Ela conduziu Tuppence por uma escadinha estreita até o andar de cima. As duas passaram por um quarto de casal, aparentemente ocupado pelos Perry, e de lá seguiram por uma porta que dava para outro cômodo. Havia ali uma pia e um guarda-roupas de madeira de bordo. Nada mais. Mrs. Lancaster foi até o guarda-roupa, tateou por trás dele e, de maneira súbita e sem esforço, empurrou-o para um canto. Parecia haver rodinhas instaladas, deslizando da parede com facilidade. Por trás do guarda-roupa, para a estranheza de Tuppence, havia uma lareira. Por cima da estrutura havia um espelho e uma pequena prateleira com pássaros de porcelana.

Tuppence ficou perplexa ao ver Mrs. Lancaster agarrar o pássaro ao centro da lareira e puxá-lo com força. Aparentemente, o objeto estava preso à prateleira. Na verdade, com um leve toque, Tuppence percebeu que todos os pássaros haviam sido afixados. Mas, devido ao puxão de Mrs. Lancaster, ouviu-se um clique, e toda a estrutura da lareira se distanciou da parede, movendo-se para a frente.

— Genial, não é? — perguntou Mrs. Lancaster. — Isso aqui foi construído há muito tempo, quando reformaram a casa. Chamavam este cômodo de esconderijo do padre, mas acho que essa nunca foi exatamente a sua função. Não, nada a ver com padres. Nunca pensei que esse nome fizesse sentido. Venha. É aqui que estou morando agora.

Ela deu outro puxão. A parede à sua frente também se mexeu e, alguns minutos depois, as duas estavam dentro de um belo quarto, com janelas que davam para o rio e as colinas.

— Não é um quarto agradável? — questionou a mulher. — Tem uma linda vista. Sempre gostei daqui. Morei nesta casa por um tempo quando era garota, sabia?

— Ah, não sabia.

— Não é um lugar de muita sorte — afirmou Mrs. Lancaster. — Sempre ouvi dizer que este imóvel é azarado. Quer saber, acho que vou deixar isso aqui fechado — continuou. — Todo cuidado é pouco.

Ela esticou o braço e puxou a porta por onde haviam entrado. Ouviu-se um clique agudo quando o mecanismo voltou ao lugar de origem.

— Suponho que essa tenha sido uma das alterações que fizeram na casa quando quiseram usá-la como esconderijo — comentou Tuppence.

238

— Fizeram várias alterações. Venha, sente-se. Prefere uma cadeira alta ou baixa? Pessoalmente, gosto das mais altas. Tenho reumatismo, sabia? Você deve ter pensado que encontraria o corpo de uma criança ali — acrescentou Mrs. Lancaster. — Que ideia absurda, não é?

— É, talvez.

— Polícia e ladrão — disse Mrs. Lancaster com ar indulgente. — As pessoas são tão inocentes durante a juventude... Gangues, roubos eletrizantes, todo esse tipo de coisa. Esses crimes chamam tanta atenção quando se é jovem. Muita gente acha que virar namorada de bandido deve ser a coisa mais legal do mundo. Eu já pensei assim. Acredite — ela se aproximou de Tuppence e deu um tapinha no seu joelho —, *não é verdade*. Não mesmo. Já pensei assim, mas há desejos melhores na vida, entende? Não tem nada de tão emocionante assim em roubar coisas e se safar. Claro, é necessária muita organização.

— Está se referindo a Mrs. Johnson, ou Miss Bligh, seja lá como a senhora a chama?

— Bem, para mim ela sempre foi Nellie Bligh, é claro. Mas seja lá por qual razão, de vez em quando ela refere a si mesma como Mrs. Johnson. A coitada diz que é para facilitar as coisas. Mas ela nunca se casou. Não, não. É uma verdadeira solteirona.

Um som de batidas surgiu do andar de baixo.

— Meu Deus — disse Mrs. Lancaster, espantada —, devem ser os Perry de volta. Não fazia ideia de que voltariam tão cedo.

As batidas continuaram.

— Talvez fosse melhor deixá-los entrar — sugeriu Tuppence, apreensiva.

— Não, querida, não faremos nada disso — retrucou Mrs. Lancaster. — Não aguento as pessoas atrapalhando o tempo todo. Estamos tendo uma conversa tão boa, não é? Acho melhor ficarmos aqui em cima... Ó, céus, agora estão chamando aqui embaixo da janela. Vá lá ver quem é.

Tuppence foi até a janela.

— É Mr. Perry — disse.

Lá de baixo, Mr. Perry gritou:

— Julia! Julia!

— Que petulância — reclamou Mrs. Lancaster. — Não permito que gente como Amos Perry me chame pelo meu nome de batismo. Não mesmo. Não se preocupe, querida — acrescentou —, estamos bem seguras aqui. E podemos continuar nossa conversa agradável. Vou lhe contar tudo a meu respeito. Tive uma vida bem interessante. Movimentada. Às vezes penso em passar tudo para o papel. Eu me envolvi com muitas coisas, sabe? Era uma garota rebelde e me misturei com... Bem, era só uma gangue qualquer de bandidos. Nada mais, nada menos. Havia gente ali *bem* duvidosa. Mas fique sabendo, *também* havia pessoas legais. Gente de classe.

— Miss Bligh?

— Não, não, Miss Bligh nunca se envolveu com o crime. Nellie Bligh jamais faria isso. Ela é da igreja, sabe? Religiosa. Mas há formas diferentes de religião. Talvez você entenda o que quero dizer, não é mesmo?

— Suponho que existam várias denominações distintas — sugeriu Tuppence.

— Claro, para pessoas comuns. Mas me refiro aos outros, além dos comuns. Grupos especiais, sob comandos especiais. Seitas especiais. Entende aonde quero chegar, querida?

— Acho que não — respondeu Tuppence. — Não seria melhor deixarmos os Perry entrarem na própria casa? Devem estar ficando nervosos...

— Não, não deixaremos os Perry entrar. Pelo menos até... Bem, pelo menos até eu lhe contar tudo. Não precisa se assustar, minha querida. É tudo muito... muito natural, inofensivo. Totalmente indolor. É como cair no sono. Nada além disso.

Tuppence a encarou, e então deu um salto na direção da porta na parede.

— Você não vai conseguir sair por aí — disse Mrs. Lancaster. — Você não sabe qual é o segredo. Não está nem perto de onde imagina. Só eu sei. Conheço todos os segredos deste lugar. Vivi aqui com criminosos quando era apenas uma menina até escapar de todos eles e encontrar a salvação. Salvação especial. Foi o que me deram para esconjurar meu pecado. A criança. Eu a matei. Eu era dançarina. Não queria criança nenhuma. Ali, na parede... A minha imagem... Uma dançarina...

Tuppence direcionou o olhar para onde o dedo da mulher apontava. Na parede estava pendurada uma pintura a óleo de uma garota, de corpo inteiro, vestindo uma fantasia de folhas de cetim, com a legenda: Waterlily.

— Waterlily foi um dos meus melhores papéis. Todo mundo disse isso.

Tuppence retornou lentamente e se sentou. Encarou Mrs. Lancaster. Ao fixar o olhar, palavras ecoaram em sua mente. Palavras que ouvira em Sunny Ridge. "A pobrezinha era sua filha?" Ela havia ficado apavorada na época, apavorada. E estava apavorada agora. Ainda não sabia do que exatamente estava com medo, mas o mesmo sentimento a dominava. Encarando aquele rosto benevolente, aquele sorriso singelo.

— Tive que obedecer aos comandos que me deram. Agentes da destruição são necessários. Fui designada para isso. Aceitei a missão. Elas partem sem pecados, sabia? As crianças. Não têm idade suficiente para terem cometido algum pecado. Cumpro meu dever e as encaminho para a Glória. Ainda inocentes. Livres do mal. Veja só que grande honra é ser escolhida. Ser uma das escolhidas especiais. Sempre amei crianças, mas nunca tive filhos. O que foi muito cruel, não é mesmo? Ou ao menos me parecera cruel. Mas foi retribuição pelo que fiz. Talvez você saiba o que eu fiz.

— Não — respondeu Tuppence.

— Ah, você parece saber tanto. Pensei que também soubesse disso. Havia um médico. Fui até ele. Eu tinha apenas dezessete anos e estava apavorada. Ele disse que não teria problema nenhum em tirar o bebê, ninguém ficaria sabendo. Mas tinha problema, sim. Comecei a ser atormentada em meus sonhos. Sonhava que o bebê estava sempre ao meu lado, perguntando por que não veio ao mundo. A criança me dizia que queria mais companhias. Era uma menina. Isso, tenho certeza de que era menina. Ela vinha e me dizia que queria outras crianças. Até que recebi a ordem. *Eu* não poderia ter outros filhos. Eu me casei e pensei que teria outros filhos, e meu marido queria tanto ter filhos, mas eles nunca vieram. Porque eu estava amaldiçoada, entende? Você entende isso, não é? Mas havia uma solução, uma maneira de me redimir, de pagar pelo que fiz. Eu havia cometido um assassinato, e você só pode se redimir de um assassinato com outros, porque os outros não seriam exatamente assassinatos, e sim *sacrifícios*. Seriam oferendas. Percebe a diferença? As crianças foram fazer companhia à minha filha. Crianças de diferentes idades, mas novinhas. A ordem chegava e... — Ela se aproximou e encostou em Tuppence. — Era algo que me deixava tão alegre. Você não me entende? Trazia-me tanta felicidade poder livrá-las deste mundo para que nunca conhecessem o pecado como eu havia conhecido. Não podia contar nada a ninguém, é claro, era segredo absoluto. Tinha que me certificar disso. Mas algumas pessoas começaram a suspeitar ou se dar conta. Então, bem... Obviamente tive que matá-las também, para que *eu* continuasse em segurança. Por isso, sempre estive bem segura. Você me entende?

— Não, não muito.

— Mas você *sabe*. Por isso veio até aqui, não foi? Você sabe. Você sabe desde o dia em que conversamos em Sunny Ridge. Vi em seu rosto. Eu perguntei: "A pobrezinha era sua filha?" porque achei que talvez tivesse ido até lá por ser mãe de uma das crianças que matei. Esperei que fosse voltar em outro momento, e então tomaríamos um copo de leite. Geralmente era leite. Às vezes, chocolate quente. Fazia isso com qualquer um que desconfiasse de mim.

Ela andou lentamente até o outro lado do quarto e abriu um armário no canto do cômodo.

— Mrs. Moody... — disse Tuppence. — Ela foi uma dessas?

— Ah, você sabe dela. Ela não era mãe, era só uma camareira no teatro. Fui reconhecida, então tive que dar um jeito. Virando-se subitamente, Mrs. Lancaster foi na direção de Tuppence com um copo de leite e um sorriso persuasivo.

— Beba — ordenou. — Beba tudo.

Tuppence permaneceu sentada em silêncio por um tempo, até que pulou em direção à janela, pegando uma cadeira para quebrar o vidro. Pôs a cabeça para fora e gritou:

— Socorro! Socorro!

Mrs. Lancaster riu. Pôs o copo de leite na mesa, encostou-se na cadeira e riu.

— Que estúpida. Quem você acha que virá? Quem você acha que *pode* vir? Teriam que arrombar portas, derrubar esta parede, e até chegar a esse ponto... Há outras alternativas, sabia? Não precisa ser com o leite. Leite é a maneira fácil. Leite, chocolate, até mesmo chá. Para a pequena Mrs. Moody, eu coloquei no chocolate, ela amava.

— A morfina? Como a senhora conseguiu?

— Ah, não foi difícil. Anos atrás, morei com um homem que tinha câncer. O médico me entregava os medicamentos de que ele precisava e eu era a responsável por administrar as drogas. Depois que ele se foi, disse que joguei fora o que sobrou, mas guardei todos os remédios e sedativos. Achei que pudessem ser úteis um dia, e foram. Ainda tenho um bom suprimento. Eu mesma nunca tomo nada, não acredito nessas coisas. — Ela empurrou o copo de leite na direção de Tuppence. — Beba, é o jeito mais fácil. O outro jeito... O problema é que não sei bem onde coloquei...

Mrs. Lancaster se levantou da cadeira e começou a circular pelo quarto.

— Onde *foi* que eu coloquei? Onde? Esqueço de tudo agora que estou ficando velha.

Tuppence gritou novamente.

— Socorro!

Mas não havia ninguém nas margens do canal. Mrs. Lancaster ainda circulava pelo cômodo, procurando por algo.

— Eu pensei que... Tenho certeza de que... Ah, é claro, na minha bolsa de costura.

Tuppence virou-se da janela. Mrs. Lancaster estava vindo em sua direção.

— Que mulherzinha tola você é... Querer terminar desse jeito.

Ela agarrou o ombro de Tuppence com a mão esquerda. A direita surgiu das costas, segurando uma lâmina fina e comprida. Tuppence lutou. Pensava: "Consigo detê-la com facilidade. Será fácil. É uma mulher velha. Fraca. Ela não pode...".

Até que uma onda gelada de pavor surgiu em seus pensamentos: "Mas *eu* também sou uma mulher velha. Não sou tão forte quanto penso. Não sou tão forte quanto ela. As mãos, a pegada firme, os dedos. Tudo tem força. Talvez por ser louca, e sempre ouvi dizer que pessoas loucas são muito fortes".

A lâmina cintilante se aproximava. Tuppence gritou. Ouviu gritos e pancadas vindos lá de baixo. Pancadas que agora faziam parecer que alguém estava tentando forçar as portas e as janelas. "Mas nunca conseguirão entrar aqui", concluiu Tuppence. "Jamais serão capazes de arrombar esse tipo de porta. A não ser que descubram o segredo do mecanismo."

Ela lutava com vigor. Ainda conseguia impedir o alcance de Mrs. Lancaster. Mas a idosa era mais forte. Uma mulher grande e poderosa. Seu rosto ainda sustentava o sorriso, mas o semblante bondoso já havia desaparecido. A expressão agora era a de quem estava se divertindo.

— Killer Kate — disse Tuppence.

— Você sabe meu apelido? Ele agora foi sublimado. Tornei-me uma matadora do Senhor. É da vontade de Deus que eu mate você. O que torna tudo legítimo. Você enxerga isso, não enxerga? É tudo legítimo.

Tuppence estava sendo pressionada contra a lateral de uma cadeira. Com um dos braços, Mrs. Lancaster a mantinha presa, e a pressão aumentava. Não era possível continuar recuando. Na mão direita de Mrs. Lancaster, a lâmina de aço se aproximava.

Tuppence pensava: "Não posso entrar em pânico, não posso entrar em pânico...". Mas logo em seguida outro pensamento surgiu com insistência: "Mas o que eu posso fazer?". Lutar era inútil.

O medo então se instaurou. O mesmo medo profundo que havia sentido pela primeira vez em Sunny Ridge...

"A pobrezinha era sua filha?"

Aquele havia sido o primeiro sinal. Mas ela o interpretou errado. Não sabia que era um aviso.

Seus olhos acompanharam a lâmina se aproximando, mas, estranhamente, não era a ameaça do metal cintilante que a deixava paralisada. Era o rosto por trás dele. O sorriso bondoso no rosto de Mrs. Lancaster. Sorrindo feliz, satisfeita. Uma mulher que estava cumprindo a missão que lhe fora dada. Gentil e razoável.

"Ela não *parece* louca", pensou Tuppence. "Isso que é tão medonho. Mas é claro que não parece. Na mente dela, é uma mulher sã. Um ser humano perfeitamente normal. É nisso que ela *acredita*. Ah, Tommy, Tommy, onde foi que me meti dessa vez?"

Tontura e fraqueza começaram a surgir. Seus músculos relaxaram. De algum lugar, ouviu-se um grande estrondo de vidro se quebrando, levando-a rumo à escuridão e à inconsciência.

— Isso, melhor assim... Está se recuperando... Beba isso, Mrs. Beresford.

Um copo estava sendo pressionado em seus lábios. Ela resistia com força. Leite envenenado... Quem dissera algo sobre "leite envenenado"? Ela não beberia leite envenenado... Não, não era leite... Tinha um aroma bem diferente...

Tuppence relaxou, abriu os lábios, bebeu um gole...

— Conhaque — reconheceu.

— Isso mesmo! Vamos, beba mais um pouco...

Ela tomou outro gole. Recostou-se nas almofadas, observando os arredores. Dava para ver o topo de uma escada do outro lado da janela. Do lado de dentro, cacos de vidro estavam espalhados pelo chão.

— Ouvi o vidro se quebrando.

Ela afastou o copo de conhaque, e seus olhos acompanharam a mão e o braço do homem que o segurava, até alcançar seu rosto.

— El Greco — disse Tuppence.

— Como?

— Nada.

Ela olhou ao redor do quarto.

— Onde ela está? Mrs. Lancaster.

— Ela... está descansando... no quarto ao lado.

— Entendo.

Mas não tinha certeza de que entendera mesmo. Logo entenderia tudo. Mas agora só vinha um pensamento de cada vez...

— Sir Philip Starke — chamou ela em tom lento e hesitante. — Acertei?

— Sim. Por que me chamou de El Greco?

— Sofrimento.

— Como é?

— A pintura... em Toledo... ou em Prado... Há muito tempo penso nisso... Não, não tanto tempo assim... — Tuppence havia descoberto algo. — Ontem à noite. Um encontro... no vicariato...

— Você está indo bem — encorajou ele.

De certa forma, parecia muito natural estar sentada ali, naquele quarto com cacos de vidro no chão, conversando com aquele homem de expressão séria e confusa.

— Cometi um erro em Sunny Ridge. Equivoquei-me sobre ela... Senti medo... Uma onda de medo... Mas me enganei... Não era medo *dela*... Estava sentindo medo *por* ela... Achei que algo aconteceria com ela... Queria protegê-la, salvá-la...

Eu... — Tuppence olhou para ele com hesitação. — O senhor me entende? Isso está fazendo sentido?

— Ninguém entenderia melhor do que eu, ninguém nesse mundo.

Tuppence o encarou, franzindo a testa.

— Quem... quem era ela? Me refiro a Mrs. Lancaster... Mrs. Yorke não é real... Foi apenas inventada... Quem era essa mulher de verdade?

Philip Starke respondeu rispidamente:

— *Quem era ela? De verdade? A única, a verdadeira. Quem era ela, que carregava o sinal de Deus em sua testa?* A senhora já leu *Peer Gynt*, Mrs. Beresford?

Ele foi até a janela. Ficou parado por um tempo, observando. Até que se virou abruptamente.

— Ela era minha esposa, que Deus me perdoe.

— Sua esposa... Mas ela morreu... A placa na igreja...

— Ela morreu fora do país, foi essa a história que espalhei. Mandei fazer a placa em sua homenagem na igreja. As pessoas não costumam fazer muitas perguntas para um viúvo enlutado. Eu me mudei do vilarejo.

— Algumas pessoas disseram que ela o abandonou.

— Era uma história aceitável também.

— O senhor a escondeu quando descobriu... o que ela fez com as crianças...

— Então a senhora sabe sobre as crianças?

— Ela me contou... Parecia... inacreditável...

— Durante a maior parte do tempo, ela era normal. Ninguém imaginaria. Mas a polícia começou a suspeitar... Tive que agir... Tive que salvá-la, protegê-la... A senhora entende? Consegue ao menos me entender?

— Sim — respondeu Tuppence —, entendo muito bem.

— Ela era tão amável... — Sua voz falhou. — Veja só ela ali. — Ele apontou para a pintura na parede. — Waterlily... Era uma garota intensa... sempre foi... A mãe dela foi a última dos Warrender. Uma família antiga, tradicional. Helen

Warrender... que fugiu de casa. Se uniu a uma péssima companhia... um delinquente... Sua filha entrou para o teatro... Estudou dança... Waterlily foi seu papel mais popular... E depois se juntou a uma gangue de bandidos... só pela adrenalina... só para se divertir... Vivia se decepcionando...

— Quando se casou comigo, tinha largado tudo isso... — continuou Philip. — Queria uma vida tranquila, calma, em família... com filhos. Eu era rico... podia dar a ela tudo o que desejava. Mas ela nunca conseguiu engravidar. Foi uma tristeza para nós dois. Ela começou a sentir uma culpa obsessiva... Talvez sempre tivesse sido um pouco desequilibrada... não sei... Os motivos não importam... Minha esposa era...

Ele fez um gesto desesperado.

— Eu a amava... sempre amei... Não importava quem ela era, o que havia feito... Queria protegê-la, mantê-la segura, e não isolada... Uma prisioneira eterna, enlouquecendo aos poucos. E nós de fato a protegemos, por muitos e muitos anos.

— Nós?

— Nellie... A querida e fiel Nellie Bligh. Minha estimada Nellie Bligh. Ela foi incrível, planejou e organizou tudo. Os asilos... Todo o luxo e o conforto. E sem tentações. *Sem crianças.* Não podia haver nenhuma criança por perto. Pareceu funcionar... As casas ficavam em locais distantes... Cumberland... North Wales... Ninguém a reconheceria por aquelas bandas. Ou pelo menos foi o que pensamos. Seguimos o conselho de Mr. Eccles, um advogado muito astuto... Cobrava caríssimo... mas eu confiava nele.

— Chantagem? — sugeriu Tuppence.

— Nunca pensei dessa forma. Eu o considerava um amigo, um conselheiro.

— Quem desenhou o barco no quadro? O barco chamado *Waterlily*.

— Fui eu. Ela gostava. Fazia com que se lembrasse do sucesso nos palcos. Era um dos quadros de Boscowan. Ela gostava da arte dele. Até que um dia escreveu um nome com tinta preta na ponte, o nome de uma criança morta... Então desenhei a embarcação para cobri-lo e batizei o barco de *Waterlily*...

A porta na parede se abriu. Era a bruxa amiga.

Ela olhou para Tuppence e depois para Philip Starke.

— Você está bem? — perguntou à mulher.

— Estou — confirmou Tuppence.

O melhor da bruxa amiga era que, com ela, não havia enrolação.

— Seu marido está lá embaixo, esperando no carro. Eu disse a ele que a buscaria. Se for da sua vontade.

— É o que quero — respondeu Tuppence.

— Imaginei que seria o caso. — Ela olhou para a porta do quarto. — Ela... está ali?

— Está — respondeu Philip Starke.

Mrs. Perry foi até lá e voltou.

— Vejo que... — Ela o encarou, desconfiada.

— Ela ofereceu um copo de leite a Mrs. Beresford, que não quis tomá-lo.

— Imagino, então, que ela mesma tenha bebido?

Ele hesitou.

— Sim.

— Dr. Mortimer virá logo mais — disse Mrs. Perry.

Mrs. Perry foi ajudar Tuppence a se levantar, mas ela já havia se levantado sozinha.

— Não estou ferida — afirmou. — Foi só um susto, estou bem.

Ficou parada encarando Philip Starke. Nenhum dos dois sabia muito bem o que dizer. Mrs. Perry estava ao lado da porta na parede.

Tuppence finalmente quebrou o silêncio.

— Não há nada que eu possa fazer, não é? — perguntou, mas era praticamente uma afirmação.

— Só uma coisa. Foi Nellie Bligh quem lhe deu aquela pancada no cemitério no outro dia.

Tuppence assentiu.

— Presumi que tivesse sido.

— Ela perdeu a cabeça. Pensou que a senhora estivesse prestes a descobrir nosso segredo. Ela... Sinto bastante remorso do peso enorme que a fiz carregar durante todos esses anos. Foi muito além do que eu jamais pediria a qualquer outra pessoa.

— Suponho que ela o ame de verdade — comentou Tuppence. — Mas creio que ir atrás de Mrs. Johnson não estará em meus planos, se é isso que o senhor quer *nos* pedir para não fazer.

— Obrigado. Sou muito grato.

O silêncio dominou o cômodo novamente. Mrs. Perry aguardava com paciência. Tuppence olhou ao redor. Foi até a janela quebrada e admirou a serenidade do canal abaixo.

— Acho que nunca mais verei esta casa. Estou observando tudo com muita atenção para que eu não consiga esquecê-la.

— A senhora quer se lembrar daqui?

— Quero. Alguém me disse uma vez que esta casa havia sido utilizada da maneira errada. Agora compreendo o significado disso.

Philip a encarou sem entender muito bem, mas nada falou.

— Quem o mandou para cá à minha procura? — perguntou Tuppence.

— Emma Boscowan.

— Sabia.

Junto com a bruxa amiga, elas atravessaram a porta secreta e seguiram para o andar de baixo.

Uma casa para casais, dissera Emma Boscowan. E era assim que ela a deixava naquele momento... Sob a posse de dois apaixonados: uma morta, e o outro sofrendo e sobrevivendo.

Tuppence foi ao encontro de Tommy, que a esperava ali fora, no carro.

Disse adeus à bruxa amiga e entrou no veículo.

— Tuppence — disse ele.

— Eu sei.

— Não faça isso de novo — continuou Tommy. — Nunca mais.

— Não vou.

— É o que você diz agora, mas sempre acaba fazendo.

— Não, chega. Já estou velha.

Tommy ligou o carro e deu partida.

— Coitada de Nellie Bligh — comentou Tuppence.

— Por que diz isso?

— Completamente apaixonada por Philip Starke. Fazendo de tudo por ele durante tantos anos. Que desperdício de devoção.

— Bobagem! — discordou Tommy. — Aposto que ela aproveitou cada minuto. Algumas mulheres gostam disso.

— Bruto insensível — retrucou.

— Para onde vamos agora? Para o Lamb and Flag em Market Basing?

— Não — respondeu Tuppence. — Quero ir para casa. CASA, Thomas. E quero ficar por lá.

— Graças a Deus — concordou Mr. Beresford. — *E se Albert nos receber com um frango queimado, eu o mato!*

Notas sobre
Um pressentimento funesto

Publicado pela primeira vez em 1968, *Um pressentimento funesto* é a 59ª obra de Agatha Christie e o quarto romance de Tommy e Tuppence Beresford, sendo a penúltima protagonizada pelo casal.

O título original do livro, *By the Pricking of My Thumbs*, [Pela sensação em meus polegares, em tradução livre] é baseado na peça *Macbeth*, de Shakespeare, Ato 4, Cena 1: "*Pelo comichar do meu polegar / Sei que deste lado vem vindo um malvado*" [em tradução livre]. O trecho aparece na epígrafe do livro e se refere, de fato, ao momento em que um monstro se aproxima.

A Rainha do Crime dedicou este livro aos seus leitores ao redor do mundo que sempre perguntavam o que aconteceu com Tommy e Tuppence Beresford após um hiato de 28 anos desde a publicação da obra anterior a esta, *M ou N?*.

Diferente dos personagens Hercule Poirot e Miss Marple, Tommy e Tuppence envelheceram com o tempo e seus livros refletem o avanço da idade.

Na página 25, tia Ada cita Joanna Southcott, uma religiosa britânica que nasceu em 1750 e morreu em 1814. Ela acreditava ser uma profetisa e, ao morrer, deixou uma caixa fechada que continha várias previsões para o futuro. De acordo com algumas fontes, a caixa foi aberta, mas seu conteúdo acabou por não ser revelador como o prometido; já outras fontes afirmam que o objeto foi doado ao Museu de História Natural de Londres ou que se perdeu com o tempo. A casa de Southcott, após a morte de seu último devoto, se tornou um museu no interior da Inglaterra.

A Dama de Shalott, à qual Tuppence se refere na página 117, é a figura da pintura de mesmo nome de John William Waterhouse, de 1888.

Uma crítica do jornal *The Guardian* considerou a obra um thriller em vez de um romance policial, porém com um adendo: "[...] mas qualquer um pode escrever um thriller (bem, quase qualquer um), uma obra com a essência de Agatha Christie, no entanto, só pode ser escrita por uma pessoa".

A obra foi adaptada para o cinema na França com direção de Pascal Thomas. Os personagens de Tommy e Tuppence sofreram alterações, mas o enredo permaneceu o mesmo.

Em 2006, a história foi incluída na série *Agatha Christie's Marple*, na qual parte da narrativa de Tommy foi alterada para Miss Marple.

Este livro foi impresso pela Santa Marta,
em 2024, para a HarperCollins Brasil.
A fonte usada no miolo é Cheltenham, corpo 9,5/13,4pt.
O papel do miolo é pólen bold 70g/m²,
e o da capa é couché 150g/m² e offset 150g/m².